大畫情聖
第二輯
十三
驚天巨變
上山打老虎 著

【目錄】

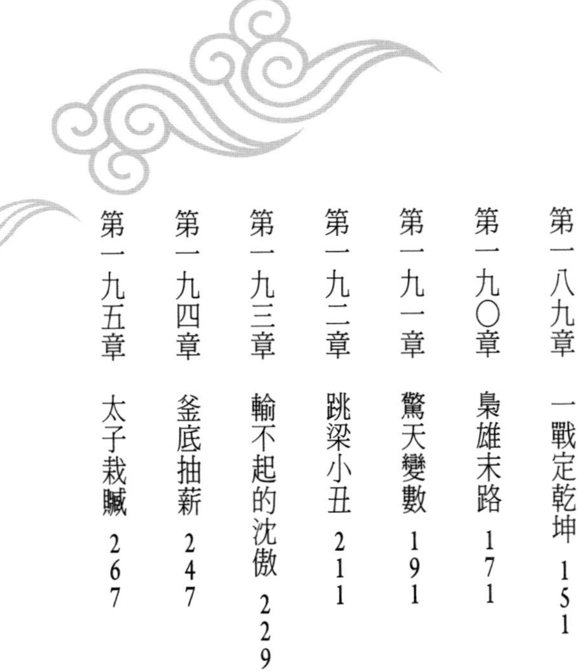

第一八一章 天策上將

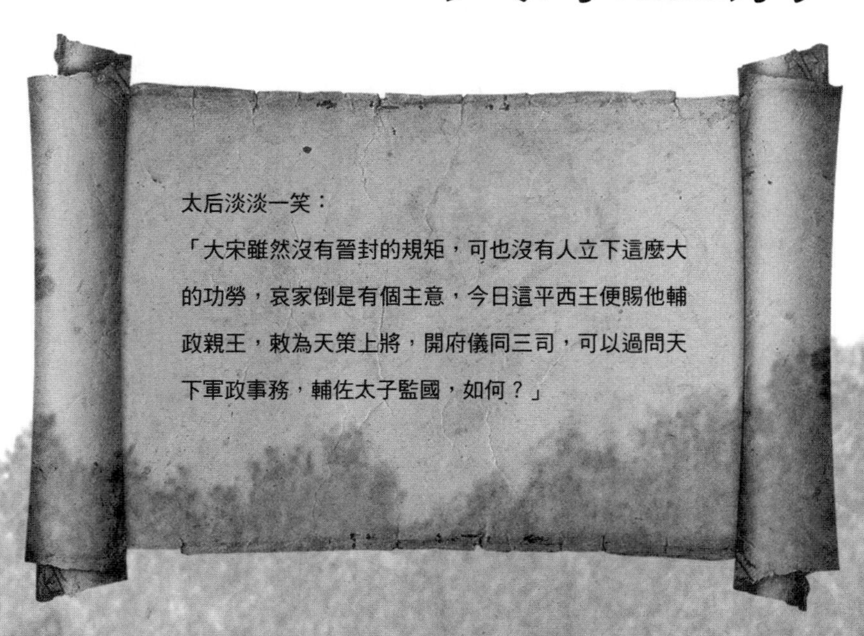

太后淡淡一笑：

「大宋雖然沒有晉封的規矩，可也沒有人立下這麼大的功勞，哀家倒是有個主意，今日這平西王便賜他輔政親王，敕為天策上將，開府儀同三司，可以過問天下軍政事務，輔佐太子監國，如何？」

趙恆大叫一聲：「開福！」

過了一會兒，一個老太監躡手躡腳地進來，弓著身道：「殿下……」

趙恆瞥了李邦彥一眼，隨即目光才落在這老太監身上，淡淡地道：「去告訴那術士，陛下用藥的劑量該加一點了。」

開福駭然道：「殿下，那術士說了，若要做到人不知鬼不覺，就得徐徐圖之，若是加了劑量，急於求成，一旦事洩……」

趙恆沒來由地煩躁起來，怒道：「混帳，回去告訴他，本宮怎麼說，就叫他怎麼做，到時自有他的好處，如若不然……」

趙恆露出森然之色，到了這個份上，趙恆已經狗急跳牆了，與其這件事被人揭發出來，讓他成為眾矢之的，倒不如先下手為強。

開福不敢回嘴，只好唯唯諾諾地勸道：「殿下三思。」說著，又拿眼睛去看李邦彥，李邦彥臉上卻是掛著淡然的表情，壓根不去理會開福。

「滾！」趙恆呵斥一聲，不耐煩地揮揮手。

開福無奈，只好退了出去。

李邦彥咳嗽一聲，才道：「事情到了這個地步，殿下如此做倒也情有可原，只是這件事干係重大，殿下也不必操之過急，劑量當然可以增添一些，不過這術士也得看好了，到了迫不得已的時候，便拿他來替罪。」

趙恆煩躁地道：「本宮知道，跑不了他。」說罷又坐下，紅著眼道：「說來說去，本宮就不該寫那封信，罷罷罷，當務之急，還是自保吧。」

外頭又有內侍進來，道：「殿下，太后娘娘請殿下進宮。」

趙恆嚇了一跳，道：「太后叫本宮做什麼？」他是做賊心虛，這時候聽到太后、皇上便覺孜孜地冒冷汗。

「好像是為了大捷的事。」

趙恆這才鬆了口氣，看向李邦彥道：「李舍人怎麼看？」

李邦彥道：「戰功彪炳，這是不世之功，又是清河郡主的駙馬，依著太后護短的性子，多半是向太子討要賞賜了。」

趙恆滿是厭惡地道：「吃裏爬外的老嫗！」

這一句話雖然沒有明說，卻是擺明了罵太后的，李邦彥只當沒有聽見，倒是嚇了那東宮的內侍一跳，整個人都僵住了。

趙恆這才意識到自己失言，道：「本宮這就入宮去，太后要什麼，本宮應承下來就是。」

李邦彥倒是沒有說什麼，他心裏當然清楚，眼下只是權宜之計，既然趙恆做好了破釜沉舟的打算，那麼這個時候自然不宜節外生枝。再者說，太后一言九鼎，就是太子要抗爭，也未必能違拗得過，與其如此，倒不如索性大方一次。

趙恆站起來，對李邦彥道：「李舍人少待，本宮去去就來。」說罷，進了後殿換了尨服，整了衣冠，才帶著一行人出去，上了東宮乘輿，直接朝宮中過去。

這一路上，趙恆既是憤怒又有點兒心虛，方才怒極之下倒不覺得什麼，事後回想自己作出大膽的決定，到現在都覺得害怕不已，可是事到如今，趙恆心裏清楚，自己是不能回頭了。

趙恆一路進宮，眼看這宮中已換上了紅色宮燈，到了景泰宮，敬德正指揮著內侍粉刷宮牆，敬德見了他，皮笑肉不笑的小跑過來，道：「殿下來得這麼快，太后就在裏頭，快去問安吧。」

趙恆看著那些忙碌的內侍，冷淡的道：「這是做什麼？」

敬德故作驚訝的道：「奴才不是叫人通報了嗎？水師大捷，現在全城都在慶祝，宮裏怎麼能免俗，太后已經有了懿旨，要像節慶一樣的操辦。」

趙恆沉著臉，心裏雖是不平，卻也不敢說什麼，只是道：「說的也是，那平西王就是周亞夫、蒙恬。」

敬德喜滋滋的道：「這倒是真的，楊真和石英兩位大人也是這般說，說是平西王挽狂瀾於即倒，扶大廈之將傾，咱們大宋多虧有了他。」

敬德沒聽出趙恆的話外之音，蒙恬雖是有大功於秦，最後卻被治連坐之罪，自盡而死；至於那周亞夫，為大漢平定七國之亂，結果是絕食而死，都沒有落到好下場。

趙恆已經沒有心思聽敬德說什麼，快步入宮，待進了景泰宮，才發現楊真、石英二人還坐在靠門的地方，太后則是在帷幔之後，隱隱約約的看不甚清。

趙恆不敢怠慢，立即雙膝跪倒，道：「孫臣給太后問安，太后安好嗎？」

「安！」太后的聲音頗為悅耳，喜滋滋的道：「快，給太子賜坐。」

趙恆站起來，立即有宮人搬了錦墩放在他的身下，趙恆欠身坐上去，眼角的餘光瞥了楊真一眼，道：「水師大捷，可喜可賀，孫臣聽了欣喜若狂，平西王立下這麼大的功勞，宮裏厚賜是應當的，原本孫臣就想入宮來與太后商議賞賜的事……」

趙恆既然知道太后的意圖，索性就自己說出來，好討一點歡心。

太后果然笑起來，道：「你說得對，東宮雖然監國時日不長，卻是長進了不少。咱們大宋朝一向不會虧待功臣，有功就賞，有過就罰，這樣才能服眾，才能驅使人去效命，太子說，是不是這個道理？」

趙恆呵呵一笑，道：「太后說的是極。」

太后繼續道：「不知太子打算如何賞賜有功之臣？」

太后的聰明就在於明明是要爲沈傲討賞，卻將這問題踢到太子腳下，有些話讓太子說更合適。

趙恆這時不禁爲難，給沈傲賞賜，他心中本就不情願，可是不賞的話，不說朝廷說不過去，太后這一關也絕難糊弄過去。他想了想，道：「賜錢百萬，如何？」

太后舔舔嘴，眸中閃過不悅，卻不吭聲。

景泰宮裏的氣氛霎時冷淡下來，趙恆見太后不說話，也覺得尷尬，只好道：「另賜珠玉若干，以示優渥。」

太后臉色驟冷，淡淡的道：「平西王不缺錢，就算是缺錢，哀家也有體己錢給他，不勞東宮掛念。」

趙恆心中勃然大怒，心裏腹誹幾句，臉上卻是一副誠惶誠恐的樣子，道：「太后訓斥的對，是孫臣糊塗了。」

太后笑吟吟的道：「哀家不是訓斥你，咱們是一家人，一家人不說兩家的話，有些事，哀家非要說明白不可，太子想想看，沒有沈傲，咱們汴京能安寧嗎？沒有他這平西王和將士們出生入死，又哪裡有我們趙家的富貴？更何況，太祖先皇帝在的時候就說過，復幽雲者王，現在平西王拿下了中京，比燕雲更體面，這樣的功勞，若只是賞賜些財帛，非但會寒了忠臣良將的心，就是天下人也不會信服。哀家是怕外頭的人說咱們趙家薄涼，被人戳了脊梁骨。太子說是不是？」

趙恆心想，有朝一日，若是我登基為帝，便是被人戳了脊梁骨也不要你這老嫗好過。表面上卻是連連點頭，道：「太后所言甚是，只不過……」

「只不過什麼？」太后似乎心裏早有了腹稿一樣，不待趙恆把話說完就接口道：「只不過你忌憚人家功高蓋主？這是聖明的儲君該想的事嗎？古來的君王，任用賢明的就是明君，親近小人的就是昏聵之主，眼下國家出了大賢才，身為儲君的卻心生忌憚之心，這像什麼話？」

趙恆道：「孫臣並不是這個意思，孫臣的意思是，沈傲已是親王，封無可封了。」

太后淡淡一笑：「這也未必，大宋雖然沒有晉封的規矩，可也沒有人立下這麼大的功勞，哀家倒是有個主意，古有周公輔政，今日這平西王賢德不在周公之下，便賜他輔政親王，敕為天策上將，開府儀同三司，可以過問天下軍政事務，輔佐太子監國，如何？」

趙恆聽得駭然，「輔政親王」四個字再淺顯不過，這意思卻是說，太子不堪當國，因此由沈傲輔佐政務，其職權和顧命大臣沒什麼兩樣。至於這「天策上將」卻是前唐李世民的封號，也不知太后是刻意為之還是無心想出來的，這四個字本身就是忌諱。而

「開府儀同三司」看上去好像很尋常，在大宋朝，開府儀同三司的官員多爲散職，只是一個榮譽稱號，可是聽這太后的口氣，是要效仿前朝的開府儀同來辦，也就是給予沈傲自己設立王府官職、任免王府官員的權力，最後那「過問軍政事務」就更加了不得，雖然比不得他這監督軍政事這般威風，可是「過問」二字，也足夠掩蓋自己的光芒了。

其實說到底，這一連串的爵位和官職若是給了別人，說是虛銜也不爲過，可是全部加在沈傲頭上，意義就非同凡響了。就比如那蔡京，便有本事頂著太師的名號總攬三省，隻手遮天，其權勢便是讓趙恒都不得不忌憚幾分。

太后這麼做的用意，反倒讓趙恒有點兒糊塗了，太后這是怎麼了，活到她這個歲數，不會不知道這些晉封的後果，這意味著，大宋朝將會出現三個主人，父皇自然不必說，雖是放了權，可是這皇位還是固若金湯，只要他不死，誰也動搖不得。其次就是他趙恒，以太子的身分監國，名正言順，總攬天下軍政，雖然處處受人掣肘，可若說是次主倒也無人有異議。現在給沈傲加封了這些名目，大宋朝第三號人物就正式的落在他的頭上，實至名歸，甚至可以的話，他只要蓋上輔政親王的金印，就可以任免官員，調動軍馬。

所謂一山不容二虎，太后這樣做，難道只是心血來潮？

趙恒咬著脣，臉色鐵青，太后對他的疏遠，對沈傲的親近，便是傻子也知道，這種疏遠讓他滋生出一股徹骨的寒意。

坐在角落裏旁聽的楊真和石英也都露出駭然之色，相互對視一眼，覺得太后說出來的話實在駭人聽聞。

太后坐在帷幔之後，卻是氣定神閒的喝了一口茶，慢慢悠悠的道：「東宮爲何不說話？」

趙恆心想，這件事萬萬不能輕口許諾，否則後果不堪設想，便沉聲道：

「太后，孫臣以爲此舉大大不妥，平西王的忠心孫臣是知道的，如此厚賜，便是孫臣願意，平西王也未必敢生受，這件事還是再議一議的好，事關到了國體……」

太后冷笑打斷他：「東宮這是不肯了？」

趙恆連忙搖頭：「孫臣哪裡不肯，只是……」

「只是心裏還是不肯是不是？」太后言語冷淡，目光深邃，繼續道：「你是監國太子，難道就不需要賢臣來輔佐？還是太子自認爲已經熟稔了軍政，現在就可以獨斷專行了？」

趙恆嚇得額頭冒出冷汗，太后這句話說中了他的心事，可是明明他心裏這樣想，卻萬萬不能承認，連忙道：「孫臣不才，豈敢有這心思。」

「沒有這心思，那就該學學怎麼署理軍政，沈傲是個賢才，難得又對咱們趙家忠心，哀家想來想去，能擔當這大任的也只有他了。你不必多言，若是還認我這太后，便立即下詔令吧。」

趙恆想不到太后的態度居然如此堅決，甚至有幾分寧願與他反目也要促成此事的姿態，太后越是如此，趙恆心中就越是惱恨，他的臉色難看到了極點，一時之間倒也拿不定主意了。

太后的咄咄逼人，出乎了所有人的預料之外，誰也摸不透太后的心思。趙恆只是抿著嘴，既不敢吭聲辯駁，又不敢輕易答應，左右為難。

楊真這時也覺得太后這個賞賜實在太過厚重，依著他的性子，本想站出來說兩句話，可是剛要張口，卻看到衛郡公石英朝他打著眼色，只好作罷，把話吞回肚中去。

景泰宮裏如死一般的沉寂，宮燈冉冉發出微弱的光線，帷幔後的太后更顯高深莫測。

「太子殿下……」太后已經顯出了幾分不耐，淡淡的道：「太子殿下還不能拿主意嗎？」

趙恆手抓著膝蓋，咬著唇，眼中閃露出一閃而逝的憤恨，隨即道：「孫臣不敢做主。」

太后冷冷一笑，語氣變得尖刻起來：「也罷，既然監國的太子不能做主，那麼就讓皇上來做主吧。楊真……」

楊真聽到太后叫他，立即離座作揖道：「臣在。」

太后慢吞吞的道：「以門下省的名義上疏，將哀家與東宮的對話原原本本的寫在奏疏裏，用加急快馬送出去，請皇上定奪。」

楊真道：「臣遵懿旨。」

「哀家乏了，你們都退下去吧。」太后不耐的道。

趙恆鬆了口氣，便起身道：「孫臣告退。」楊真和石英也都紛紛作揖：「太后安養鳳體，臣等告退。」景泰宮裏，又變得幽靜起來。

太后叫人捲起紗帳帷幔，又叫人開了門窗，整個宮室刹時亮敞起來，她趿鞋而起，拖著長裙回到寢宮去，坐在銅鏡前叫人梳頭，一面端詳著銅鏡中日益衰老的自己，輕輕用手指去撫摸那如何也捋不平的眼角尾紋，淡淡道：「敬德呢？」

「奴才在。」敬德小跑著進來，朝太后奴顏笑道。

太后的眼睛陡然變得黯然起來，幽幽道：

「皇上不濟事，哀家也老了，老話不是常說嘛，長江後浪推前浪，人一老，就免不得要安排好後事，就如皇上最是關心自己的陵寢一樣，哀家雖不關心死後的事，可是這世上還有許多活著人要惦記，不把他們安排妥當了，哀家不放心哪。」

自從皇上在泉州一去不回，太后就時常發出這樣的感慨，敬德早就聽得耳朵起了繭子，便如往常一樣，笑呵呵的道：「太后不老，正當壯年呢，依著奴才看，再活一百歲也算不得什麼。」

太后哂然一笑，看著鏡中的自己，道：「誰教你這些油嘴滑舌的話？」話音一頓，突然又道：「方才哀家和太子的對話，你在外頭可聽到了？」

敬德忙道：「奴才哪裡敢聽。」

「靠門的紙窗還有你的剪影呢，裝什麼糊塗，放心，哀家不會怪罪。」

敬德尷尬笑道：「是，是奴才該死，太后海量才不計較，若是換了其他苛刻的主子貴人，只怕老奴早被人打死了。」

敬德話中的意思是說太后寬厚，太后莞爾一笑，總算露出了一點喜色，便道：「你心中是不是在奇怪，哀家爲什麼要這麼做？哀家是趙家的人，自然該爲趙家人來打算，可是哀家此舉是不是太過了，會損害了趙家？」

這種事敬德可不敢多嘴，他臉上雖然帶著笑，可是神情卻繃得直直的，生怕說錯了一字半句，沉吟了好半晌才道：「太后說笑了，國事奴才也不懂，不過平西王殿下有功於國，賞賜自然是不能少的。」

太后頷首點頭，想必還算滿意敬德的回答，幽幽道：「哀家想的卻不是這個，哀家想的是，當今這太子和哀家並不親近，我這做太后的，平素也沒有給他什麼恩惠，現在就算要施恩，只怕也來不及了。」

敬德知道，太后此時此刻要說的話是絕不能傳出去的，立即緊張起來，朝陪侍在太后的左右宮人和給太后梳頭的內侍努努嘴，示意他們出去。

太后看在眼裏，笑道：「這些都是自己人，不必顧忌，都留在這裏，哀家今日不吐不快。」那幾個要走的宮人又都駐了足。

敬德不知太后今日是怎麼了，怎麼有這麼多感慨，只好耐著性子聽。

「哀家十四歲的時候便嫁給了神宗先皇，只生了兩個兒子，別人都說是好福氣；若說福氣，哀家還真有一些，神宗先帝的子嗣本就不多，哀家一人就獨佔了兩個。後來，神宗皇帝駕崩，哀家遷出宮去，便住在端王那兒……」

太后不叫皇上而叫端王，似乎是覺得只有叫端王才覺得親近一樣，這時候，她沉浸在回憶之中，雙目微微拱起，臉上含著一種恬然的微笑。

「原以為能做個太妃就知足了，可誰曾想，哲宗先帝又駕崩了，那時候真可怕，整個汴京鬧哄哄的，最後也不知怎的，太皇太后和大臣們推舉了端王，呵呵……端王聽了消息，整個人都呆著沒有動呢，老二晉王也不是省油的燈，偏要說他這皇兄是中了魔怔，說要去請太醫。」

太后吁了口氣，整個人變得陰沉起來：

「哀家是有福之人，從太妃到了太后，嫡親的子嗣也從親王做了皇上，享了這麼年的福，哀家也不奢求什麼了，唯一放心不下的還是晉王。方才哀家不是說了嗎？太子和哀家生分著呢，外頭也瘋傳他和沈傲有嫌隙，沈傲是哀家的孫婿，是清河的駙馬，他們都是晉王的命根子。你想想看，現在太子監了國，太子登極只是遲早的事，沒了皇上，哀家依靠誰去，晉王依靠誰去？晉王行事瘋癲，當今皇上是他的嫡親兄弟，自然讓他一些，再加上有哀家給他們兄弟兩個撮合，晉王再胡鬧，總不至於丟了富貴。可若是太子登極，晉王再這樣鬧，就不是這麼回事了，太子和晉王總是疏遠了一層，又因爲沈傲的嫌隙，將來鐵定是要治晉王罪的，哀家就這麼兩個兒子，哪一個吃了虧，都像針扎了一樣，怎麼能不爲他們及早做個打算。」

太后語氣又緩和下來：「當然了，太子是哀家的孫子，哀家自然也不會令他吃虧，不過是讓沈傲過問軍政而已，令他心有顧忌也就是了，沈傲這個人哀家清楚，他沒有這個野心，也不會去做對不起皇上的事，咱們趙家的宗社還是穩穩當當的，只要太子不對他動手，自然好說。」

敬德連連稱是，道：「太后要及得上諸葛孔明了。」

太后微微一笑，語氣低沉的道：「人無遠慮必有近憂，其實太子能和平西王和睦相處自是最好，就算是不能，讓他們將來無處下手，誰都不敢輕舉妄動也就是了。」

天色黯淡下來，窗外的晚霞灑落萬點昏黃，將暮色中的宮殿染得千姿百態，那點點的昏黃透過紙窗灑落進寢殿裏，與殿中的冉冉燭光相互映襯，赫然之間，銅鏡中的太后顯得年輕了許多。

太后長身而起，哂然笑道：「哀家和你說這個做什麼，知會京兆府，為慶祝大捷，可以到東華門放一些煙花，讓大家都樂呵樂呵。」

「是……」

第一八二章 後顧無憂

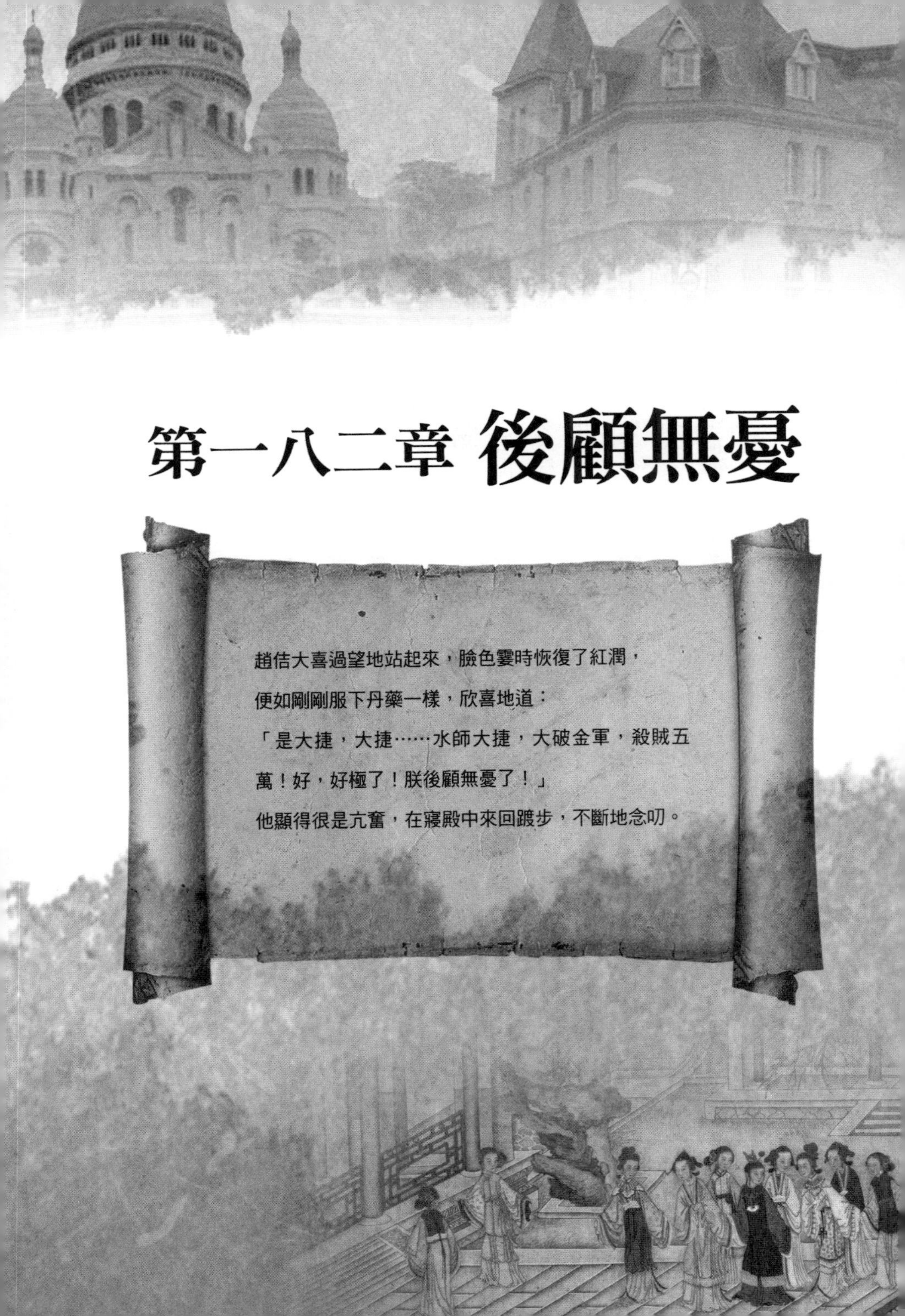

趙佶大喜過望地站起來，臉色霎時恢復了紅潤，
便如剛剛服下丹藥一樣，欣喜地道：
「是大捷，大捷……水師大捷，大破金軍，殺賊五萬！好，好極了！朕後顧無憂了！」
他顯得很是亢奮，在寢殿中來回踱步，不斷地念叨。

從汴京到泉州，若是騎上快馬，八百里加急，也不過六七天就到，不過南方水網密佈，再加上福建路多山，卻也要耽擱些時間，等那門下省的捷報和太后擬定的奏疏送到泉州時，已經是第九日了。

趙佶在泉州的日子其實並不好過，既受人抨擊，彈劾請願的奏疏如雪花一般，攪得他一點都不安生；另一方面，又憂心女真人南下，怕留下罵名，因此心情壞到了極點。

泉州雖也到了初冬，天氣並不算冷，連續一個多月都是豔陽高照，直到這兩日才淅瀝瀝的下了些小雨，天氣沒有了從前那樣潮熱，多了幾分清新。可是趙佶的脾氣卻是越來越壞，只有吃了丹藥，心緒才肯平復一些。

皇上的脾氣壞，最提心吊膽的自是楊戩，一開始，陛下服了丹藥之後還算不錯，連精神都格外好起來，可是到後來，丹藥越來越不太靈光了，先是一日一粒，現在是一餐兩粒才有從前的效用。

可是楊戩也漸漸發覺，皇上的身體越來越壞了，半個月前，陛下小病一場，只是有點兒頭疼腦熱，若換作是從前，太醫開了一劑藥方子，睡一覺大致也就好了，可是現在，卻是什麼藥都不濟事，竟是差點昏厥過去，連續臥病了四五天，才有好轉的跡象。

楊戩心裏覺得蹊蹺，可是又不敢勸說什麼，背地裏給沈傲去了一封信，想讓沈傲拿主意。

昨天夜裏，陛下老是咳嗽，楊戩伺候了一夜，到了晌午才起來，漱了口，叫來個內侍問陛下在做什麼，那內侍道：「說是來了八百里加急，陛下正要看呢。」

八百里加急……楊戩心裏不以爲然，自從陛下移駕到了泉州，這八百里加急的東西實在太多，三省處置不了的政務要八百里加急，太子問安的奏疏也是八百里加急，反正什麼陳芝麻爛穀子的事都是加急送來的，好像不加急，這朝廷就要傾覆了一樣。

楊戩整好了衣冠，便往趙佶的寢殿去伺候。穿過迴廊，過了月洞，裏頭就屬於重地了，裏三層外三層全部是殿前衛，三步一崗五步一哨，防禁森嚴。

到了行宮最深處的一處閣樓，楊戩清咳一聲，做好了準備，才謹慎的踏步進去。只見趙佶靠在軟榻上，楊戩躡手躡腳的到了榻前，低聲道：「陛下……」

趙佶的精神顯得有點疲憊，抬起眼來看了楊戩一眼，語氣冷淡地道：「朕不是叫你今日不必來伺候了嗎？」

楊戩笑吟吟地走過去，給趙佶加了個軟墊，道：「老奴積習已久，改不了了。」

趙佶舒服地換了個臥姿，道：「罷了，你去將御案上的奏疏遞上來，朕在泉州還有這麼多瑣事，看了心煩，不看又總是放心不下。」

楊戩當然知道陛下心煩的是什麼，這些奏疏，有不少是窮追猛打請趙佶回京的，什麼國不可一日無主之類的話。楊戩頷首點頭，在榻下的案上撿了十幾本奏疏來，抱到榻前，先遞過去一本。

趙佶強打起精神，還未翻開奏疏便已經打起了哈欠，隨手翻開，冷笑道：「太子都監了國，這等陳芝麻爛穀子的事還要加急送來給朕御覽，那還要太子做什麼？」

說罷隨手將奏疏拋開，手伸向楊戩，接過第二本奏疏，也是懶洋洋地看去。這時，他的臉色顯得更差了，不悅地道：「禮部左侍郎就是個混帳！」

看到第七本奏疏的時候，趙佶的眼中閃過一絲愕然，隨即坐直了身體，抬起眸道：「這本奏疏是什麼時候送來的？」

楊戩哪裡知道，便問一旁的內侍，內侍答道：「回陛下的話，一個時辰之前加急送來的。」

趙佶掐著指頭算了日子，大喜過望地站起來，臉色霎時恢復了紅潤，便如剛剛服下丹藥一樣，欣喜地道：「是大捷，大捷……水師大捷，大破金軍，殺賊五萬！好，好極了！朕後顧無憂了！」

他顯得很是亢奮，在寢殿中來回踱步，不斷地念叨：「沈傲拿下了大定府，拿下了中京道，這是曠古未有的大功勞，朕果然沒有看錯他。」

楊戩聽了，也是大喜，道：「恭喜陛下，賀喜陛下。」

趙佶腰板挺直起來，哈哈笑道：「不必恭喜朕，該恭喜沈傲，彪炳戰功，好得很哪！」

趙佶一反常態，至今還處在亢奮狀態，心中的喜悅可想而知，他走到御案邊端起茶盞去喝了一口，又認真看了奏疏，道：「女真人也不過如此，朕有沈傲，天下可以安定了！」

趙佶一下子變得精神奕奕起來，一屁股坐在御案前，將這份報捷的奏疏置在御案上，沉吟一下，用顫抖的手提了筆在奏疏下寫了一行字：卿不負朕、朕不負卿。吹乾了墨跡，將奏疏交回給楊戩，道：「立即加急送出去，送去大定府。」

楊戩立即放下剩餘的奏疏，拿了趙佶的批語飛快出去，在親殿外叫了個殿前衛虞候，吩咐他立即派人加急送出，才旋身回到寢殿。

現在楊戩的腦子裏整個還是亂哄哄的，只覺得這捷報來得太快，令人猝不及防，若不是這捷報是平西王那邊傳來的，他幾乎要懷疑是有人假傳捷報了。

至於趙佶的心思，楊戩哪裡猜測不出？眼下大宋風雨飄搖，趙佶雖然撒手不管，一心只顧著偏安在泉州，可是心裏卻是無時不刻地盼望捷報，如今真有大捷遞來，欣喜若狂是肯定的。

楊戩覺得自己現在連腳步都比平時輕快了許多，又回到寢殿，才發現趙佶已經坐在案前繼續翻閱奏疏了，不過，趙佶臉上的欣悅之色一下子收斂起來，整個人若有所思地看著御案上的一份奏疏，一動不動。

楊戩最善察言觀色，不禁狐疑起來，捷報送來，陛下至少會高興個十天半個月，何故一眨眼的功夫又板起了臉？楊戩躡手躡腳地走近，目光隨之落在御案上的奏疏上，不過他不敢仔細端詳，只是大致看到裏頭寫著輔政、開府、大功之類的字眼。

趙佶擰著眉，似乎在權衡著什麼，突然，他的身體向後一傾，靠在椅墊上，似乎在猶豫著什麼。楊戩不敢打擾，只是站在一旁看著。

良久，趙佶突然抬眸，淡淡地道：「楊戩，朕有話問你。」

楊戩連忙道：「請陛下示下。」

趙佶凝重地道：「太子和沈傲不睦是嗎？」

被趙佶這般直截了當地問話，楊戩一下無所適從，又不敢輕易回答，權衡了一會兒才道：「老奴確實聽說過一些風言風語，太子和平西王殿下似乎是有些嫌隙。」

趙佶的臉色一鬆，道：「這就解釋得通了，母后這麼做，是要給晉王留一條後路，她老人家不放心啊。」

楊戩聽得雲裏霧裏，不知道到底發生了什麼事，一聽涉及到太后，就更謹慎了，始終不發一言。

趙佶皺著眉，似乎還在權衡，以趙佶的天資，這世上的事還有什麼東西看不透？有些時候雖然裝糊塗，其實心裏卻如明鏡一樣，只是他這人一向慵懶，不願意去想去解決而已。不過這份奏疏卻是非同小可，裏頭詳細記載著太后與太子之間的對話，這件事事關重大，由不得趙佶不得不去面對。雖然只是隻言片語，可是趙佶立即猜測出太后和太子的心思，也正是因爲如此，才讓趙佶越發爲難起來。

「母后沒有錯，朕老了，身體越發的不行了，沒了朕，她拿什麼倚仗呢？晉王愛胡鬧，朕能容忍是因爲朕和晉王骨肉相連，一母同胞，最是嫡親不過……」趙佶目光深邃，那略帶幾分渾濁的眼眸此時閃動著智慧的光澤，繼續自言自語道：「可若是太子登極了呢？太子貌似忠厚，心裏怎麼想卻難以揣測，便是朕都覺得太子的心機……」

趙佶原本想說太子的不是，可是話到了口中，卻還是咽了下去，只是苦笑道：「母后這是不放心，怕太子有朝一日要對付晉王，對付沈傲。她的心思朕明白，其實朕又何嘗沒有這個念頭？太子這個人，心胸狹隘，未必能容得下晉王和沈傲。」

趙佶彷彿打定主意一樣，目光落在楊戩身上，道：「楊戩，朕問你，朕若是賜沈傲爲輔政親王，天策上將，開府儀同三司，過問天下軍政可以嗎？」

楊戩方才聽趙佶喃喃自語，已經大致猜透了奏疏的內容，心裏自是巴不得沈傲再進一步，畢竟楊戩心裏也清楚，趙佶的身體是越發的不成了，若是有朝一日……太子登極之後，倘若當真要剪除異己，他楊戩只怕是頭一份，可要是沈傲當真做了輔政王，至少這大樹底下好乘涼，沈傲不倒，他楊戩的性命就是穩穩當當的。

可是趙佶突然問自己，一副徵詢意見的口吻，又讓楊戩遲疑起來，心裏想：我該怎麼答呢，會不會是陛下故意要試探我的？還是陛下身邊實在沒有人商量，才問到我的頭上？

楊戩左思右想，理不出頭緒，索性咬咬牙，突然痛哭流涕起來，拜倒在地，嗚咽道：「陛下，奴才今日索性把話都說了吧，方才陛下問沈傲與太子是否有嫌隙，其實不止是沈傲，便是奴才，也是討太子的嫌，這滿朝文武，討太子嫌的人多了去了。晉王殿下一向與太子不睦，全汴京都知道，晉王素來說話口無遮攔，得罪太子也不是一次兩次，再者說，清河郡主又是沈傲的王妃，更是被太子視做了眼中釘、肉中刺，因此不管是沈傲、是晉王還是朝中的諸公，心裏頭都巴望著陛下能君臨萬代，否則……否則……」

楊戩在「否則」後頭加了一個懸念，嗚嗚地哭泣起來，話中的意思再明確不過，太子登基，大家都要倒楣，一朝天子一朝臣，這是亙古不變的道理。陛下若是不給大家一個保障，莫說是沈傲，便是晉王也要被狠狠地收拾掉，一旦要著手收拾晉王，那太后還有好日子過嗎？這麼多人的身家性命，都指著平西王呢。

趙佶沒來由地有些煩躁，惡狠狠地道：「不要哭，哭個什麼？朕還沒死！」

楊戩只好停止了嗚咽，趴伏在地上一動不動。

趙佶負著手，在寢殿中來回踱步，良久之後，駐足淡淡地道：

「你方才的話倒是讓朕明白了，母后這麼做是有她的苦心，母后有苦心，朕也有苦心，朕登基了這麼多年，許多人都是朕的故舊，這些人，朕也不忍心讓他們臨到頭來還要吃虧，既然如此，朕就索性給你們一道護身符吧，傳旨意……」

趙佶似乎是下定了決心，態度堅決地道：「平西王大功於國，盡心勉力，戰功彪炳，即敕其進爵輔政親王，天策上將軍，開府儀同三司，過問天下軍政事，讓他好好輔佐太子監國，不得有誤！」

話音剛落，趙佶咳嗽幾聲，像是被抽乾了一樣，有氣無力地道：「朕乏了，快，上丹藥來。」

鵝毛大雪紛紛揚揚，萬里無垠的雪原上，朔風像刀刮一樣捲起萬千絮雪，厚厚的大雪，雪原的中央，炊煙冉冉，被大雪蒙了厚厚一層的帳篷安靜的矗立。

這是一個規模不大的女真部族，屬於五國部落的一支，像這種從東北邊界遷徙來的女真部族，在北京道隨處可見，白山黑水之間的女真人生活困頓，那裏常年積雪，便是河流在大多數時間都結成了冰坨。

如今，女真的英雄阿骨打趁勢而起，各部免不了沾上阿骨打的光，阿骨打的本族大多都遷徙進了臨潢府、大定府之類的大城市享福。五國部族就不同了，因為此前曾與阿骨打的部族連年征戰，能分享到的戰利品自是少之又少。不過對五國人來說，他們已經滿足了，能夠從那苦寒的邊陲之地遷徙到這水草豐美的臨潢府一帶，生活已經改善了許多。

部族的人口只有五千餘人，說多不多，說少也不算少，此時暮色皚皚，再加上大雪紛飛，光線很是黯淡，但族裏還是抽調了一百多個青壯負責巡視，這些人一夜都不能睡，只能提著馬燈在帳中喝酒，一有風吹草動立即示警。

草原裏來了一群窮凶極惡的強盜，這消息如長了翅膀一樣在臨潢府一帶傳揚開來，據說是一群漢人，領頭的便是那先敗三萬女真鐵騎，隨即又燒殺五萬女真勇士的平西王。

這個人的名字在女真人中間很是響亮，各部的老人都說此人有三隻眼睛，六隻手臂，臉如盆大，張開血盆大口足以吞噬一匹馬駒，如此惡魔一樣的人，帶著一萬鐵騎到了草原，一路燒殺劫掠，凶殘無比。

前兩天還聽說，百里之外的圖索綸部就遭受了沈傲鐵騎的奇襲，一夜之間，部族便被夷爲平地，雪原上到處都是圖索綸人的屍首，這些強盜殺了人還不解恨，除了取了能帶走的吃食和馬料，其餘的東西都付之一炬，大火燃燒了一天，聞訊趕到的女真騎兵抵達那裏時，整個圖索綸部已經變成了焦炭。

現在太后已經頒佈了懿旨，命令京畿一帶的鐵騎四處堵截，三萬鐵騎分爲三隊，四處搜索沈傲的蹤跡，可是往往都比對方要慢半拍。有一支女真騎軍差一點將他們追上，誰知這些宋軍鐵騎，馬兒不但跑得快，且騎射功夫駭人，邊走邊回頭射擊，女真騎軍追了六十里，損失慘重，不得已只好怏怏而回。

從前草原最顧忌的是狼群的襲擾，在他們眼裏，只有那些懦弱的西夏人、遼人、漢人才會害怕洶湧如潮的大漠鐵騎，可是現在形勢像是翻了個個一樣，平西王出關的消息傳出來，女真各部人人自危，突如其來的變化，也讓人無所適從。

這時候還只是傍晚，炊煙漸漸熄了，部族裏的女真人用過了飯，一頂頂厚實牛皮包裏的帳篷亮出燈來，讓暮色之下的雪原多了幾分生氣。

隆隆……密集的馬蹄聲震撼著地面，隆隆作響。這樣的聲音突然出現，讓部族裏的人突然警惕起來。雖說這馬蹄可能來自女真鐵騎，也有可能是一群覓食的野馬群，可是在這個時候，誰也不敢大意。

幾十個年輕人從帳篷中出來，翻身上馬，出了部族來看，無垠的雪原上，除了隆隆作響的馬蹄，一片雪白，什麼都沒有。

被朔風吹得在半空亂舞的絮雪遮蔽了族中勇士的視線，不過很快，在地平線上，驟然出現了模糊的影子，是騎兵。接著，數里長的地平線上，在絮雪和狂風之中，出現一個個騎影。

「快，快，是宋人，是宋人！」

撕心裂肺的吼聲刺破了嗚嗚的風聲，整個部族立即混亂起來，不管是男人女人，都從帳篷中衝出來，各自拿著武器，紛紛去尋自己的戰馬，孩子的哭啼聲也傳了出來，還有一些半大的孩子，拿著與身形不相符的彎刀，騎上了小馬駒。

女真人個個都是戰士，只要騎得動馬，都不是任人宰割之輩，居然只用了一炷香時間，一千多族人已經集結完畢。

天地之間，蒼茫的雪地、遠處巍峨的白峰都顯得黯然失色，在那一雙雙如狼似虎的猩紅眼眸裏，只有那處女真人的聚集點，和桀驁不馴的女真人。

嗚嗚……牛角號發出低沉的聲音，沉默的人霎時變得躍躍欲試起來，躁動的戰馬用雙蹄刨著雪地打著響鼻，在隊伍的中央，帥旗升了起來，騎著白馬的沈傲穿著犀皮甲，頭上的梁冠已經不見了蹤影，只是用繩子隨意紮起長髮，亂髮隨著朔風飄舞。

沈傲的臉色驟然間變得無比猙獰，長劍出鞘，斜指晦暗的天穹，他那帶有幾分嘶啞和疲憊的聲音隨著風兒四散開來：「就是他們了，今天就在這裏過夜，住他們的帳篷，搶他們的馬料，吃他們的牛羊……」

後頭的周恆威風凜凜的緊緊貼在沈傲身後，沒頭沒腦的冒出一句：「睡他們的女人！」

沈傲的話沒有令大家打起精神，周恆這一句補充，霎時讓萬名鐵騎士氣如虹，眾人一起轟然大吼：「睡他們的女人。」

沈傲心裏大罵，果然男人一出關就變成了禽獸。再不囉嗦，朝著前方的茫茫雪原大吼：「殺！」

「殺！」

千萬匹戰馬一齊奔騰，數萬的馬蹄轟轟的敲擊著雪地，綿長的喊殺聲響徹天地，風馳電掣的迎著大風，迎著絮雪在雪原上瘋狂的奔跑。

萬名鐵騎在稍稍的凌亂之後，迅速又凝結起來，擺成了箭矢的陣型，宛若開弓的利箭，流星一般在雪原上劃過驚鴻。

女真人緊張起來，也由不得他們不緊張，這些草原上的牧民，只需看對方的騎術，就立即明白，眼前的宋人都是最出色的騎兵，他們未必有拐子馬軍出色的騎射功夫，可是那萬人如一人的陣型和訓練有素的氣質，都足以與拐子馬軍對陣。

有女真人生出了絕望之心，可是事到如今，他們已經沒有選擇，一千餘人咬了咬牙，隨即迎向那鋪天蓋地的宋軍鐵騎策動戰馬。

兩支騎隊相距越來越近，驟然間，宋軍鐵騎的隊伍中傳出一個個校尉的大吼：「彎弓！」

一聲令下，風馳電掣中的宋軍毫不猶豫的用雙腳去控制戰馬，抽出了身後的弓箭。嗤嗤……鋪天蓋地的箭雨便朝女真騎隊蓋了過來。

宋軍的箭矢採用的是狼牙箭簇，輕巧而密集，一時間，許多女真人像是收割的草料一樣紛紛從馬上倒下，大部分都被衝過來的戰馬踏傷，甚至踩死，還未短兵相接，女真人隊形就隨著這一通亂射變得紊亂起來。

騎兵對戰，最忌諱的就是隊形鬆散，一旦露出破綻，對方就可以毫不猶豫的將這破綻不斷擴大，直接犁開血路。

女真人更加絕望，這時，對面的宋軍居然極有默契的發生了變化，拱衛在兩翼的騎兵突然調轉了馬頭，兵分兩路，朝女真騎隊的側翼迂迴而來。

兩翼的宋軍雖然不過數百人，可是看對方的意圖，女真人已經明白，宋軍騎兵的打算是中間突破，兩翼包抄，這樣的戰術，需要極高的默契。

只射了一箭，宋軍毫不猶豫的收回了弓箭，將長弓直接掛在馬鞍的小鉤子上，隨即，宋軍一起發出一聲爆吼：「拔刀！」

鏘鏘……冰冷刺骨的刀鋒脫鞘而出，如林一般出現女真人面前。短促之間，兩支騎隊終於撞在了一起。如潮的宋軍騎兵便源源不斷的發起一波又一波的衝刺，兩翼的宋軍騎兵同時殺到。

女真騎隊完全淩亂起來，一隊隊宋軍騎兵毫不猶豫的在豁開的口子中盡力馳騁，一柄柄表面上凝結了一層冰霜的長刀，在天穹下劃出弧線，淒慘的嘶吼聲迴蕩開來。

一道、兩道、三道……宛若潰爛的堤壩，如洪水一般的宋軍擠開一個個口子，隨即將口子不斷擴大，犁開一條條血路。

整場戰鬥激烈而短促，從兩軍相接到女真人徹底崩潰，不過眨眼的功夫，那一柄柄長刀狠狠的高抬，重重的劃下，鐵蹄踐踏著落馬的敵人，這一千多倉促集結起來的女真騎隊徹底的垮了，垮得很徹底，毫無懸念！

宋軍開始默契的以營爲單位，將殘餘的女真人分割包圍，不斷的奔殺，滾燙的鮮血溶開了積雪，泥濘的土地上，血腥在蔓延，淒吼在迴蕩！

沈傲帶著一隊親衛，打馬從戰鬥中擺脫出來，戰馬奔上了一處小山丘，一雙虎目自高而下的看著接近尾聲的戰鬥，朔風吹刮在他冷漠的臉頰上，一雙眼眸無比殘忍的梭巡，隨即朝身後的周恆道：「半個時辰之內，本王不希望看到活著的女真人，傳令下去，還是老規矩，雞犬不留！」

第一八三章 位極人臣

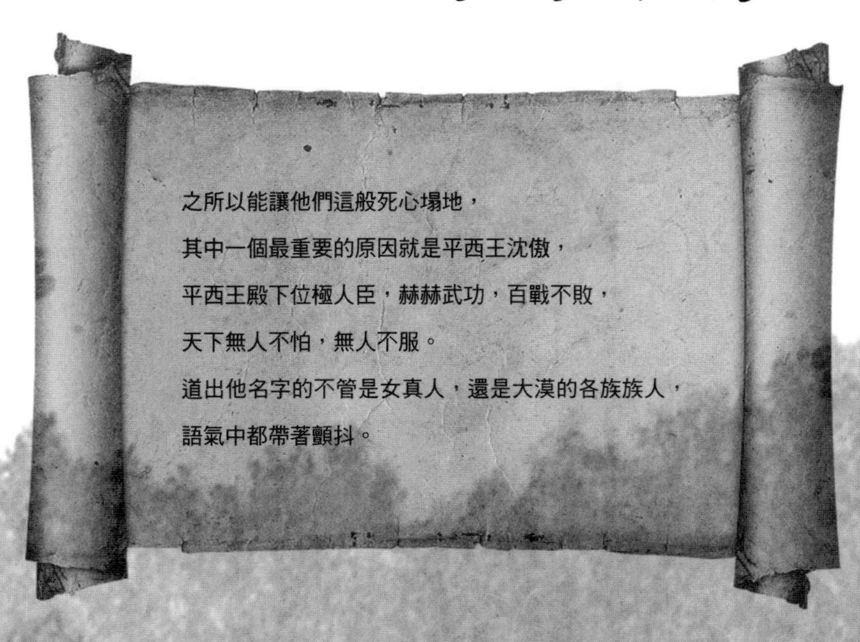
之所以能讓他們這般死心塌地，
其中一個最重要的原因就是平西王沈傲，
平西王殿下位極人臣，赫赫武功，百戰不敗，
天下無人不怕，無人不服。
道出他名字的不管是女真人，還是大漠的各族族人，
語氣中都帶著顫抖。

溫暖的大帳裏已經升起了炭盆，這帳子是用牛皮包裹，用雪衫木做的骨架，外頭雖是冷風肆虐，這裏卻是嚴嚴實實。

「好地方，說不定還是女真王公的住處呢。」沈傲換上了一件皮裘，兩頰有點兒凍紅了，吸了吸鼻涕，愜意地想著。

空氣裏還瀰漫著血腥氣，不過出關這麼久，襲擊的部族少說也有七八個，人殺得多了，也就沒了這麼多忌諱，沈傲坐在炭盆前，緊了緊身上的裘衣，聽博士彙報戰鬥的傷亡。

這一場戰鬥，共殺女真三千一百四十三人，可見這部族在女真各部中規模還算不小，全盛時多半是超過五千人的，不過男人都去打仗了，只留下婦孺，否則勝利絕不可能來得這麼輕易。

水師騎兵的損失也是不小，至少沈傲是這麼認爲的，戰死的雖只有六個，可是受傷的卻有一百餘人，眼下這些人正在醫治，除了幾個重傷不治的，大多數傷得並不重。

這樣的戰績在朝中的袞袞諸公看來足夠咋舌了，可是沈傲卻不滿意，他心裏清楚，水師騎兵經過連日的鏖戰已經大大不同，長年累月的苛刻操練，再加上屍山血海的磨礪，這支騎兵可謂天下無雙。

能與它比肩的，橫山五族算半個，金國的拐子馬軍、鐵浮圖軍算兩個。如此虎狼，對陣一群女真人的老弱婦孺，以眾擊寡，傷亡卻超過了三位數，這讓沈傲很不滿意。

再過了一會兒，安頓了營務的將佐們紛紛到了，沈傲問騎軍營官道：「斥候派出去了嗎？」

營官道：「十支斥候隊全部派遣了出去，方圓百里若有什麼風吹草動，一定會有消息。」

沈傲頷首點頭，道：「這便好，奔波了幾天，大家都累了，讓將士們用過了飯，立即休息吧。」

沈傲疲倦地用火鉗去勾著炭盆，繼續道：「好好休息幾日，養足了精神，只怕再過些時候，就有一場硬仗要打了，咱們從蘇杭、泉州集結，從蓬萊出海，為的就是這一戰，成敗就看這幾天了。」

眾人紛紛稱是，沈傲有些倦了，靠在椅上小憩，誰知這一覺竟是睡到了第二日清早，周恆本是興沖沖地來叫他吃晚飯，見他睡得熟，不敢打擾。

沈傲醒來後，照例叫人來問有什麼消息，周恆道：「一點兒消息都沒有，十個斥候隊今日一早就回來了，附近都沒有女真人軍馬調動的跡象。」

沈傲頷首點頭，心想，往常襲擊草原部族，女真人往往在五個時辰之內就能收到消息，大致十個時辰就能趕來，今日卻是連個鬼影都看不到。

沈傲沉吟一下，道：「再探。」

周恆傳令下去，女真人仍然沒有任何消息，彷彿對五國部族的生死漠不關心。

水師騎兵在這裏休息了兩天，已是精神奕奕，這時候，一名女真裝束的騎士飛馬而來，沿途撞到了巡邏的遊騎，遊騎見了此人的女真裝束，立時警惕起來，紛紛拔出了長刀策馬迎了過去。

甫一接觸，還未動手，對方便用純熟的漢話道：「平西王殿下在哪裡？錦衣衛北京道百戶有要事稟告，事不宜遲，快帶我去。」

細細打量，才發現這人雖然梳著女真人辮子，頭上戴著暖帽，身上也是左衽的皮裘，可是這張臉卻是十足的漢人面孔，他的眼袋漆黑，想必已經很久沒有睡過好覺，渾身上下都透著一股透心的疲倦，再看他的臉上，雙唇輕抿，神情凝重。

這錦衣衛百戶從腰間解下一個腰牌，丟給遊騎們看，一個遊騎的隊官接了，也分辨不清什麼是錦衣衛的腰牌，不過這腰牌雕工不錯，若這人當真是女真人，也未必能有這工藝水準，便道：「隨我們來吧。」

回到那五國部族的營寨，到了轅門處，叫這百戶下了馬，一面叫人去通報，一面查驗解除此人的武器，直到中軍傳出消息，讓這百戶進去，才放人進了大帳。

「卑下北京道百戶所百戶丘真見過殿下。」百戶一進入大帳，納頭便拜，兩眼抬起來，看到沈傲時，眼中帶著某種狂熱。

北京道的錦衣衛職責最是重大，而且又在大漠，困難可想而知，他們分散在北京道各地，有的扮作女真人，有的扮作客商，有的甚至進入女真的貴族府邸爲奴爲僕，可是每個人卻都銘記著自己的身分，銘記著自己的職責。

之所以能讓他們這般死心塌地，其中一個最重要的原因就是平西王沈傲，平西王殿下位極人臣，赫赫武功，百戰不敗，天下無人不怕，無人不服。他們雖在大漠，可是仍然能隔三岔五地聽到沈傲的名字，道出他名字的不管是女真人，還是大漠的各族族人，語氣之中都帶著顫抖。

在錦衣衛們看來，能在平西王麾下效力，是極大的榮耀，所以他們雖然遭遇百般的挫折，艱辛無比，卻仍帶著希望，他們相信，總有一日，平西王殿下會有用到他們的地方。

現在，養兵千日用兵一時的時刻到了。

沈傲含笑朝丘真頷首，語氣和善地道：「不必多禮，站起來說話。」

丘真直膝站起來，道：「卑下倉促前來，是要緊急稟告一個消息，卑下在北京道的身分是一名客商，駐紮在臨潢府以東的草場部族裏打探消息，從各處收集到的情報來看，這幾日女真騎軍調動頻繁，據說連臨潢府的金軍都調出了數千，似乎各路的金軍都在牛王帳一帶集結。」

沈傲不敢怠慢，他的身後，懸掛著一幅巨大的地圖，他反過身尋找牛王帳的位置，端詳了許久，終於在臨璜府以西五十里外發現了這個地方，他一邊看著地圖，一邊道：「你繼續說。」

丘真道：「不止是如此，臨璜府也傳出許多流言蜚語，似乎是在臨璜府的西面出現了大量的敵人。」

沈傲道：「可以確認嗎？」

「卑下不敢確認，不過金軍的調動卻是沒有錯，卑下敢用人頭擔保。」

沈傲突然笑了起來，道：「李清和鬼智環來了！」

「啊……」丘真一時不解。

沈傲淡淡地道：「決戰要開始了，丘百戶，你這消息很好，本王這兩日也在想，爲什麼本王在這裏殺戮女真人，女真的騎軍反而沒有動靜了，現在看來，應當是本王的西夏鐵騎到了。」

調動西夏鐵騎，是沈傲早就下達的命令，不過沈傲想不到，西夏鐵騎來得這般快。

沈傲出動一萬騎軍，便是要與西夏鐵騎在臨璜府一帶集結，合力與臨璜府一帶的金軍決戰，現在西夏鐵騎如期而來，讓沈傲不由鬆了口氣，心裏想：今日，就讓女真人見識見識本王的厲害吧。

沈傲回過眸去，對丘真道：「丘百戶想必是乏了，先下去歇息，周恆，召集眾將。」

丘真作揖告退，騎軍的各營營官也接二連三地來了，軍官與博士分兩班側立在大帳之中，沈傲高踞在上首，虎目顧盼之間，流露出幾分緊張。

西夏鐵騎加上大宋的騎軍足有十一萬，人數當是北京道金軍的兩倍，而且沈傲帶著水師騎軍四處襲擾，金軍苦不堪言，疲憊不堪，再加上臨潢府一帶的金軍並沒有像拐子馬、鐵浮圖之類的金軍精銳，宋夏聯軍以多擊少，以逸待勞，優勢明顯。可是這一戰的關係極大，勝，則直入臨潢府，天下震動；可是一旦敗了，天下的格局只怕又是不同了。

沈傲難免會有幾分緊張，沉默了片刻，眼眸中閃過一絲毅然，他站了起來，幽深的眼眸在每一個軍將的臉上掃過，淡淡地道：「十萬夏軍已經抵達臨潢府，從今日起，水師騎兵將與他們並肩作戰！」

宋夏之間早已共棄前嫌，夏軍是沈傲的左手，水師是沈傲的右臂，在水師心裏，水師和夏軍並沒有什麼區別。出發之前，沈傲只說直搗臨潢府，並沒有透露出夏軍出關的消息，現在突然來了十萬夏軍，讓水師軍官們不禁精神一振，士氣也隨之高漲起來。

沈傲繼續道：「此戰關乎天下人的福祉，甚至關乎我大宋的存亡，我大宋水師，就是大宋的屏障，水師在，大宋安，水師若敗，則天下不寧。」

沈傲頓了頓，眼中閃過一絲傲然之色，道：「完顏阿骨打是什麼人？酋長而已，也敢稱帝？今日，本王要直搗女真酋長的巢穴，要盡俘他的親眷，殺絕他的宗族！」

「殺！」眾人激動地應諾一聲。

沈傲的語氣變得緩和起來，道：「傳本王將令，一個時辰之後，全軍出發，去臨璜府。」

眾人殺氣騰騰地叫道：「去臨璜府睡完顏阿骨打的女人。」

沈傲振臂大呼：「完顏阿骨打的女兒留給本王。」

眾人愕然，面面相覷。

周恆也跟著振臂高呼：「完顏阿骨打的女兒都押到平西王府，給王妃做奴婢！」

沈傲聽到王妃兩個字，如頭上潑了一盆冷水，隨即便笑起來：「這是戲言，不必當真，大家各自去準備吧！」

眾人竊笑著散了，幾個人似乎在低聲嘀咕，好像在說：「帶著小舅子出征，實在是累贅，大家要謹記這個教訓，殿下給你我做了表率，切莫再重蹈他的覆轍。」

其他幾個人都是小雞啄米地點頭，深以爲然。

風雪在低吼，牛王帳的肥美水草已經被漫天的積雪覆蓋，陰霾的天空，看不到任何光線，在這昏天暗地的雪原，巨大的人流結成十里長的營寨，戰馬在嘶鳴，人聲鼎沸。

西夏的狼旌在風雪中飛舞，穿著黑皮甲的橫山鐵騎成群結隊地冒雪出來，隨後又打馬回營。萬千的人影在蠕動，積雪被踐踏得泥濘不堪。

西夏軍的大帳裏，西夏軍中三巨頭各自落座，烏達以主帥的身分坐在上首；李清則坐在左側沉吟；帶著鬼面的鬼智環，那雙烏亮的眼睛一如既往的冷漠。

烏達清清嗓子，用低沉而嘶啞的聲音道：「金軍已經集結了，決戰就在明日。金軍的主力爆發性極強，要與他們正面決戰，只能讓橫山鐵騎硬頂上去，鬼智將軍，驍騎軍需要一個時辰，橫山軍能抵擋一個時辰嗎？」

鬼智環漠然地道：「有何不可？」

「這就好。」烏達面對鬼智環，總算是露出一點笑容，這個女人雖然冷漠，可是烏達知道，只要她答應的事，就一定有把握。

女真鐵騎最可怕之處就是瞬間的爆發力，一次衝刺，所爆發出來的能量足以天地變色、摧枯拉朽，西夏軍要想取得勝利，最大的困難就是抵擋他們的第一次衝擊，只要讓戰局陷入僵局，才有勝利的希望。

李清沉聲道：「現在決戰，是否太倉促了？殿下的水師騎兵還未與我們會合，不如等殿下到了再說？」

李清的臉上飽經風霜，這兩年一直在西夏練兵，爲了調教驍騎軍，他幾乎沒有睡過一個好覺，沒有吃過一頓好飯。前年公主殿下賜婚，將兵部侍郎的女兒嫁給他，可是成親三天後，他又搬到了營中，與士卒們待在一起，同吃同住。

可以說，這五萬驍騎在李清看來，便如他的兒子一樣，不到萬不得已，李清不願意拿驍騎軍去做賭注。

鬼智環低不可聞地冷哼一聲，道：「來不及了，殿下率軍早已出關，在這草場上四處襲擾，爲的是什麼？爲的就是吸引女真騎軍，令他們日夜不得安生，疲於奔命，現在女真鐵騎宛若驚弓之鳥，又是疲乏不堪，若是錯失良機，給予他們喘息的時間，我們如何對得起殿下的好意？決戰就在明日，絕不容更改，一切都靠西夏自己。」

鬼智環的話雖不客氣，說得卻一點都沒有錯。沈傲率軍出關，沿途殺戮劫掠，連破七八個女真部族，燒殺女真人過萬，令整個臨璜府附近的女真鐵騎不勝其擾，四處圍追堵截，不管是精神和體力都糜耗一空，現在夏軍及時趕到，金軍又不得不在牛王帳集結，與夏軍決戰，可以毫不客氣地說，現在臨璜府一帶的女真鐵騎不管是體力和士氣都處在低谷，若是讓他們多歇息幾天，那麼水師騎兵的冒險舉動就失去了意義。

李清抿了抿嘴，不由笑起來道：「倒是李某孟浪了。」

烏達看出李清的尷尬之色，笑著爲李清打圓場道：「就這麼決定，明日出戰。再者說，殿下一定已經收到了消息，定然會率水師騎軍儘快趕來，但願殿下能及時趕到吧。」

鬼智環的目光幽幽，掩蓋在皮甲下的高聳胸脯起伏幾下，略帶幾分激動。口裏悄悄地長出了一口氣，心裏默念道：但願他能如期趕到吧。

金軍的大營，距離夏軍大營向東不過二十里，在這裏，六萬金軍已經集結，從松山、赤山甚至是數百里之外趕來的金軍疲憊不堪，連續半月的風聲鶴唳，對水師騎兵的圍追堵截，已經讓他們的體力透支到了極點，當西方傳來警訊，十萬夏軍出現在臨璜府以西的草場時，整個臨璜府一下子呆住了，倉促之下，立即捨棄宋軍，集結於此。

在金人看來，水師騎兵是讓金國不斷流血，可是這浩浩蕩蕩的十萬夏軍，卻足以要了他們的命，事有輕重緩急，他們已顧不上水師騎兵了。

女真人紮下了營寨，帳中沉寂，疲乏的女真人已是早早睡了，可是這頂大帳裏，卻是燈火冉冉，坐在首位的，正是完顏阿骨打的第五子完顏宗峻。

完顏宗峻在金國地位超然，只因爲他還有一重身分——嫡長子。

雖然金國沒有立太子，可是完顏阿骨打出征，將完顏宗峻留在臨潢府，雖沒有明言，可是大家都知道，完顏宗峻留守臨潢，就是以太子的身分監國。

現在宋軍、夏軍接二連三地出現在大漠，完顏宗峻在請示過太后之後，便以皇子的身分開始召集軍馬，誓言與夏軍一決死戰。

此刻的完顏宗峻雙眉沉起，抿著嘴並不說話，誰也不曾想到，一向亡人家室、破人宗國的大金也會有危在旦夕的一日，若是戰敗，臨潢府必然失守，到了那個時候，會是什麼結局，在這大帳中的所有人幾乎都可以預見。

坐在完顏宗峻下首的，則是皇四子——完顏宗弼，完顏宗弼虎背熊腰，唯一不同的是頷下沒有濃密的鬍鬚，卻是修長的山羊鬍子，一雙眼眸如狼似虎，如錐入囊。

他也是以皇子之尊留守在臨潢，不過與完顏宗峻不同，完顏宗峻是因爲身分特殊，而他卻是不受阿骨打的寵愛，才備受冷落。因此，雖然身爲完顏宗峻的兄長，可是座次上還是矮了完顏宗峻一頭。

完顏宗弼的性子較爲張揚，頭戴一頂金鑲象鼻盔，金光閃爍；旁插兩根雉雞尾，左右飄分。身穿大紅織錦繡花袍，外罩黃金嵌就龍鱗甲，渾如混世魔王一般，魁梧的身材如小山一樣坐在椅上，虎目四顧，顧盼之間頗爲自雄。

「兀朮……」完顏宗峻目光落在完顏宗弼的身上，呼喚著完顏宗弼的小名，道：

「太后的懿旨，想必你也知道，眼下大軍疲乏，西夏軍已經送來了戰書，約定明日決戰，我們是不是回避夏軍的鋒芒，擇期再戰？」

完顏宗弼的小名就叫兀朮，早先的時候，完顏阿骨打試圖約同宋人合擊遼國，當時兀朮就大力反對，原因是南人不堪一擊，金人有足夠的力量拿下契丹，再一舉南下，消滅南人。只是誰曾想，那些在兀朮眼中不堪一擊的南人，卻出現在金人的眼皮底下，用女真人最擅長的騎兵、最擅長的襲掠來對付女真人。

完顏宗弼不假思索地道：「夏軍約戰，若是不應豈不是示弱於人？勇士們雖然疲憊，可是士氣旺盛，若是龜縮不出，豈不是讓西夏人小覷？況且宋軍就在附近，若是我們與他們相持，等到宋軍與夏軍會師，聲勢更大，倒不如各個擊破，趁著宋軍還未作出反應，先擊潰夏軍，再回過頭去收拾宋人。」

兀朮的建議，立即得到了不少將軍的回應，兀朮雖然不受阿骨打的寵愛，可是在軍中頗有威望，再加上此人張揚的性格，也很對將軍們的胃口。

一名將軍道：「兀朮說的不錯，既要戰，宜早不宜遲，先破夏軍，再殺南狗。」

完顏宗峻卻沒有帳中之人這般樂觀，可是見兀朮堅持，又見眾人回應，也覺得兀朮說的有些道理，沉默片刻道：「好，只是誰可以做先鋒？」

騎軍對陣，先鋒擔任著撕裂對方軍陣的責任，關係重大，因此人選需要慎之又慎，絕不能疏忽。

兀朮舔舔嘴，躍躍欲試地道：「兀朮願做先鋒。」

完顏宗峻當然知道兀朮的本事，兀朮在眾兄弟之中，騎射功夫最是精湛，且作戰勇猛，一入戰場便如猛虎下山，蛟龍入水，自然是先鋒的極好人選。

完顏宗峻拍案而起，大喝一聲：「好，就這麼定了，兀朮做先鋒，我在後壓陣，這一戰，非要讓夏人知道我們的厲害不可。」說罷，舉起桌案上的牛角杯，道：「這一杯酒喝過之後，大家就各自回帳休息，明日清早，與夏軍一決生死。」

帳中之人紛紛舉杯，兀朮也舉杯道：「殺盡南狗！」

「殺！」

大帳的燈火已經熄滅，帶著酒意的金人將軍紛紛散去，兀朮揚著錦繡花袍，卻是睡不著覺，打著馬在大營中夜巡。

風刮在他的臉上，這魁梧的漢子眼眸中凶光畢露，隱伏了這麼久，如今，一個機會擺在他的面前，抓住這個機會，地位自然就大大不同了。他是庶子，和完顏宗峻不同，要想獲得與自己身分相匹配的地位，一切都得靠自己。

兀朮看著帳頂上的積雪和朔風中瑟瑟發抖的衛兵，心中想：「南狗有一句話，叫一戰定乾坤，本王子該當如此！」

他冷冽一笑，打馬隱入黑暗之中。

雪地上，兩支鐵騎洪流正在聚集，風雪的低吼掩蓋了人聲馬嘶的聲音，在人頭攢動的馬隊裏，大口呼吸喘息聲，皮甲的摩擦聲嘩嘩一片。雪原的盡頭，兩支軍馬已經做好了準備。

完顏宗峻穿著金甲，騎著一匹黑色駿馬，在眾人的簇擁下打馬出來，遙遙眺望西夏軍陣的陣容，只見在天邊的盡頭，無數的人流綿延數里，一列列騎隊出現在雪原中。

完顏宗峻冷冷一笑，朝身後的兀朮道：「西夏人也不過如此，如此花俏的騎陣有個什麼用。」

兀朮哈哈一笑，按著馬鬢道：「南人重表象，待我率部一舉擊垮他們。」

完顏宗峻頷首點頭，兀朮勒馬到了本部，無數的騎軍朝他撲湧過來，兀朮如狼似虎的四顧，抽出手中的長刀，高呼一聲：

「白山黑水的勇士從來都是殺入別人的國土，享用別人的妻女，可是今日，有人竟敢侵犯我們的邊境，凌辱我們的族人，大夥兒都隨我來，隨我衝殺過去，讓他們知道女真勇士的厲害。」

無數的金軍爆出一陣大呼。兀朮二話不說，提著刀，策馬緩緩向西夏軍陣移動。身後聚集過來的女真人越來越多，越來越密集，戰馬移動的速度越來越快，慢走數百丈之後，戰馬開始徐徐馳騁起來，馬蹄不斷的敲擊著雪地，天際之間響起了隆隆轟鳴。

在西夏軍的軍陣前，橫山五族的鐵騎也在旌旗之下開始集結，西夏最強大的騎兵們穿著黑衣，臉上用皮盔遮擋，只露出一對眼睛，肅然的等待著。

鬼智環身著皮甲，戴著鬼面，英姿颯爽的勒馬佇立，那雙巧兮倩兮的眼眸流露出來的冷意，直比那高山上的白峰更加寒冷。

她目視著遠方的蒼穹，整個人宛若女神一般一動不動，眼眸微微一閃，目光落在了橫山五族的旗幟上。

「橫山五族的族人害怕與橫山的敵人一起死亡嗎？」

「衡山的勇士永遠不害怕死亡！」無數人高呼著回答。

「那麼……」鬼智環似乎咬了咬牙，緩緩抽出了腰間的西夏刀，發出刺耳的聲音：「告訴女真人，我們能打垮他們一次，就會有第二次，第三次，橫山五族的威名，將傳遍天下，今日，我與你們同生共死！」

「同生共死！」

馬陣開始騷動，制式的西夏刀如林般刺向蒼穹，森然凜冽。

馬陣開始緩緩移動，矯健的馬蹄踩出一道道馬蹄印，最後馬蹄印越來越多，越來越嘈雜，地面開始顫動起來。

鬼智環高舉長刀，策馬狂奔，五萬橫山鐵騎如影隨形緊緊跟隨在她身後，龐大的騎陣彷彿來自地獄的幽濤，挾裹著踏碎一切的威勢，如天崩地裂，如驚濤拍岸，向著飛速而來的女真鐵騎迎面而去。無人退縮、無人畏懼，有的只是堅韌無比的狂熱和那種視死如歸的殺意。

腳下的大地有如潮水般往後倒退，天地間只有成千上萬匹健馬同時叩擊大地所發出的轟鳴聲，整個世界都在戰慄、在顫抖！

對面的兀朮覷見了西夏騎軍的動靜，整個人青筋爆出，反而露出一股豪氣，那股濃烈豪情在兀朮的胸膛裏熊熊燃燒，灼熱了他的雙眸。

就在這裏，就是這些敵人，殺過去，衝垮他們，建立不世功業，讓我的族人，讓我的父王好好看看，白山黑水的海東青已經張開了翅膀，今日，就是讓人刮目相看的時候！

來吧，只要長刀在手，只要胯下還有戰馬，我……完顏宗弼，高貴的王族子嗣，將像割牧草一樣，將你們這些不知死活的傢伙斬盡殺絕，讓天下人都知道，我的父王有一個了不起的兒子，女真族有一個像狼一樣的勇士。

「殺！」兀朮大吼一聲，手中長刀狠狠斬落，同時一撥馬頭，斜斜地駛向了騎陣的側方。

「殺！」三萬女真勇士轟然回應，聲如炸雷，數萬隻鐵蹄攪起漫天碎雪，如滾滾鐵流立時往前衝刺，最前面的一排騎兵將直指虛空的長矛壓了下來，幾百支鋒利的長矛刺碎了冷冽的朔風，形成一片令人窒息的死亡森林。

後幾排騎兵將手中的斬馬刀高舉過頂，鋒利的冷輝令天空的灰暗都為之消退。

兀朮的眼眸中，已經鎖定對方的一名鬼面將軍，齜牙露出殘忍的笑容。

騎軍與步卒不同，將是兵膽，因此一支強軍，往往是騎將身先士卒，將軍到了哪裡，鐵騎就緊緊跟隨，猶如劍鋒，最是緊要不過；兀朮認定這鬼面將軍在西夏軍中的地位肯定不低，鬼面將軍策馬到了哪裡，所有的騎軍便如潮水一樣湧到哪裡。

殺死他……兀朮心中在咆哮，在吶喊。整個人血液沸騰。

不過這時候，他還存留著一絲冷靜，他突然意識到，三萬女真鐵騎在西夏境內全軍覆沒並非只是大意，因為迎面而來的這支騎軍所爆發出來的聲勢，絕不是尋常契丹、西夏騎軍可比，他們排山倒海，宛若肆虐的暴雪一般，給人一種無堅不摧的重壓。

這就是橫山鐵騎，果然名不虛傳！兀朮心中這般想著，隨即又齜牙冷笑起來，從喉頭中爆發出一種野獸一般的吼叫。

兩支飛快移動的騎兵轟地一聲撞在了一起，不管是橫山鐵騎還是女真騎兵前排的騎士，都如斷線風箏一般被撞飛，無數人發出淒厲的大吼，可是迅速被更熱血的喊殺壓下去，長刀和長毛劈砍、前刺，血氣迅速蔓延開來。

兀朮在甫一接觸的一剎那，毫不猶豫的放緩了馬速，讓身後的鐵騎越過去向前衝殺，他的眼睛仍然一動不動的盯住對方的鬼面將軍。

與兀朮一樣，對方的騎術也是精湛到了極點，雖然戰馬仍然快速奔跑，可是身後的騎衛已如流星一般飛出，擋在她的身前，狠狠的去撞擊對方的女真騎軍。

兩股黑影狠狠的黏在了一起，戰馬在咆哮，戰士在怒吼，有人被毫不猶豫的斬落下馬，更多人拿著武器，瘋狂的砍殺，誰也不肯後退，那巨大的鐵流，猶如兩股巨大的駭浪，在甫一接觸之後，再也找不出任何縫隙。

兀朮飛速騎著馬，不斷砍殺身邊的西夏騎軍，身後迤邐而來的騎衛，以他爲核心不斷的衝殺，清理出一個安全的地帶。

兀朮的眼眸仍然死死盯著那鬼面的主人，突然大喝一聲，勒馬揚鞭，以極快的速度飛馳向那橫山鐵騎的主將，長刀狠狠一揚，如脫韁的野馬一般飛速旋斬過去。

鬼智環置身這萬千人之中，眼中猩紅，眼見兀朮殺來，發出一聲冷笑，反握西夏刀迎面上去。

鏘……兩馬相交，二人各自前奔，戰刀發出巨大的聲音，隨即，二人又迅速的分開，各自如猛虎一般衝入地方的騎陣。

「可惜……」兀朮明顯的感覺到對方的臂力並不算強大，可是偏偏很有技巧，他一刀下劈，何止百斤力道，偏偏對方的長刀卻不肯與他硬拼，而是極有技巧的擦著他的刀身過去，讓兀朮有一種有力使不上的痛苦之感。

兀朮再回頭要去尋鬼面將軍的蹤跡時，發現對方已經帶著一支騎軍，如餓虎撲羊一般扎入自己的後隊，兀朮咬咬牙，滿是遺憾的提刀繼續放馬衝刺。

無數人在雪地中拼殺，兩股騎軍陷入膠著的狀態，誰也不能撕開一條口子，而在馬力用盡之後，雙方更是陷入了僵局，七八萬人在這方圓數里相互廝殺，無數人倒下，更多人刀槍相向，陰霾的天空之下，血光浮現。

西夏軍陣之中，烏達的一雙眼眸，全力關注著戰局。

身後的李清擰著眉，道：「是不是出動驍騎營？」

烏達沉吟了一下：「再等等，不急。」

李清舔舔嘴，頷首點頭。

戰局足足膠著了半個時辰，廝殺聲仍然沒有停頓，誰也不肯相讓一步，這些筋疲力盡的騎軍，都爆發出了無與倫比的耐性，這時候，在後壓陣的完顏宗峻終於忍耐不住了，他按住了刀，大吼一聲：「殺！」

剩餘的三萬女真鐵騎聞言，早已按捺不住，宛若疾風一般，追隨著完顏宗峻發出一陣陣的怒吼。那踏碎一切的馬蹄，揚起碎雪，人流會聚在了一起，朝著戰場的側翼狠狠的狂奔而去。

烏達的眼眸已經變得通紅了，女真人一有動靜，立即扶住了馬鬢，另一隻手抽出腰間的長刀，高呼一聲：「殺！」

「殺！」

五萬驍騎軍，如離弦利箭一般飛出，以弧形的方向朝女真援軍奔殺而去。十萬夏軍與六萬女真騎軍又一次攪在了一起。

女真人沒有預料到，西夏騎軍竟如此頑強，六萬鐵騎一齊出動，猶如踢到了鐵板一樣。對西夏鐵騎來說，十萬西夏精銳，與六萬女真鐵騎相碰，居然是相持不下，一時也是憤怒了。雙方的怒火，在雪原上迸發出來。

第一八四章 痛打落水狗

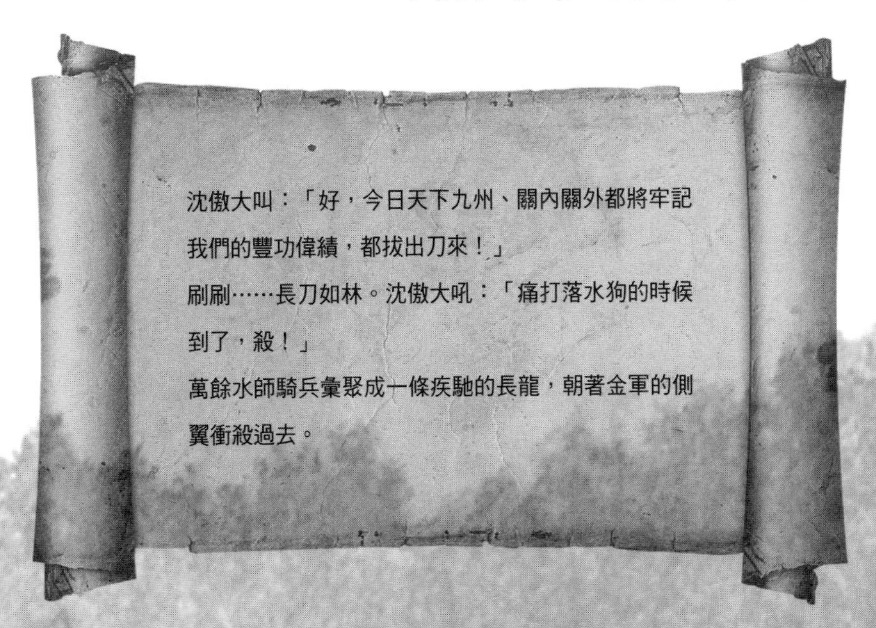

沈傲大叫：「好，今日天下九州、關內關外都將牢記我們的豐功偉績，都拔出刀來！」

刷刷……長刀如林。沈傲大吼：「痛打落水狗的時候到了，殺！」

萬餘水師騎兵彙聚成一條疾馳的長龍，朝著金軍的側翼衝殺過去。

雪原上已經不知伏臥了多少屍首，失去了主人的戰馬發出悲鳴，戰鬥仍在繼續，鬼智環帶著一隊親衛，全身已被染紅，左肩上也已經血流如注，可是置身於此，便是她一個女流，也變得瘋狂起來。

在她的鬼面之後，一雙彷彿被鮮血染紅的眼睛散發出一股宛若餓狼一般的光澤，手中的利刃不斷的劈刺，每一下都帶來血雨。

「小心！」鬼智環斬下一個女真人的頭顱，身後爆發出一身大喝，她旋身回去，看到一名族人騎著馬飛快奔來，驟然間，族人突然落馬，直愣愣的栽倒下去，鬼智環才發現一個從背後襲來的女真人正拔出了殷紅的長矛。

這一矛本該扎入鬼智環的腹背，正是那族人捨身忘死的用血肉之軀去抵擋才得以倖免。鬼智環的眼眸落在那倒在雪地上的族人身上，眼眸之中更是殷紅，她嬌斥一聲，也不知是悲痛還是憎恨，勒著馬瘋狂的朝那女真人衝去。

長刃揚起，劃下，鮮血四濺，雖是長時間的廝殺，仍然是乾脆俐落。族人的死，激起了女真人和橫山軍的憤慨，同伴的慘呼，讓驍騎軍也變得瘋狂起來。

殺戮才剛剛開始，騎軍都忘了衝刺，忘了他們是不可一世的鐵騎，他們如步兵一樣，騎在馬上不斷的原地打轉，斬殺敵人，同時也被對方的長矛貫穿胸腹。

這一戰，最是悲壯也最是殘酷，若是其他軍馬交戰，一旦戰損到一定程度，必然會有一方潰退，可是這兩支軍馬，都擁有無比的勇氣和無與倫比的耐力，他們用刀砍，用矛去刺，沒有一個人選擇潰逃，彷佛天地之間只剩下了殺戮。

殺死他們，才能活下去；殺死他們，才能報仇雪恨；殺死他們，才能建立功勳。

「殺！」當有人爆發出這個聲音，戰場之中無論是橫山人還是驍騎軍，甚至是女真人，都不約而同的一齊隨之呼應：「殺！」

兀朮已經筋疲力竭，他的手上染滿了鮮血，座下的戰馬也已經替換，帶著一隊騎衛左衝右突，如入無人之境，他的臉上殺氣騰騰，寬大的錦袍已經淌滿了鮮血，整個人宛如惡煞臨世，殺到興起之處，從喉頭發出一陣陣低吼。

只不過，兀朮心裏卻忍不住吃驚，女真鐵騎所過之處，可謂摧枯拉朽，從前與遼軍騎軍交戰，只要放馬一衝，遼軍或許還可以抵擋一陣，可是一旦傷亡到了一定程度，便如鳥獸一般開始潰散，女真人所向披靡，往往都是用瞬間的爆發力將對方衝垮，可是現在面前這些西夏騎軍，這種戰法明顯失去了效用，而騎軍一旦陷入了僵局，女真鐵騎的優勢也就蕩然無存了。

這麼打下去，最後的結果只能是兩敗俱傷。事實上，到現在爲止，女真人和西夏人都是損失慘重，地上已經橫屍過萬，濺出來的熱血融化了地上的積雪，這時，甚至連隊形都顧及不上了，到處都是混戰的人群廝殺低吼。

兀朮不禁凝起了眉，這個結果實在難以預料，若是再這般打下去，只怕到最後，六萬女真鐵騎能留下三萬就已經不錯，三十萬女真鐵騎已經被宋軍和西夏軍消耗掉了八萬，若是今日再折損三萬，對金國不啻是沉重的打擊。

可是要撤，又哪有這般容易，想要脫身離開，必然被對方窮追猛打，最後的結果甚至全軍覆沒也不是不可能。現在的女真騎兵有一種騎虎難下的感覺，可是不管如何，也要拼下去，堅持到對方力竭為止。

這場鏖戰，注定了永遠只會有一方勝出，而另一方的結局，必然是全軍覆沒，除了拼死一戰，已經沒有了退路。

身在戰陣中的烏達，其實早已感覺到了這沉重的壓力，六萬女真鐵騎如瘋了一樣，居然在鏖戰之中，還略略占一些上風，若不是驍騎軍和橫山軍悍不畏死，只怕要落個兵敗如山的結局。

嗚嗚……正在鏖戰火熱之時，牛角號傳出了低沉的嗚嗚聲。戰陣中的人仍然忘我的廝殺，只有極少數人朝著聲音的源頭看過去。遠處，突然出現了一個又一個的騎影，旌旗招展，號角聲中，騎影開始集結。

沈傲駐馬在旌旗之下，連續七八個時辰的馳騁，讓他的雙腿磨出了斑斑血跡，可是他渾然不覺，他的所有注意力都放在了遠處廝殺的戰場上，注目良久，終於長吐一口氣，不禁道：「終於趕到了。」

水師騎兵疲憊的出現在他的身後，越來越多，戰馬和馬上的騎兵都在大口的喘氣，朝空中噴吐著白霧。

沈傲按著馬，雙目微微闔起，周恆眺望著前方，打馬上前道：「殿下，要不要讓將士們歇一歇再打？」

沈傲看了周恆一眼，道：「怎麼，累了？」

七八個時辰坐在馬上，哪裡只他周恆累了，便是座下的戰馬也吃不消，甚至有幾個騎兵的戰馬都已經吐出白沫了，可是沈傲挑釁似的一問，周恆卻是搖頭道：「不累。」

沈傲將長劍抽出來，哈哈一笑，朝困頓的水師騎兵大吼：「誰想休息？」

騎兵們萎頓的坐在馬上，落向沈傲的眼神中透著某種渴望，可是誰也沒有說一個字，堂堂男兒若是在這裏應了這麼一句，一輩子都別想在軍中抬起頭來。

沈傲大叫：「好，既然都不想休息，這就好極了，今日，天下九州、關內關外都將銘記我們的名字，都會牢記我們的豐功偉績，都拔出刀來！」

刷刷……長刀如林。沈傲大吼：「痛打落水狗的時候到了，殺！」

「殺！」萬餘水師騎兵，彙聚成一條疾馳的長龍，朝著金軍的側翼衝殺過去。

突如其來的變故，讓所有人都目瞪口呆，一時之間，驍騎軍和橫山軍一齊爆發出聲音：「萬歲！」西夏軍士氣如虹。

金軍終於亂了陣腳，此時的戰局便如天平，誰也不能壓住誰，可是水師騎兵的趕到，正如最後一根壓死女真人的稻草，讓原本撲朔迷離的戰局變得明朗起來。

完顏宗峻在陣中大驚失色，連忙撥馬便走，身邊的騎衛見了，也知大事不妙，紛紛尾隨而去。完顏宗峻的退縮，加速了金軍的潰敗，一時之間，金軍開始凌亂起來。

兀朮見狀，不禁咬牙切齒，看著完顏宗峻帶著一干人遠去，不由大罵一通：「鼠兒。」

他的憤怒是有道理的，現在的女真與西夏人相互絞殺在一起，不分彼此，宋軍便是來了，也絕不可能放馬衝殺，因爲在衝殺女真人的同時，也很容易誤傷到自己人，在這種情況之下，一萬的宋軍除非利用戰馬的衝殺在女真人的陣中撕開一道口子，起到的作用並不大，無非是給予女真鐵騎更多的壓力而已。

只不過宋軍一來，西夏騎軍的士氣立即高漲，身爲皇子的完顏宗峻應該穩住陣腳，繼續鏖戰才是，可是完顏宗峻居然帶頭走了，讓整個金軍的士氣霎時跌落到了谷底，許多人放棄了廝殺，沒命的向戰場外竄逃。

這種戰鬥，打的本就是耐性和士氣，事到如今，算是真正的大勢已去了。

金軍譁然潰散，無數人爭先恐後的竄逃，而這時候，士氣如虹的西夏騎軍爆發出一陣又一陣萬歲聲，隨即放馬持刀，開始瘋狂追擊。

宋軍騎兵見此，立即開始以弧線衝殺，劫擊竄逃的金軍，一場殺戮，正式拉開了帷幕。

無數人在雪原上馳騁追擊，不少戰馬口裏吐出白沫，可是馬上的騎兵根本沒有愛惜馬力的心思，全力夾著馬腹催促奔跑，一柄柄長刀在追上了金人之後，毫不容情的橫斬前刺，也不理會落馬金人的生死，仍舊向前衝刺過去。

是日，金軍大敗，宋夏聯軍窮追五十里，一直追到了臨璜府城下，五十里的距離，到處都是金人的屍體，觸目驚心。金軍覆沒，那率先逃竄的完顏宗峻居然也被斬殺落馬，宋夏聯軍斬敵四萬，俘獲七千餘人，剩餘的騎兵各自逃散。

宋夏聯軍，當夜便在臨璜府城下宿營，沈傲命令三萬鐵騎分成十隊仍舊追擊城外散落的金軍潰兵，其餘的則是襲擊各地的女真部族。

這麼做，當然也是迫不得已，現在雖然大局已定，臨璜府城外的敵人已經完全肅清，可是這十幾萬人馬每日的消耗極爲驚人，因爲是長途奔襲，所攜帶的糧食並不多，在這種情況之下，除了四處劫掠、以戰養戰之外，根本沒有更好的辦法。

好在這裏本是水草肥美之處，從遼東遷徙來的女真部族多如牛毛，這些部族劃定了草場，散落在各處，再加上冬季已經來臨，幾乎每一個部族都囤積了大量的糧食和馬料，再加上圈養的牛馬，十幾萬張口雖然駭人，女真人多半紛紛表示壓力不是很大的。

碩大的城池之外，連綿七八里的軍營已是人聲鼎沸，雖是大戰之後疲憊不堪，可是這一場勝利實在巨大，六萬女真鐵騎灰飛湮滅，足以影響整場戰役的勝敗，這一戰，可謂是有史以來金軍最大的敗績。

在一支騎軍押著劫掠來的美酒、牛羊、草料回來的時候，沈傲下令犒勞三軍，每人分三兩水酒，肉食管飽，營中的騎軍一下子放鬆下來，歡呼不已。

帳篷裏溫暖如春，外面套著一件白褂的顰兒擦了擦汗，小巧的鼻子遮在燈影下留出鵝蛋般的側臉，她俯著身，額頭上滲出細密的汗珠，手中拿著紗布，靈巧的手爲鬼智環包紮著傷口。

鬼智環拉下了前襟，露出雪白的裸肩，那雪嫩的肌膚宛若嬰兒，鬼面已經撤下，露出鬼智環微微簇起的秀眉和輕輕咬著脣的貝齒。低低呻吟一聲，似乎已經感覺到了疼痛。

肩上的傷痕觸目驚心，一支長矛順著鎖骨深深扎進去，好在這長矛沒有狼牙倒刺，只是捅了一個小窟窿，不至於帶出一大片的皮肉。不過鬼智環的前襟已經被鮮血浸濕了。

鞶兒抿著嘴，先是敷了草藥，立即動手包紮，她見鬼智環咬牙切齒，不禁道：「很快就不疼的，止了血就好了，這是上好的白藥，睡一覺醒來就能止住血，不過你這傷口太大，夜裏有人照看才好，若是夜裏出了血，還要再包紮一遍。」

沈傲在帳外探頭探腦，大叫道：「好極了，長夜漫漫，我正愁尋不到事做，今夜我索性不睡了，就在這兒照看。」

這廝臉皮也厚，不過鬼智環疼得咬牙，一時不能拒絕。

鞶兒低不可聞地冷哼一聲：「拈花惹草的混帳。」她冷著臉道：「這種事豈能讓粗枝大葉的男人來做？罷了，我先去傷營看看，待會兒再來。」

說罷，又從藥箱中取了藥水，叫鬼智環用溫水吞服，說能止些痛。鞶兒捲簾出去時，狠狠地剜了沈傲一眼。

沈傲朝她嘻嘻一笑道：「我若說只是表達一下對鬼智環的關心，你信不信？」

鞶兒啐了一口道：「和我有什麼關係？」

沈傲板起臉，立即一副公事公辦的態度：「報告護理營校尉隊官鞶兒姑娘，我現在能進去探病嗎？」

鞶兒眼眸一閃，似乎在猶豫，最後點點頭道：「少說話，不許胡來，人家有傷

呢。」

沈傲如被蜜蜂螯了一下，大義凜然地道：「這是什麼話，我什麼時候胡來過。」

蘩兒幽怨地看著沈傲道：「你胡來的還少嗎？」

這時，許多舊事在沈傲的腦海裏劃過，心想，自己好像沒有對蘩兒胡來過吧，不過是拉拉手，親個嘴而已。如果這都叫胡來，那我和環兒她們做的事，豈不是禽獸不如了？

蘩兒道：「我先去傷營了，過一個多時辰再來，這裏就你由照顧，鬼智將軍有個三長兩短，唯你是問。」

沈傲點了頭，最後看了帳外一眼，此時夜色如墨，朔風吹打著軍帳，將士們喝了酒慶祝一番，都各自回營歇了，沈傲已有一天一夜沒有睡，可是方才在帳外被冷風一吹，整個人又變得精神起來。

目送蘩兒的嬌軀漸漸隱入黑暗，沈傲連忙掀開簾子進去，見鬼智環闔目斜躺在榻上，躡手躡腳地過去端了溫水調藥，一隻眼睛偷偷地往鬼智環的身上上下打量。

鬼智環臉色略顯蒼白，可是蒼白的膚色卻掩蓋不住那令人窒息的美態，絕好的臉龐多了幾分嬌態，讓沈傲怦然心動，手中的藥都要端不住了。

鬼智環睫毛微動，輕輕張開眸來，有些不好意思地道：「這麼瞧著我做什麼？」

沈傲回過神，略微尷尬過後，又是理直氣壯起來：

「你不瞧我，怎麼知道我瞧你？不過環兒這麼美，多瞧幾眼也是好的，我們這麼久沒見，我總在想，那橫山的冰美人這時候在做什麼，會不會著了冷，或是騎馬崴了腳？這時候，她會不會想我？啊！最是負心冰美人，說不定人家已經找了個情郎，早把我忘了，這樣一想，雖是遠在千里之外，我已釀了好幾罈子的飛醋；接著又想，太壞了，你怎麼能做出這種事，我爲你守身如玉……」

「守身如玉？」鬼智環的眼中浮出了一些笑意，整個人嫣然了許多，連傷痛似乎都減輕了不少。

沈傲抱著藥坐在榻上，正經八百地道：「當然是守身如玉，除了幾個嬌妻要按時繳納一下稅賦，大致還是……咳咳……那個那個的……」

沈傲突然發覺自己的臉有點滾燙，心裏感嘆，不行了，別人都說做了官就越發心黑皮厚，怎麼我就不同？居然返璞歸真，越來越有童真了。

鬼智環伸出手來，搭在沈傲的膝上道：「你不要說了，我知道你是騙我的，可是總還是忍不住信你。」又認真地道：「你就對自己這般沒有信心？這世上的男人有哪一個如你這樣能令人家天天惦記的？什麼情郎，以後不許胡說，否則我帶著族人殺到汴京，非要討一個清白不可。」

沈傲嘻嘻地笑道：「巴不得你來，你要是來了，本王就效仿關雲長，單刀赴會。」頓了一下又道：「你不要動，我餵你吃藥。」說罷，輕輕地靠過去，生怕觸動了鬼智環的傷口，用手托著將鬼智環枕起，另一隻手抓著碗沿送到鬼智環的嘴邊。

鬼智環不由地皺起眉，盡顯出女兒的姿態，嬌羞道：「我怕苦。」

沈傲大叫道：「你連刀槍都不怕，怎麼會怕苦？」

鬼智環臉上閃出一抹嫣紅，道：「就是怕苦。」

沈傲咬咬牙，道：「那我先嘗嘗看，這藥苦不苦。」端碗喝了一口，果然是又苦又澀，卻是故意舔舔嘴，意猶未盡地道：「這是什麼藥？怎麼這麼好吃？待會兒讓顰兒再開幾劑來，清涼又暖胃，甘甜又爽口，真真是居家旅行的必備良藥，喝了之後，舒服不止一點點。」

鬼智環狐疑地看了沈傲一眼，道：「那拿給我嘗嘗。」

沈傲將藥送到鬼智環嘴邊，鬼智環輕輕抿一口，立即皺眉，佯作嗔怒地看了沈傲一眼，沈傲心虛，立即道：「不如這樣，我喝一口，你也喝一口，咱們有福同享，有難同當。」

鬼智環猶豫了一下，道：「我又不是小孩，還是我自己喝吧。」

伺候著鬼智環將藥喝盡了，也不知這藥是不是有令人昏睡的作用，鬼智環已是昏昏欲睡，沈傲將她放平，撤下了高枕，又給她掖好了被子，端詳著熟睡的美人兒一眼，心中不禁有著幾分歉疚，他搬了個小几來，將炭盆移近，就坐在炭盆邊上，一邊烤火，一邊倚著榻沿。

帳篷的暖意終於勾起了沈傲的睡意，長途的顛簸再加上短促的交戰追擊，體力已經透支到了極點，沈傲的眼皮子有點兒打架了，他只好挺直身體，閉著眼睛，喃喃道：「這都是幻覺，都是幻覺，我不睡，不想睡，就是不睡，你咬我……」

反反覆覆念叨了幾句，睡意反而更深了，便立即站起來，探視了鬼智環的傷口，確認沒有滲血之後，便負著手在這帳中來回踱步，胡思亂想了一陣，眼皮子仍然在打架，心裏發了狠，乾脆走到帳外去，吹著冷風，整個人總算又精神了起來。

不過，大漠的夜裏天氣冷冽的很，一會兒工夫，他的手腳已感覺到冰冷了，執拗地站了一會兒，又進去探視鬼智環的傷口，再出來吹風。

也不知進出了幾次，只覺得長夜漫漫難熬得很。突然，身後傳出一個聲音：「站在外頭做什麼？護理營人手本來就少，你若是病了，還要抽出人來照顧你。」

沈傲很是驚喜地回頭道：「顰兒，你終於來了，我想得你好苦啊！」

這句話實在是發自沈傲的內心，絕不是作僞，站在外頭吹風的愚蠢行爲，他是一刻也不願意再繼續下去了，能有個人陪著說說話，真是再好不過。

不過，這番話卻是鬧出了一點誤會，沈傲這般直白，讓蘷兒猝不及防，真是恨不得找個地縫鑽進去。

二人在雪夜中四目相對了一會兒，蘷兒突然淚眼朦朧，道：「你真是壞透了。」

這一夜，沈傲也不知是什麼時候睡的，只知道當時不停地說話，越說越睏，整個人就趴了下去。

等他醒來時，發現自己居然也躺在榻上，左邊是鬼智環，右邊是蘷兒，蘷兒半個身子幾乎趴在自己的胸膛上，沈傲一時目瞪口呆，努力回憶了一下，心想，大爺的清白算不算是糟蹋了？

到了清早，大雪又紛紛揚揚地落下，臨璜府裏巍峨宮室的屋脊上，琉璃瓦被積雪覆蓋了厚厚的一層。

昨夜，整個宮裏都沒有人入睡，一大早，就有不少女真的貴族入宮，這些勳貴都是面如死灰，泰安殿裏的氣氛很緊張，幾乎每個人都是繃緊著臉，十萬宋夏聯軍兵臨城下，而臨璜府的金軍已經全軍覆沒，整個臨璜府幾乎不設防了。宋夏聯軍雖然沒有攻城，可是誰都知道，破城只是遲早的事。

城中倒是有兩萬餘配軍，都是些收編來的漢人、契丹人組成，這些人當然不可信任，難道靠他們去守城？至於禁衛也不過是五千人而已，宋夏聯軍能擊潰六萬女真鐵騎，區區五千禁軍如何是他們的對手？

更致命的是，女真人善攻不善守，而宋人、夏人卻有豐富的攻城經驗。一旦破城，對十幾萬城中的女真親眷來說，不啻是最沉重的打擊。

昨天夜裏，太后召見了幾個王爺，不過，這幾個王爺多是些族中的糊塗蟲，否則阿骨打也不會留他們在臨璜府，最後的結果是大家呆呆地坐著，一句話都沒有放出來。太后無奈，只好讓他們出宮。

到了清早，懿旨出來，又是令大臣、貴族們進宮，現在嫡長子都沒了，臨璜府無主，也只有太后出面才能鎮得住場面。可是偏偏等了這麼久也不見太后出來，大家既是焦躁，又是一頭霧水，議論紛紛。

「聽說額圖部也被這些強盜劫掠了，全族一千九百多口全部殺了個乾淨，連半大的孩子都沒有放過，這群該死的馬賊，漢狗！」

說出這句話的人，似乎早已忘了女真人動輒屠城的事，彷彿只有他們的雙手染血才是天公地道，現在別人拿起刀架在他們的脖子就成了十惡不赦。

「看他們的樣子，他們若是攻進了城來，只怕要大開殺戒了，咱們十幾萬族人，誰都不能保全。眼下大王又領軍在外，要救也已經遲了。」

正在這時候，終於有個內侍站出來，道：「太后來了。」眾人轟然單膝跪下，齊聲道：「恭迎太后聖駕。」

女真太后被人稱作斐滿氏，此時的她盛裝出來，頭上戴著豔紅暖帽，裙上分別鑲嵌金銀飾物，每走一步，金銀碰撞便發出微微的叮叮聲。

其實斐滿氏倒不是故意來得遲，實在是徹夜翻來覆去睡不著，到了拂曉的時候實在吃不消了，便小睡了一會兒，憂心忡忡地起來，見自己雙目紅腫，眼袋漆黑，更添了不知多少白髮，便叫人爲她梳頭，又擦了香粉遮掩，才肯出來示人。

這雖是表面的功夫，斐滿氏卻不敢怠慢，須知現在人心惶惶，自己雖是個女人，卻已是整個臨璜府的主宰，若是讓人見到自己落魄的樣子，難免會更加六神無主，自己這太后讓人覺得踏實，才能穩住人心，所以這表面功夫非但要做，還要做好。

所以太后從容進殿的時候，雙目顧盼，顯得不疾不徐，遇到幾個熟識的貴族，都是含笑著頷首問候。走了幾步便問：「僕散家的現在還好嗎？許多日子沒見她進宮來問安，倒是怪想她的。」

「回太后，她這幾日學著人看佛經，過幾日保準進來問安。」

「這便好。」斐滿氏滿意地笑了，又走了兩步，朝一個貴族問：「聽說你家的小兒子也隨太子出征了，至今還沒回來，你也不必憂心，咱們女真的漢子總有薩滿保佑的。

昨夜哀家叫了薩滿進來占卜，卜卦倒是吉祥得很哩，吉人自有天相。」

「太后說的是。」

婁滿氏這般從容不迫，給每個人吃了定心丸，總算將心中的焦躁不安暫時壓了下去。

婁滿氏移步到了金椅上，這本是完顏阿骨打坐的椅子，上面雕刻著海東青和猛虎，不過女真人剛剛開化，沒有這麼多規矩，再者，女人在部族的地位頗高，也不必忌諱什麼。

婁滿氏吸了口氣，現在這個局面，婁滿氏心裏清楚，宋夏聯軍是絕不會心軟的，雙方的積怨已經太深，就算是求饒，也不可能讓對方網開一面。既然如此，那麼唯一的選擇就是堅持下去，堅持到自己那英雄般的兒子帶著族中的勇士們回來，只有這樣，金國才還有希望。

她的眸子有點兒渾濁，不知是因為年紀大了還是憂心所致，這雙眼睛在每一個人的臉上掃過，終於開口道：

「今日哀家坐在這裏，就是要告訴你們，宋夏聯軍所過之處，四處殺戮我們的族人，他們的手上，早已浸染了我們的鮮血，現在，他們又陳兵在臨潢府外頭，他們要做什麼？哀家不說，想必你們也清楚。」

斐滿氏口裏雖說不說，可是還是忍不住森然道：

「他們破了城，就會像對付城外的部族一樣，讓我們的人頭全部落地，覆滅我們的宗社，劫掠我們的財富，你們甘心嗎？」

斐滿氏的口氣雖然平淡，可是每一個字都像狠狠地在這些貴族身上扎了一針一樣，殺戮、覆滅、劫掠，這些本是女真人做的事，可是現在，有人用同樣的方法來對付他們，他們才感覺到了害怕，他們才發現，原來自己竟也如此軟弱，也會怕死，也會害怕失去現在的一切。

眾人轟然道：「不甘心。」這是他們的真心話，絕無虛假，他們想活，想繼續奴役別人，想安享富貴。

斐滿氏冷冷一笑，隨即道：「可是，你們不甘心也不成，城外的宋夏聯軍有十幾萬之多，遮雲蔽日，他們的軍營連綿了十幾里，這些衝入草原的餓狼，是絕不可能放棄臨璜府，絕不可能輕饒我們。更何況，還有一個沈傲，這個人，哀家曾與他有過一面之緣。」

斐滿氏坦然地說出來，並不覺得羞恥，她冷冷道：

「此人狼子野心，與我女真有不共戴天之仇，當年阿骨打要聯宋之時，就是他居中破壞，阿骨打要與西夏聯姻，也是他斬殺我們王族的子弟，強娶西夏公主，此後監國西夏，覆滅我大金三萬鐵騎，阿骨打攻契丹，是他帶兵取大定府，殺我五萬勇士，現在，他帶兵出關，四處燒殺劫掠，手裏浸染了我們族人的鮮血。這個魔鬼，只要他在一天，大金國就永遠不會安寧！」

斐滿氏的每一句話都透露著一個意思，誰都不要心存幻想，不要以爲放棄抵抗就能得到憐憫，金國與他們是不共戴天的仇敵，除了負隅頑抗，其餘的辦法都是死路一條。

殿中的貴族們聽得汗毛豎起，唯唯諾諾。

斐滿氏又是冷冷一笑，繼續道：「既然那魔鬼一定要我們死，那麼我們就好端端地活給他看，他要滅我們女真，也要看他有沒有這個本事，現在他就陳兵在臨璜府城下，我女真人豈可示弱？若不堅決抵禦，滿城的族人都要死！」

「抵禦到底，只要咱們女真人還有一口氣，就決不讓他們入城。」有人終於恢復了勇氣，太后已經將事情分析了出來，既然降是死，那索性就玉石俱焚。

殿中立即鼓噪起來，這些人畢竟都還有幾分血性，在壓抑住恐懼之後，紛紛喊殺起來。

斐滿氏肅容道：「好，好得很，可是要抵禦，也要立下規矩，單憑禁衛不成，憑那些配軍也不成，要守住臨璜府，就要搭上我們滿族的力量，諸位府上都有家奴，從現在起，各府設一名百夫長，由家主擔任百夫長之職，其餘的家奴全部編入軍伍，分發武器，男人要廝殺，女人也不能閒著，能拿得動刀劍的也都上城牆去。」

裴滿氏頓了頓，繼續道：「哀家便做一回萬夫長，親自登城與大家一起守城。」

裴滿氏的舉動，讓所有人大受鼓舞，連太后都不怕，他們又有什麼好害怕的？一時之間都鼓噪起來：「死守臨璜！」

第一八五章 山人自有妙計

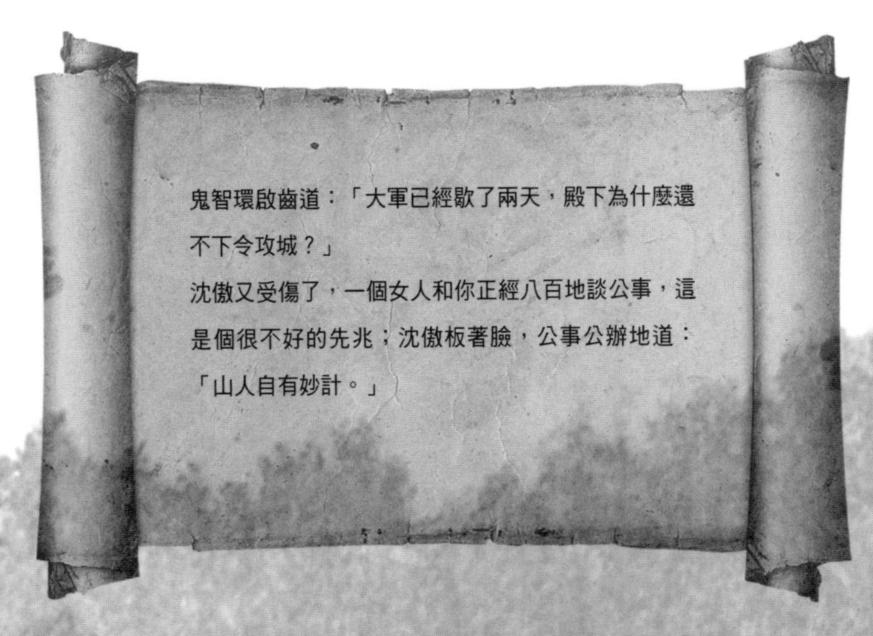

鬼智環啟齒道：「大軍已經歇了兩天，殿下為什麼還不下令攻城？」

沈傲又受傷了，一個女人和你正經八百地談公事，這是個很不好的先兆；沈傲板著臉，公事公辦地道：「山人自有妙計。」

太后的懿旨已經頒發下去，整個臨璜霎時熱鬧起來，各府的主子們都套了鎧甲，各家的奴才也都分發了武器。

在女真部族裏，奴才可是一個珍貴的詞，不是什麼人都能當得起，得是各族的貴族最心腹的家人才能有這稱謂，至於那些契丹人、漢人，便是想做這奴才也不可得，一般都稱作契丹兒或是漢兒，做的差事比奴才更要低好幾個檔次。

所以這些奴才反而是最忠心，也是最護主的，主人一聲令下，一個個嗷嗷叫著要為主人家效死。他們本就是女真人，也有幾分力氣，騎射都過得去，拿了武器，編練到軍中去，立即就成了戰士。這樣的奴才足足有萬人之多，絕對是不容小覷的力量。

除此之外，女真族人各家也都分發了武器，甚至編練了女營，兩萬多所謂的女真護城軍，總算是置辦下來。

不過，這些人看上去雖然頗為得力，惹出來的麻煩卻也不小，畢竟大家湊在一起，各有其主，在奴才們眼裏，主子就是他們的天，將軍的命令可以不聽，可是主子的話卻不能不躬身聽著。這些主子們轉眼成了百戶、千戶，卻都是蠻橫不講理慣了的，所以主子們的糾紛多得很，今日是這家主子與那家主子鬧翻了，晌午又是這家主子衝撞到了那家主子；還有忍受不了約束的，主子們一起鬨，奴才們爭先恐後地鞍前馬後，所以打架毆鬥的事件可謂層出不窮，便是一不小心哪家的奴才被打死了，也是常有的事。

如此，兵也練不下去了，大家都是各爲其主，談不上什麼紀律，明明約定好的操練，做主子的敢撇嘴不屑，直接帶著自家的奴才上街去遊蕩，其他的主子看了也不甘示弱，他不操練憑什麼讓我們操練，當爺好欺負嗎？

負責編練新軍的禁衛軍萬夫長心裏叫苦，可是下頭這些千夫長、百夫長，哪家都不好得罪，別看人家官職小，可是誰家沒一點背景？又誰家沒幾個了不起的親戚？你若是敢來硬的，便是捅了馬蜂窩，到時候群起攻之，誰吃得消？

到了這個地步，也就不報太多的期望了，反正只是守城，不守規矩也就罷了，只能拿死馬當活馬醫。

女真人一開始以爲宋軍很快就會攻城，可是他們卻想錯了，城外的宋軍只顧著紮營歇息，似乎並不著急的樣子，連續歇了兩日，也沒有看到要攻城的動靜。不過例行的操練卻從來沒有疏懶過，晨號仍是卯時三刻吹起，接著就是人吼馬嘶，一浪高一浪的號令聲傳入城中，令金軍們很不安生。

宋夏聯軍的表現讓裴滿氏也不禁狐疑起來。按理說，宋人最喜歡掛在口邊的就是「夜長夢多」這四個字，現在這臨璜府守備的力量並不強，可以說是處處漏洞也不爲過，而且完顏阿骨打雖然在外，可是遲早一日會回師，沈傲這般不疾不徐，難道就真不怕夜長夢多？還是他在等什麼？

其實不止是女真人狐疑，就是宋夏聯軍這邊，請戰的聲音也是接連不斷，沈傲也都不理會，鬼智環的傷已經好了一些，能下榻活動，與護理營的顰兒熟絡起來。

這兩個女人都是武人，顰兒看了鬼智環的傷，便能掰著指頭說，這創傷定是有人用長矛從側角扎來的；鬼智環聽了，便說當時本想擰身躲避，可惜還是慢了。顰兒便滔滔不絕起來，拔出腰間的劍出來比劃：

「往後遇到這樣的情況，不必想著躲避，女真人的長矛桿多是木製，直接用刀橫斬過去即是。對方前刺時，全身的力道都在手上，你橫斬過去，他的力道就鬆了，雖然未必能斬斷他的矛桿，卻能讓他不自覺的收力……」

這些專業上的高深學問，沈傲是一句都聽不懂，呆呆地聽著，最後覺得索然無趣，只好帶著滄桑的背影走了。

鬼智環見了，便叫住他，輕笑道：「殿下，有件事還要問你。」

沈傲心想，兩個女人這時還能想起我來，總還算有點兒良心，受傷的心得到了撫慰，於是心情又開朗了，便道：「要問什麼？」

鬼智環啓齒道：「大軍已經歇了兩天，殿下爲什麼還不下令攻城？」

沈傲又受傷了，一個女人和你正經八百地談公事，這是個很不好的先兆；沈傲板著臉，公事公辦地道：「山人自有妙計。」

臨璜府裏，暗波湧動。

尤其是這配軍，早已按捺不住了，做漢奸，做遼奸，其實對他們來說實在有點兒迫不得已，女真人太強大，太彪悍，可謂橫掃六合，而這些人又大多好逸惡勞，更是貪生怕死，女真人一到，他們便立即降了，在這種人看來，能活著就好，至於其他的，他們沒興致去想，更沒心思去管。

可是現在不同了，現在平西王率軍南來，十幾萬人磨刀霍霍，連女真嫡長皇子也兵敗被殺，可見這宋夏聯軍非同小可，破城只是時間問題。配軍的這些將領這時又都活絡起來，別看他們明面上對女真老爺們一個個剖心泣血的表忠誠，恨不得把心挖出來讓女真老爺們看看自己的赤膽忠心，可是在心底，不少人都開始為自己留起了後路。

外城有一些商鋪，也是契丹、漢人的雜居之所，這些年，女真人變本加厲，大家的生活都苦頓得很，能開得起商鋪的，不但要有銀子，更要有人脈，若是不能結識幾個城中的貴人，說不準哪天就有女真人把這鋪子砸了。所以能在外城安然無恙的一間米鋪，任誰都知道，這家的掌櫃絕不簡單。

米鋪的門面是個兩層的小樓，後進則是貨棧，雇了不少夥計，都是漢人。有時候掌櫃也會來，多是看一看就走，這家掌櫃是個發福的胖子，三十歲上下，保養得極好，很是富態。

據說這人平素與許多達官貴人交往，來往的都是配軍中的高級將佐，很是了不起。

今日，果然有幾個配軍的千夫長打馬到了米鋪，他們到了櫃檯便問：「吳掌櫃在不在？」

夥計們見了他們，前倨後恭，連忙道：「在的，在的，就在二樓，還特意吩咐過，今日在店中備下了水酒，專候幾位貴客來。」

三個千夫長各自對視一眼，其中一個道：「帶我們上去。」

三人上了二樓，這裏的陳設就比門面精致了許多，連門窗的木料都是檀木製的，其中一間廂房更是酒香四溢，雅致到了極點。

坐在酒席下首位置的，自然是米鋪的掌櫃，掌櫃叫吳備，一雙眼眸透著一種讓人琢磨不透的深邃，朝他們頷首道：「來了？」

三個千夫長立即換上了笑容，在掌櫃面前居然一個個抱拳行禮，道：「來了，不過萬夫長大人要遲些來，本來他是不想來的，實在拗不過咱們幾個兄弟，才點頭答應。」

吳備只是淡淡笑了笑，伸出手道：「坐。」

三個千夫長點著頭，在掌櫃面前一個個受寵若驚的樣子欠身坐下。

吳備抱著手，微微闔起眼，對三人並不熱情，可是這三個千夫長對吳備卻是恭謹到了極點，說了不少好話，吳備只是虛應了一下。

其中一個千夫長終於忍不住道：「有些話，小人不知當問不當問，現在城內空虛，咱們兄弟又肯為殿下效命，不知殿下為何還不攻城？」

吳備淡淡道：「殿下說了，攻城的事，他沒興致；要動手，也得你們配軍先動了手再說，好給你們一個將功贖罪的機會。」

這三個千夫長面面相覷，不敢說什麼，都是乾笑著；一個道：「這件事，其實咱們幾個做不得主，還得萬夫長大人拿主意，今日掌櫃請萬夫長來，莫不就是想說動他嗎？」

吳備微微一笑，道：「正是這樣，所以才設了這酒宴，專候他來。」

萬夫長是這三個千夫長請來的，可是真正要談的，卻只有吳備和那萬夫長，現在這局面，錦衣衛就是大爺，平素在城中是一點兒動靜都不敢顯露，現在居然在千夫長面前揭露出自己的身分，這些人還得小心翼翼地奉承著。三十年河東三十年河西便是如此。

坐了一會兒，外頭終於有人通報，配軍萬夫長、臨璜府配軍最高統帥朱振終於到了。

一個小小掌櫃的邀請，朱振原本是萬般不情願來的，以他的身分，哪裡看得上一個掌櫃？若不是軍中幾個將佐的極力邀請，朱振實在抹不開情面，否則是絕不會出現在外城的。

朱振帶著幾十個親兵，一跨入米鋪，便立即有人將他領上樓，到了樓上的雅座，果然看到幾個千夫長早已等候多時，朱振的目光落在吳備身上，他只是一掃這酒宴，便發現這幾個千夫長與這掌櫃關係似乎有些不同。此人是何方神聖？居然讓幾個千夫長對他如此俯首貼耳？

朱振大咧咧地落座，瞪著吳備，幾個千夫長已經起身熱絡地要介紹，吳備卻是含笑道：「開門見山，還是吳某人先自報家門吧，鄙人姓吳，名備，錦衣衛中公幹，任上京道百戶所總旗官。」

錦衣衛……朱振的眼中閃露出一絲狐疑，什麼時候在這上京道出了個錦衣衛了？還是什麼百戶所總旗？

朱振看了吳備一眼，見吳備自報家門時不疾不徐，甚至帶有幾分驕傲的口吻，再看幾個平時對自己點頭哈腰的千夫長，對吳備更是透著幾分恭敬，心中的狐疑更深。

其中一個千戶低聲道：「這位吳百戶，是平西王的人。」

一語驚醒夢中人，朱振臉色驟變，喝道：「大膽，原來你們是私通賊寇，你們可知道這裏是什麼地方？本官身爲萬夫長，豈容你們胡作非爲！」

朱振又驚又怒，平西王的人居然敢明目張膽地在臨璜府活動，自己的部眾居然還對其恭敬有加，這般恣意胡爲，讓他一點都沒有想到。

「你們可知道，我只要大叫一聲，外頭的親兵便可以要了你們的腦袋。」

幾個千夫長立即露出不安之色，頓時大氣不敢出。

吳備大笑起來，怡然不懼地道：「吳某人自然相信將軍的話，可是將軍也別忘了，今日你能殺了吳某，城外的十幾萬天兵入城之後，就能誅了將軍滿門，將軍在臨璜府有家眷六十四口，在內城還養了兩房外宅，有個私生子嗣；吳某人不能活，將軍能活嗎？將軍是掌兵之人，不會不知道眼下的局面，女真大軍已經困在大定府，斷了糧路，臨璜府內女真人已無可用之兵，苟延殘喘，破城只在轉眼之間，女真人給了你什麼好處，將軍一定要給他們陪葬？平西王殿下已有明詔，順之者昌，逆之者亡，若是迷途知返的，只要肯爲天兵效力，可以既往不究，若是執迷不悟，誅滅九族！」

這一番話，讓朱振冷汗瀝瀝，正如吳備所說，他不是不知道眼下是什麼局面，只是在想，自己爲虎作倀，早晚要被清算，便死心地給女真人賣命，可是那一句誅滅九族宛若大石，重重地壓在他的心頭上，也難怪這些千夫長對這吳備如此俯首貼耳，事關著一家老小的性命，誰敢拿這個開玩笑？

朱振驚疑不定地轉了轉眼珠子，陷入了沉默，此時的他顯然是在權衡。

朱振沉默良久，才惡狠狠地咬牙道：「平西王若是食言怎麼辦？朱某是大罪之人，若是到時候平西王秋後算賬，本將軍豈不是要做案板上的魚肉了？」

吳備淡淡一笑，道：「朱將軍確實犯了大罪，不過，平西王不是已經給了朱將軍將功折罪的機會了嗎？」

朱振當然明白吳備的意思，將功折罪無非是納上投名狀而已，這投名狀就是女真人的腦袋，他臉色變幻不定，沉吟良久，目光落在幾個千夫長身上，這三個千夫長紛紛來勸：「將軍還遲疑什麼？咱們今夜就動手，女真人現在不過是秋後的螞蚱，蹦躂不了多久了，牆倒眾人推，咱們今日不做推牆之人，明日就要被別人推了。」

「誰都有家有室，就算不爲自己打算，也總要給親眷留點餘地才好，女真太后雖是下了懿旨，說什麼死守臨璜，招募了這麼多家奴充作軍士，可是這些人是什麼貨色，將軍不是不知道。連號令都不齊，還奢談什麼死守？平西王陳兵十萬虎視眈眈，之所以沒有動手，便是要給咱們一次將功補過的機會。將軍，過了這個村就沒有這個店了，女真人平時待我們是什麼樣子，將軍難道不知道？何必給他們陪葬？」

「請將軍早做決斷，否則悔之不及啊。」

朱振的臉上陰晴不定，這些話字字都扎入他的心裏，權衡之後，終於咬牙切齒地道：「平西王殿下要朱某怎麼個將功折罪法？」

吳備笑了起來，起身做了個請的姿勢，隨即道：「且先吃了酒菜再說。」

酒過三旬，五人的臉上都帶著幾分酒意，吳備斟滿了最後一杯酒，朝朱振舉杯，道：「今天夜裏，請將軍盡誅女真宗室。」

朱振的臉色驟變，酒精的作用，終於讓朱振有了幾分膽氣；再者說，眼下的時局已經再明朗不過，這件事自己不去做，就會有別人去做，到時候別人是將功折罪，自己就是死無葬身、全家死絕。

朱振咬牙切齒地道：「請總旗官拭目以待。」

朱振醉醺醺地帶著幾個千夫長出了米鋪，在親兵的護持下回營，倒頭睡了一覺，便與幾個千夫長商議起來。

事情到了這個地步，已經是刻不容緩，今夜就要動手，當然要有所準備，配軍有兩萬人，卻只有一個萬夫長，所以朱振在配軍之中可謂一言九鼎，不過話說回來，要做出這等大事，也總要有人支持才成，配軍共有十個千夫長，分領了兵權，現在還有不少人沒有表態，所以到了傍晚的時候，朱振召集各家千夫長商議，在府邸裏，埋伏了數百個親兵，待千夫長們到了，他直截了當地表明了自己的意圖。

「如今臨璜府危在旦夕，咱們有的是漢人，有的是契丹人，何必要給女真人賣命？事情到了這個地步，也沒什麼好說的了，平西王殿下已有明詔，順之者昌、逆之者亡，今日夜裏，本官便回應平西王，開城門迎天兵，殺女真將功折罪。誰有異議？」

千夫長們一時譁然，不少人開始凝眉思索，那三個與朱振早已約定好的千夫長立即鼓噪：「今夜若是不動手，待天兵一到，我等都是死路一條，現在還有什麼好說的？以往女真人將咱們當作豬狗，今夜就給他們點顏色看看。」

「若是今夜不動手，等宋夏聯軍自己動手，咱們就是想做降軍也不可得了。」

聽了這些話，不少人心中活絡起來，其實這幾日大家都在擔心，都在害怕，萬夫長指出了一條明路，對這些人來說是再好不過的事。

可也有人抱著狐疑的態度，道：「將軍，百足之蟲，死而不僵，女真人雖然山窮水盡，卻也未必是好欺之輩，只怕要動手也不容易。」

說來也可笑，這麼多人，居然沒有一個肯死心塌地的，就算是抱有懷疑的人，也只是怕女真人不容易對付。

朱振冷冷一笑，道：「怕個什麼?女真人真正難對付的，不過是那五千禁衛，其餘的都不足爲患，咱們相約起事，突然動手，禁衛必然大亂，他們在明處，我們在暗處，他們全無準備，我們早已準備妥當，以有備攻無備，外頭又有十萬大軍爲之呼應，只要肯動手，女真人便是天兵天將，又能如何?」

這句話等於是給大家注入了強心劑，千夫長們也無人反對，紛紛道：「一切以將軍馬首是瞻。」

原本朱振早已埋伏了刀斧手，只要誰敢提出質疑，立即拿下去斬頭，現在看來，倒是白忙活了一場，朱振打起精神，下達命令，吩咐各營在子時一起行動，最後又寬慰道：「諸位放心便是，平西王已經做了保證，只要今夜肯用命的，身家性命至少還能保住，能不能保全一家老小，就看大家今夜的表現了。到時本官親自督陣，一起賺這天大的功勞。」

話音落下，便放大家各自回營準備。

此時夜色已經黑了，星月無蹤，夜色如墨，這白雪紛紛的臨璜府陷入死一般的沉寂，在這平靜之下，卻彷彿在醞釀著某種驚濤駭浪，暗波湧動。

外城的配軍，仍然是按時出現在長夜的街頭，分成數隊，開始巡街，外城的城門也多是由配軍衛戍，不過女真人顯然對配軍並不放心，在各處城門也各調撥了五百人輪替值守，說白了，他們並非是守城兵，不過是用以監督之用。

如往常一樣，值夜的女真人換了崗，配軍也都輪了值，大家曲徑分明，各司其職，倒也看不出什麼。

子夜將近，夜霧皚皚的配軍大帳裏，朱振負著手，局促不安地在帳中負手踱步。

箭在弦上，已經不容不發了，可是越是接近子夜，朱振的心裏越是七上八下。金人察覺了該怎麼辦？有人告密又該怎麼辦？再者說，平西王只是口頭承諾，若是出爾反爾又該怎麼辦？

朱振想了許多可能，可是很快又悲哀地發現，他根本無路可走。今夜不起事，聯軍殺入城來，就會要他一家老小的命；起了事，還有一拼的希望。

有人掀開帳來，道：「將軍，各營都已準備好了。」

朱振深吸一口氣，也幸好女真人一向對配軍輕視，對配軍多是不聞不問，只用他們來衛戍守城和彈壓外城的漢人、契丹人，自己在配軍之中才能一言九鼎，否則這麼大的事傳報下去，難保不會有人去告密。

其實配軍裏頭，對女真人也都心生憎惡。女真人狂妄自大，殺人盈野，對配軍更是歧視得很，剋扣軍餉、隨即打罵也是常有的事，平時這股怒火都壓抑在肚子裏，現在朱振要動手，居然沒有一個人站出來反對。

朱振咬了咬牙，冷笑道：「動手吧！」

所謂動手，當然不必四處去知會，之前早已約定舉火爲號。此時雪已經停了，可是積雪仍是覆蓋了厚厚的一層，好在事先已經準備了些火油，這些火油潑在帳篷上，朱振親自舉了火把將大帳點燃。

借著風勢，火光沖天而起，霎時間，整個臨璜府就喧鬧起來，各處城門、軍營都傳出喊殺之聲，高舉著火把的配軍從各處軍營衝出，開始放火。

城門處，早已準備好的配軍二話不說，直接殺向還未反應過來的金軍，這突如其來的變故，讓所有人都始料不及，金軍人少，又被打個措手不及，雖是負隅頑抗，卻是死傷慘重，配軍奪了城門，立即將城門打開，隨即各自按著原訂的計畫開始衝殺。

兩萬配軍同時舉事，聲勢浩大到了極點，火光四起，更是讓城中的金人一時慌了神，這時，從四面八方聚攏起來的配軍在朱振的號令之下直襲內城，內城的金軍守備未來得及抵擋，便被洪流般破門而入的配軍殺了個人仰馬翻。

無數的火把之下，朱振的臉色鐵青，手中握刀，又是激動又是緊張，身後的配軍如潮水一般從他身邊衝殺過去，朱振大吼道：「格殺勿論，來兩個營，隨我去宮城！」

配軍突襲得手，已是士氣如虹，內城之中本就是金人的聚集地，也不必害怕誤傷，但凡不是配軍裝束的，不論老幼都是瘋狂屠戮。這些人本就沒有任何軍紀，這時候腦子發熱，就如瘋了一樣，更有不少人直接脫離了大隊，衝入宅門中去，見人便殺，見了東西便搶。

這些宅院裏都是女人孩子居多，男人們要嘛隨完顏阿骨打留在大定府，要嘛就隨完顏宗峻出戰被斬殺，這麼一群人衝進來，雖然也是負隅頑抗，可是哪裡敵得過？

一時之間，整個內城淪爲人間地獄，四處都是淒慘地哭喊和咒罵，大火也蔓延開來，一棟棟屋子劈裏啪啦地劇烈燃燒。

漆黑的天空，被大火映紅。女真人這時候才反應過來，不過已經遲了，那些主子們各自帶著奴才們攜著武器要抵抗，可是畢竟倉促，又沒有組織，雖然氣勢不弱，可是一隊隊配軍提著長矛衝殺過去，立即就被殺得七零八落。

女真人上了馬是猛虎，可是下了馬，戰力便大打折扣，配軍一條條街道的清理，雖然也是死傷慘重，可是這些女真人明顯還是被分割包圍起來，不斷淒吼臥倒在雪地。

唯一還能作戰的，只怕也只有禁衛了，只可惜他們身負保護宮城的責任，不敢輕易出戰，只能乾瞪眼。而朱振已經帶著數千配軍將宮門團團堵住，朱振並不急於動手，只是叫人守住了宮門，不許任何人進出，那宮城中的女真禁衛不知外頭有多少敵人，也不敢輕易出戰，只能憑藉著巍峨的城牆僵持。

冷風發出嗚嗚的戚戚聲，在清理掉負隅頑抗的女真人之後，配軍已經徹底地瘋狂了，若說此前還能保持一點紀律，可是很快，這些人便如瘋子一般一哄而散，一棟棟府邸被人用刀砍，用槍刺，用腳踢開。

門洞一開，舉著火把的人便毫不猶豫地湧進去，這些配軍只用了一炷香不到的時間便成了亂兵，衝入宅中開始胡亂砍殺，四處搶掠，甚至有些配軍之間，爲了爭奪一點點財物也毫不容情地大打出手。

爲虎作倀的人本就沒有什麼底線，此時內城對他們來說便是金山銀山，哪裡肯放過這塊肥肉？許多內宅裏，更傳出女人淒厲的大喊。

城外的宋夏聯軍一看到火光，終於有了動作，各處大營開始集結軍馬，列隊，點卯，訓話，隨後出營，開始更大規模地集結，他們的行動很是謹慎，先派了斥候進去，確認沒有危險之後，沈傲才從大帳中出來，遙望沖天的火光，打著馬，出現在洪流般的鐵騎之中，高呼一聲：「直搗宮城！」

呼啦啦……無數的馬蹄揚起，洪流般的騎軍在火光中衝入城去，騎軍們顯然沒有心思去管那些禁軍，一路直取宮城，當先一隊水師騎軍趕到時，那配軍萬夫長朱振立即迎上前，大聲道：「平西王殿下何在？」

馬群中有人越眾而出，打馬徐徐出來，言語冷淡地道：「本王便是。」

朱振立即跪地，道：「卑將恭迎殿下，恭迎天兵王師。」

沈傲沉默了一下，鄙視地看了他一眼，高高地坐在馬上道：「起來說話吧，城裏怎麼樣了？」

朱振心裏的一塊大石落下，他無非只是想保住一條小命而已，其他的也不奢望，再者說這些年也存了不少家資，大不了做個富家翁，只要性命還在便好。

朱振小心翼翼地站起身，恭謹地道：「內城、外城的女真人都已經肅清了，卑將的部下……咳咳……」

說到這裏，朱振有點兒臉紅，方才他也曾叫人約束一下，不管怎麼說，這大宋還是講仁義道德的，做出燒殺劫掠的事畢竟不太好看，可是那些亂兵壓根就約束不住，都是殺紅了眼，欲壑難填，誰要是敢管，他們能刀槍相向，到了這個地步，朱振也只有無話可說。

沈傲見他言語之中很是猶豫，便沉聲道：「眼下當務之急是攻佔臨潢，你先撿重要的話。」

「是……是……」朱振繼續道：「現在臨潢府，就差宮城了，不過宮城的衛戍頗爲森嚴，有數千女真禁衛，再加上城牆又高，只怕……」

沈傲借著火光看了宮城一眼，撇撇嘴道：「這個容易，把宮城圍住了，放火箭，本王倒要看看，他們能堅持多久。傳本王的將令，一隻蒼蠅都不許放出去，女真人若是要負隅頑抗，就困死、餓死、燒死他們。」

騎軍們聽了命令，立即有人高舉著大盾開始拿著火油、柴草往宮城下衝，城上的女真人見了，紛紛張弓亂射，只是這夜間哪裡有什麼準頭？再加上下頭的軍卒都是小心翼翼，將火油桶、柴草放到了城牆底下便退了開去，隨即沾了火油的箭矢飛射過去，宮城暫態便化作了火海。

第一八六章 咎由自取

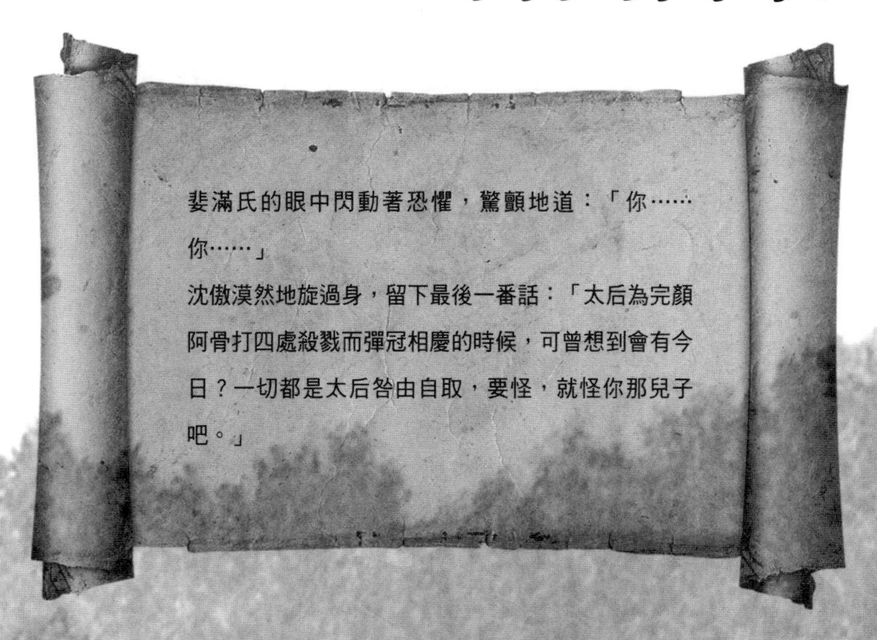

斐滿氏的眼中閃動著恐懼，驚顫地道：「你……你……」

沈傲漠然地旋過身，留下最後一番話：「太后為完顏阿骨打四處殺戮而彈冠相慶的時候，可曾想到會有今日？一切都是太后咎由自取，要怪，就怪你那兒子吧。」

女真太后斐滿氏的殿寢位於東北角落，斐滿氏已是連續失眠了三四天，一到夜裏心裏便滋生出不安，徹夜地不能成眠，可是到了白日，卻還要召集城中的將軍、部族的首領，更要作出一副篤定的樣子表示自己對城外聯軍的輕蔑，身子骨已是越來越差了。

斐滿氏這時候將所有的希望都寄託在完顏阿骨打的身上，在她看來，完顏阿骨打百戰百勝，從未有過敗績，一個小小的大定府，至多不過三兩日便能拿下，再揮師北上，到了那時，小小的聯軍又算什麼？

可是越等，斐滿氏就越是心焦。要回來，完顏阿骨打應當早已揮師到了，爲什麼到如今還一點動靜都沒有？難道那些在大定府的宋軍當真這般厲害，能阻擋白山黑水的大英雄？

城裏的氣氛緊張到了極點，這一點斐滿氏看在眼裏，急在心裏。她這太后，並非是那種從來沒有遇到過事的女人，當年完顏阿骨打以兩千人起兵反遼，遼軍十萬大軍圍剿，那時的情景比今日更加凶險，可是斐滿氏仍舊是挺過來了，現在，她仍在期望奇蹟出現。

到了子夜，斐滿氏好不容易小憩了一會兒，喊殺聲陡然傳出來，嚇了斐滿氏一跳，從殿中出來時，才發現城中已經多處起火，那慌慌張張的禁軍萬夫長過來稟告，說是配軍起事，外城亂了。

「配軍……」婁滿氏終於鬆了口氣，在她心裏，配軍不過是大金國的陪襯，這些人一向是畏戰不前的鼠輩，不足以為患，只要應對及時，應該很快就能彈壓下去。

可是事情並不是她所預料的那樣，她高估了那些主子和奴才，渾然不知道兩軍交陣，大多數時候靠的未必是勇力和勇氣，那些各自為戰的主子奴才，倉促之下還未反應過來便被配軍不斷地分割，不斷地包圍，逐一剿殺。

內城起火，火光沖天，甚至在這宮城裏，婁滿氏都可以清晰地聽到族人的哀嚎。這時候，婁滿氏終於急了，在殿中，她惶恐不安地團團轉著，連妝都未化，披頭散髮的樣子恐怖之極。

禁衛的萬夫長不敢擅自離開，只好乾站著作陪，婁滿氏抬眸，冷冷道：「禁衛為何不動？你沒聽到族人的哀嚎嗎？」

萬夫長二話不說，跪下道：「太后，奴才不敢擅動，否則讓亂軍衝入宮中來，奴才如何向大王交代？」

婁滿氏為之氣結，卻也知道萬夫長的苦衷，現在黑天黑地的，誰知道外頭發生了什麼事？擅自調動，極有可能會讓情況更加糟糕。

婁滿氏深深地吸了口氣，目光中閃過毅然之色，道：「那就堅守住皇城，哀家要在這裏等著我的兒子回來！」

婁滿氏說出這句話的時候，其實心裏頭也沒有底氣，宮城裏沒有糧庫，都是內侍在外採買再裝車進來，地窖倒是有，都是御用的酒食，可是這些東西，也不可能養活數千個禁衛，糧食至多堅持三天，三天的時間，真的能把完顏阿骨打盼回來嗎？

打發走了那萬夫長，婁滿氏露出苦澀的笑容，對身邊的內侍道：「來，給哀家梳頭。」

坐在銅鏡前，婁滿氏當真梳起頭來，接著戴好了鑲嵌著碩大寶石的圓頂暖帽，換上了盛裝，整個人變得煥然一新，神聖而不可侵犯一般。

外頭的喊殺聲越來越急，不少內侍已經慌了，四處奔走，還有不少甚至直接去搶內庫，都被禁衛拿住，然後當場格殺。

血腥瀰漫開，婁滿氏清晰地看到小心伺候著自己的內侍和宮娥都露出恐懼之色，一個個瑟瑟發抖。

婁滿氏不禁冷笑，道：「你們怕死？沒什麼可怕的，哀家也怕死，可是最怕的還是求生不得求死不能。」

「是，是……」宮娥們唯唯諾諾地福身行禮，聲音顫抖。

婁滿氏撇撇嘴，才道：「你們看，這裏本是契丹人的宮室，咱們女真人占了他們的屋宇，安享他們的器具，擁有本屬於他們的榮華富貴，哀家該享受的也都享受了，活了這麼一大把年紀，這輩子也沒白來這世上一遭。來，叫個人去把宮中的薩滿叫來，哀家要聽他們哼唱神語。」

一個宮娥快步去了，過了一會兒，幾個薩滿進來，紛紛給斐滿氏行禮，斐滿氏的臉上透著安享，舔了舔乾癟的嘴唇，含笑道：

「薩滿保佑女真，也正是因爲薩滿神的保佑，哀家的兒子才如草原上的海東青一樣，展翅萬里，勇不可當。今日，一群南人來了，這是薩滿神要試探我們的誠意。」

斐滿氏目光一冷，厲聲道：「實話和你們說了，哀家不怕，就算是死，哀家也要再聽一聽神語，請薩滿之神下入凡間，保佑我的孩兒替哀家報仇雪恨。」

斐滿氏的目光中透著莊肅，能有完顏阿骨打這樣的兒子，也正是這個意志堅強的斐滿氏教育出來的結果，這個女人五十多年前就失去了丈夫，含辛茹苦地培養出兩個兒子，用了無數手段，讓他們成爲部族的首領，告誡他們如何去收復人心，如何用殺戮去讓人畏懼。

她的目光，此刻比禿鷹更加銳利，整個人肅然地坐在暖炕上，雙手微微一動，道：「請諸位薩滿請薩滿神。」

這幾個年邁的薩滿，此時早已嚇得魂不附體，外頭的喊殺聲愈演愈烈，火光四起，他們幾乎可以聽到那弓弦的震動和火箭在空中呼嘯的聲音。

可是太后的話，讓他們總算定下了神，幾個薩滿一起闔目，拿出了手鼓，不斷地敲擊，手鼓的聲音掩蓋了混亂和殺戮所造成的呼喊，鼓聲越來越急促，薩滿開始痙攣起來，翻起了白眼，口吐白沫，口裏發出嗚嗚的古怪聲音，其中一個，更是直挺挺地栽倒在地。

等這像是昏厥過去的薩滿清醒張眸的時候，那渾濁的眼睛，閃動著一種詭異的光澤，他微微顫顫地站起來，全身還在擺動，手伸出來朝婓滿氏指過去，用一種很古怪的聲音大吼：

「我看到了白山黑水的英雄正馳騁在雪原上，馳騁在茫茫的大雪中……」

婓滿氏的眼睛突然變亮了起來，目光閃動，追問道：「他在哪裡。」

薩滿開始瘋癲地顫抖，瘋狂大笑起來，用冷漠的口吻道：「他要回來了！」

「來了……他要回來了……」婓滿氏的眼中閃過一絲希冀。

這個時候，喊殺聲已經越來越近，手鼓的聲音壓住了大火的劈啪作響，也壓住了無數禁衛的哀嚎，更壓住了被大火燃燒之後的宮門被撞開的巨大響動，可是當急促的腳步越來越近的時候，軍靴踩出來的咯吱聲還是不可避免地傳進來。

薩滿終於慌了，眼中閃露出恐懼，那詭異的眼眸變得無比的驚駭，微微顫顫地道：

「白山黑水的英雄……」

砰……殿門被無情地踹開，冷風灌進來，將殿中的白燭吹得瘋狂搖曳，殿中忽明忽暗的燈光在婁滿氏的臉上閃耀，一閃一爍之間，婁滿氏的臉上浮出焦灼之色，道：「快說，我的阿骨打在哪裡……」

一隊穿著黑色皮甲的水師校尉提著鮮血瀝瀝的長刀列隊進來，一個人手按著劍柄，陰沉著臉跨入門檻，在他的身後，是一隊隊武士。

「太后不必著急，本王即刻就拿了完顏阿骨打，承歡太后膝下。」

說這話的人，有著一張讓婁滿氏難以忘懷的臉孔；這臉有幾分輕浮，幾分冷意，嘴角微微揚起，幽深的眼眸中似乎散發著某種輕蔑。

婁滿氏不得不承認，這個男人很好看，身材雖然沒有女真人所崇尚的魁梧，卻更顯修長。那雙長眉下的眼眸雖然冷冽，可是眉宇之間透著幾分書卷氣，星亮的眼眸意味深長而不可捉摸，舉止之間又有幾分讓人生畏的威嚴。

來人便是沈傲，沈傲的神色很淡漠，語氣中帶著譏誚，他的眼睛直愣愣地看著女真太后，心裏發出一種感嘆，似乎沒有預料到兩個人會在這裏重逢。

「緣分啊。」沈傲心裏突然冒出這個念頭。

不過這個氣氛，很快被外頭的聲音給掩蓋了，宮娥的驚喊聲，還有士兵的大喊聲傳了進來：「平西王有令，只拿女真宗室、嬪妃，其餘不論。誰敢恣意胡為，妄殺內侍、凌辱宮娥，軍法從事！」

這道命令，就是沈傲做人的原則，他是個復仇者，但絕不是一個殺戮者，他很清楚地知道誰才是他的敵人。對敵人，他可以無比冷酷，無比決絕。可是他也明白，那些宮娥和內侍不是他的敵人，從這一點上，他還有一個氣質，那就是寬容。

可是明明這麼個複雜的人，在斐滿氏看來，沈傲卻如同惡魔降世。她不由地微微顫抖了一下，拼命地壓抑住自己的恐懼，一雙眼眸平淡淡地直視著沈傲，終於道：「哀家的兒子會為哀家報仇的，他比狼更加狠戾，比海東青更加敏銳，比白山上的黑熊更加強壯。你惹到他了，今日你給他的，明日他會十倍百倍地索取回去！」

沈傲哈哈大笑，他的笑聲似乎也感染了那些肅穆的校尉，隨即，殿中傳出一陣哄笑聲。

沈傲臉色一板，不屑地道：「是嗎?你的兒子已經完了。沒有了後路，被困在大定府，失去了補給，他在本王眼裏，不過是一頭皮包骨的餓狼。本王會一點點地將他困死，讓他為今生所做的一切付出代價。」

沈傲走前兩步，笑吟吟地道：「太后可知道這代價是什麼嗎?」

斐滿氏的眼眸裏露出驚懼、狐疑的複雜神色，冷哼一聲。

沈傲自問自答地道：「求生不得，求死不能，便是他死了，也是死無全屍，死無葬身之所。這就是本王替女真屠刀下的冤魂報答給你們這群韃子的，這就是你們殺戮的代價。來人……」

周恆立即上前一步：「在！」

沈傲冷冷地道：「把女真太后暫時看押起來，將來……」沈傲的眼中閃過一絲冷意，道：「交給遼人處置吧。記著，不要讓她死了，要讓人十二個時辰看著。」

這句話不啻是宣布了斐滿氏的死刑，更確切地說，死刑還不夠，未來將有無數的磨難等待著斐滿氏，宋人與金人之間，暫時還沒有刻骨的仇恨，可是對契丹人來說，女真人便是他們不共戴天的仇人，誰都可以預料到，一旦落入契丹人手裏，斐滿氏會得來什麼樣的結局，女真人殺戮的遼人，可以用十萬百萬計來形容，血海深仇，當然不是殺頭這麼簡單。

斐滿氏的眼中閃動著恐懼，驚顫地道：「你……你……」

沈傲漠然地旋過身，留下最後一番話：「太后為完顏阿骨打四處殺戮而彈冠相慶的時候，可曾想到會有今日？一切都是太后咎由自取，要怪，就怪你那兒子吧。」

從殿中出來的時候，沈傲長出一口氣，他的心裏並不痛快，用殺人的辦法去制止殺戮，本來就是一件無奈的事。大殿外頭一片混亂，一隊隊的校尉倒也規矩，可是宮娥和內侍卻是嚇得四散奔逃，到處都是呼喝和嘶喊，讓人聽得很刺耳。

沈傲漫無目的地在這混亂中閒庭散步，嘴裏低聲哼唱著歌。途中遇到幾個撞過來的宮娥，或許是宮娥們被沈傲的外表迷惑了，只當沈傲是個善人，便帶著哭腔拉住他的袖子，祈求他的庇護。

沈傲的歌唱不下去了，等到後頭的軍卒追上來了，只好嘆口氣道：「追什麼追，文明執法懂不懂？咳咳……這幾個人帶過去，驗明正身，若不是女真的宗室，就發放些銀兩讓她們各自回家吧。」

沈傲很認真地牽著其中一個宮娥的手，這個小宮娥姿色不錯，臉上還有幾分稚氣，尤其是那對胸脯顯得很飽滿，讓人遐想萬千。

沈傲輕輕地撫摸小宮娥的手，心裏這樣想，隨即又認真地道：「不必怕，不會有人為難你，大叔們只是問幾句話而已，驗明了身分就沒事了。」

幾個校尉一時無言，敢情自己成大叔了？如此精壯的小夥子，怎麼被殿下叫老了二十歲？

曙光初露的時候，沈傲的勁頭才過去，那內城的嘶喊聲已經漸漸微弱，宮城裏也恢復了次序。黑暗過去，一縷陽光射透了濃墨的黑夜，餘暉灑落在積雪上，折射出讓人溫暖的光線。

疲倦的沈傲熬了一夜，下達了召集將佐的命令，隨即到宮室中的正殿，到了長廊，周恆和一些侍衛恰好在裏頭佈置防務。

只聽周恆道：「諸位有沒有發現，昨天夜裏，平西王殿下進韃子太后宮裏的時候特別英俊，特別有氣勢？」

眾人七嘴八舌地道：「不錯，不錯。」

沈傲隔著門窗聽，心裏頓時樂了，果然是隔牆偷聽的評價才是最真實的，他駐足繼續聽下去。

周恆的聲音又傳出來，道：「殿下那英姿颯爽、魁梧不凡的樣子倒是讓我想起了一個人來。」

沈傲心裏默念：「趙子龍、趙子龍、趙子龍……」

那些侍衛七嘴八舌地問：「不知周營官想起了誰？」

周恆雄赳赳地道：「張翼德是也。」

沈傲的腦海中立即幻想出一張滿是疙瘩的黑臉，心裏噁寒，氣得臉都白了。

那些侍衛紛紛道：「那股氣勢確實有幾分像，不是張翼德長阪坡顯神威又是誰？殿下好氣魄，非同凡響。」

沈傲這時候卻是悲催地想，校尉果然沒文化，他們的話和放屁一樣，不可信，不可信也。這時他倒是不好意思進去了，臉皮再厚，也不好進去面對，乾脆尋了個偏殿躲進去避避風頭。

誰知進了偏殿，恰好看到昨夜揑著手的小宮娥，這小宮娥也嚇了一跳，她是認得沈傲的，連忙驚恐不安地叫道：「殿下……」

沈傲色迷迷地看了她一眼，心裏默念：要矜持不要淫蕩，便板起臉來，很正派地剜了一眼那高聳的胸脯，道：「唔……原來是你，你留在這裏做什麼？」

小宮娥福了福身，微微顫顫的，既有些緊張又有些好奇地打量這傳說中凶神惡煞的王爺一眼，期期艾艾地道：「奴婢沒有家人，無處可去，驗明了身分之後，有個姐姐見我識字，說是要舉薦我進護理營，奴婢就想與其孤苦無依，倒不如索性尋個依靠。」

沈傲恍然大悟，心想，她說的姐姐莫非是蘡兒？這可就不好了，好馬不吃窩邊草啊，要鎮定，不要起歪念。

小宮娥瞥了沈傲一眼，見沈傲一副恍然的樣子，臉頰不禁嫣紅起來。

正說著，外頭有人推門進來，蘡兒打頭，鬼智環殿後。鬼智環因爲有傷，沒辦法參與攻城，不過下床做些力所能及的活動倒不成問題，因此，便隨著護理營救治傷病。

只是這次攻城，實在沒有多少傷病可治的，除了幾個傢伙騎馬摔傷了，還有幾個不小心被火燙傷，真正拼殺受傷的寥寥無幾。

鬼智環一見了沈傲，啊呀一聲，再看身邊的宮娥，便立即怒了，眼中閃出狐疑，很是冷冽地看了沈傲一眼，彷彿在嗔怪沈傲處處留情，實在可惡。

其實不管是男人還是女人都是如此，喜歡的東西自然不願意別人佔有，說什麼賢良淑德，那都是假話空話，便是嘴上不說，心裏也肯定會有幾分不悅。

倒是蘷兒沒有想到那邊去，見了那宮娥，便道：「怎麼？想好了？若是想好了，便去登記一下，從此之後，便隨著我到護理營三隊裏做事，正好這邊缺些幫手，待會兒我教你怎麼做事。」

接著又看向沈傲，道：「殿下不是召集大家議事嗎？怎麼躲到這裏來了？」隨即不懷好意地道：「啊呀，我知道了，你真是不正經，壞透了，像是狂蜂浪蝶一樣。」

沈傲好委屈，明明自己被人叫做張飛，只好避避風頭，誰知竟被這樣冤枉，這世上有哪個狂蜂浪蝶只是看看人家胸脯的？就算是狂浪，那也只是內心，心裏意淫一番又如何？可是他雖有三寸不爛之舌，卻也解釋不清，真要說出真相，人家也未必信，索性大起膽子默認了，嘻嘻笑道：「恰好聞到了這裏有蘷兒和環兒的香味，便鑽了進來，誰知還有個小美人兒在。」

這句話說出來，連沈傲都佩服自己的機智，蘷兒和環兒剛剛「回來」，這就證明她們二人曾經來過，還與這小宮娥說過話，自然留了香氣，沈傲說自己聞到了二人的香氣，意思便是說自己進來，是來尋她們二人的。最後一句「誰知還有個小美人兒在」，這也算是間接的誇了一下小宮娥，言外之意是自己原來也不想的，一心只想私會二女，不過「這小美人兒」四個字，又作出一點驚喜的樣子，讓這小宮娥心裏好受一些。

顰兒一時詞窮，倒是那小宮娥被沈傲說得有些不好意思，縲首俏著臉兒垂下頭去。

鬼智環的臉色舒緩了一些，她的要求其實並不過分，只是希望自己在沈傲心中留下一個獨特的席位而已，這時聽沈傲特地來尋自己，也不疑有他，便不再糾纏這個問題，正色道：

「殿下，那些亂兵在內城胡作非為，燒殺淫掠，為何殿下不下令阻止？內城裏雖然都是女真人，可是要殺便殺，這些豬狗不如的東西竟然淫人妻女，掠人財物，弄得整個臨璜府都是烏煙瘴氣，若是不立即整肅，未免也太過分了一些。」

沈傲心虛地道：「方才只顧著攻城，一時忘了約束，原來這些亂兵竟這樣壞，果然是狗骨頭，改不了吃屎。」便笑吟吟地對鬼智環道：「時間差不多了，環兒隨我一道去議事。至於顰兒……」

沈傲目光落在顰兒身上，微笑道：「顰兒給小美人兒登記造冊，護理營有顰兒和她這兩個美人兒，三軍將士上陣殺敵時自然會勇氣倍增，還巴不得受傷了。」

夔兒笑起來，兩眼拱成彎月，笑面如花，道：「待會兒給你鬆鬆骨好不好？我先去料理了傷患，你看看你，熬了一夜，眼袋都出來了。」

沈傲立即精神倍增，道：「好極了，正要見識夔兒的手段如何，哈哈……」眼睛偷偷去撇那小宮娥，厚著臉皮道：「就怕你力道不夠，再把小美人兒叫來，這才差不多。只是可惜……」

沈傲開完了玩笑，臉色黯然，很是虧欠地對鬼智環道：「可惜環兒受了傷，都是我不好，來遲了一步，若是水師騎兵及早趕到，也不至於傷到這個程度。」

與鬼智環一起出殿，沈傲噓寒問暖地問了鬼智環的傷勢，又小心翼翼地道：「方才環兒生氣了嗎？」

鬼智環猶豫了一下，恍恍惚惚地搖頭道：「我愛的那個平西王，本性就是如此，又能拿他如何？難道能把他綁了，架在火上三刀六洞，再割了他的眼睛，挖了他的鼻子嗎？」

沈傲不禁打了個冷戰，這算不算赤裸裸的威脅啊？只好哈哈笑道：「不要開玩笑，我是讀書人，不經嚇的。」

鬼智環的眼中閃露出溫柔之色，道：「誰要嚇你？你自己做賊心虛是不是？」

二人說著話，到了正殿的時候，鬼智環略帶幾分羞怯，便不肯和沈傲搭訕了，刻意與沈傲保持距離，等沈傲步入正殿時，她才蓮步進去。

正殿裏，營官以上的將佐都已經來齊，沈傲步履輕快地走上首位，在眾人一起行禮的殿下千歲聲中坐下，雙目環視一眼，淡淡道：「不必多禮。」

兩班的將佐、博士都各自站定，等候沈傲發話。

沈傲道：「傳令，軍法司立即到內城去，若有兵匪胡作非爲，立即拿下治罪，若是有人敢負隅頑抗不聽勸阻的，格殺勿論！」

軍法司的博士立即站出來，道：「遵命。」接著快步出殿，執行沈傲的命令去了。

倒是站在角落裏的朱振和千夫長們一時有些慌張起來，平西王說的亂兵不就是自家的配軍嗎？拿了這些人不等於是打自己的臉？朱振猶豫了一下，終究還是站出來，訕訕笑道：「殿下……卑將的部屬不懂軍法，情有可原是有的，倒不如讓卑將去勸阻一下，實在不成，再勞煩軍法司……」

沈傲看了朱振一眼，打斷朱振道：「你是誰？」

朱振心裏說，昨夜還說過話呢，怎麼今日就忘了？平西王果然是翻臉比翻書快，不太好伺候啊，只好笑吟吟地道：「卑將是配軍萬夫長朱振，如今已經翻然悔悟，改過自新，願爲殿下效犬馬之勞。」

沈傲厭惡地看了他一眼，惡狠狠地道：「原來你就是漢奸朱振？」

朱振的眼中閃過慌張之色，連忙跪倒：「卑將已經改過自新了，殿下……」

沈傲呵斥道：「滾！不要讓本王再見到你，再見你一次，剝了你的狗皮。立即滾出去，給我躲得遠遠的！」

朱振倒是個聰明人，沈傲的意思很明確，官是別當了，馬上消失。不管怎麼說，性命總還算是保住了，便二話不說，連滾帶爬地走了，其餘的千夫長嚇得心驚膽戰，也紛紛溜了出去。

沈傲氣定神閒地坐著，慢悠悠地笑起來，對左右的將佐道：「咱們自己人議事，卻讓一些不三不四的人進來，往後要謹記，本王議事的時候，除了是自己人，誰也不許進來旁聽。」

這番話當然是對周恆說的，算是報了周恆污蔑沈傲人格之仇，周恆抹了抹冷汗，被姐夫當眾教訓了一頓，也不敢頂嘴，立即道：「遵命！」

沈傲微微一笑，道：「很好，那現在開始議事吧，功考司的博士在不在？把昨夜的戰況都報上來，本王先聽聽。」

第一八七章 決一死戰

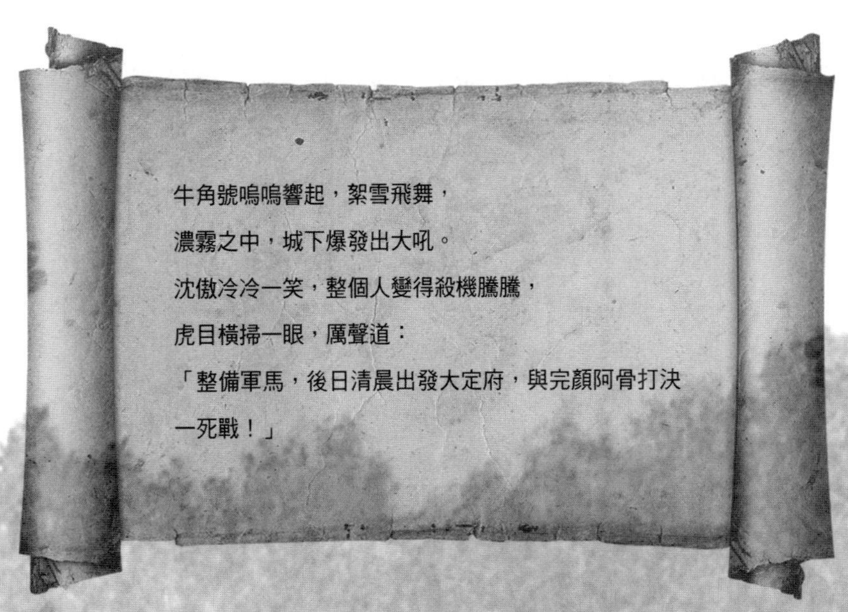

牛角號嗚嗚響起，絮雪飛舞，

濃霧之中，城下爆發出大吼。

沈傲冷冷一笑，整個人變得殺機騰騰，

虎目橫掃一眼，厲聲道：

「整備軍馬，後日清晨出發大定府，與完顏阿骨打決一死戰！」

臨璜府一戰，聯軍大多數時間都在打醬油，傷亡不大，不過臨璜府被亂兵一鬧，也算是遭了殃，內城十幾萬女真人居然只剩下兩萬餘，可見他們平時的人緣並不怎麼好，大難臨頭，到處都是牆倒眾人推，連平素的狗腿子翻起臉來都沒有給他們留一分情面，燒殺淫掠，無惡不做。

至於女真的禁衛，已經完全清理乾淨；王公貴族俘虜的也是不少，除了女真太后，總計有嬪妃二十九人，皇子公主七人，宗室一百三十三人，其餘酋長、官員三百之多。

沈傲冷著臉道：「王公全部關押，其餘的女真人驅逐出城，讓他們從哪裡來，滾回哪裡去吧。」

這道命令看上去很寬容，其實殘忍到了極點，女真人的崛起，本就是伴隨著血腥的殺戮而拉開帷幕的，這樣一個依靠殺戮而生的種族結了不少死仇，大漠之中，更不知道有多少部族被他們掠奪了肥美的草場，一報還一報，現在完顏阿骨打的大軍困在大定府，大漠之中，只剩下一群老弱病殘的族人，一旦被驅逐出城池，他們立即就會成爲草原上人人眼紅的獵物，不管是城內還是城外的女真人，被燒殺劫掠只是遲早的事。

恰在這時，外頭傳來匆匆的腳步聲，有個校尉慌慌張張地進來，道：「殿下，有旨意。」

大帳之中霎時熱鬧起來，沈傲起身離座，心裏想，自己遠在臨璜，突然送來旨意，莫非是有什麼急事？便道：「大家都整一整衣冠，隨本王出去接旨。」

從殿中出來，一個風塵僕僕樣子的公公迎上前，身後是一隊爲數不少的殿前隊，想必是從錦州登陸，錦州的水師駐軍又調了一批軍士隨行保護，一路過來的。

這公公笑吟吟地先給沈傲行了禮，道：「咱家給殿下問安了。」

沈傲含笑道：「公公免禮，還是先接了旨意再說吧。」

公公含笑頷首，隨即肅然道：「平西王沈傲接旨意。」

沈傲跪在地上，身後的將佐校尉也紛紛拜倒，高呼道：「臣接旨意。」

公公展開聖旨，朗聲道：

「制曰：平西王、駙馬都尉、鴻臚寺寺卿、武備學堂司業沈傲奉狀以聞、伏聽敕旨……敕輔政王、天策上將，開府儀同三司，過問天下軍政，不得有誤……」

這份旨意，可謂是平地驚雷，爵位倒也罷了，天策上將若不是博學多聞的人，多半也分不清有什麼玄機，只是這開府儀同三司和過問天下軍政就大大不同了。雖說開府在大宋朝只是個散職，可是在聖旨中明明白白的念出來，意義大不相同；再加上後面「過問天下軍政」幾個字，稍微有點理解的人就明白這背後的意思了，沈傲現在的地位，是真正的一人之下萬萬人之上啊。

沈傲也是大吃一驚，心裏想陛下這是怎麼了？

對趙佶，沈傲還是很瞭解的，不管怎麼說，他總還是一個皇帝，身爲君王，竟然下放出這麼大的權柄？等於是將君權再分出一部分來贈給王權，

大宋立國以來，一向對宗室親王大加防範，一向宣導的是強幹弱枝，強幹不止是在軍事上，在皇權與王權之間也是如此；可以說，大宋朝的宗室算是有史以來最爲灰頭土臉的，不但親王不可以議政，不可以從軍，更不能離京，甚至連封地都沒有，王爺們唯一能做的事只是在宗令府裏領點俸祿，保證自己衣食無憂，混吃等死而已。

而現在，趙佶送給自己的已經不只是信任這麼簡單了，沈傲心中澎湃，重重道：「臣接旨。」小心翼翼地捧過聖旨。

從此之後，親王搖身一變成了高高在上的議政王，同樣是個王字，可是身分卻大是不同。沈傲立即叫人拿了幾張百貫大鈔塞給公公，一面問：「陛下還好嗎？」

公公遲疑了一下，黯然道：「身體是大不如從前了，在泉州也惦念著殿下，幾次說悔不當初。」

沈傲不由哽咽，這時，他的心情只有一種沒來由的悲慟，天大的榮耀加身，也及不上那一句身體大不如前。

沈傲深吸一口氣道：「回去告訴陛下，叫他好好將養身體，不要胡思亂想，外頭的事，有我這做臣子的在。」

公公點點頭，原本想在這裏歇歇腳，聽了沈傲的話，知道得立即返程了，便道：「殿下保重，殿下直搗臨潢府，可喜可賀，咱家一定具實上奏，也好讓陛下歡喜歡喜。」

沈傲失魂落魄地點點頭，親自將這公公送了出去。重回到正殿時，軍中的將佐、博士紛紛稽首：「恭喜殿下，賀喜殿下。」

沈傲手中攥著聖旨，長嘆一口氣，才道：「喜從何來，又有什麼好恭賀的？」別人看到的是步步高升，是聖眷加身，是步入雲端，可是在沈傲看來，這份聖旨更像是托孤，沈傲心中黯然，以他的性子，寧願不要這萬萬人之上，也不願少了一個至親，一個知己。

沈傲冷冷一笑，整個人變得殺機騰騰，既然遠在千里之外，那就只好化悲痛爲力量了，虎目橫掃一眼，厲聲道：

「傳令，快馬前去大漠各部，勒令各部族中的首領、酋長來臨潢府，告訴他們，誰敢不來，或是延遲一步，女真人就是他們的榜樣，三天，本王只給他們三天時間，三天之期過後，若是本王不見人，便視若他們向本王宣戰，到了那時，大宋就是他們的死敵，不死不休！」

「再傳令下去，全軍休整，待料理了這裏的後事，西夏和大宋的戰士全軍出發去大定府，與女真人最後一戰！」

沈傲的語氣篤定，渾身上下帶著一種威嚴和肅殺，讓所有人都不禁心中畏服。

「遵命！」眾人轟然應諾。

輔政王的詔令，只用了一天多的功夫，便傳遍了臨璜府附近的草原各部，面對這草原的新主人，面對這大漠新的主宰，幾乎所有的部族都在權衡，女真人完了，那曾經不可一世，百戰不敗的女真人一敗再敗，如今連國都已經陷落，雖然主力尚存，卻已陷入了四面楚歌的境地。

這一點，所有人都明白，宋夏聯軍擊潰六萬女真鐵騎的那一刻起，各部族終於開始從新估量起這支精銳鐵騎的戰力起來，毫無疑問，以自己部族的力量，與宋軍為敵，與那輔政王為敵，簡直就是以卵擊石，螳螂擋車。

分清楚了利害關係，各部族的首領、酋長一刻都不敢耽誤，立即騎著快馬，帶著幾個侍從飛快向臨璜府集結。

三天的時間，臨璜府發生了翻天覆地的變化，尤其是內城，已經開始有大量的漢民、契丹人湧入，女真人全部驅逐了出去，沒有了奴役的鞭子，各種生業都漸漸興起，輔政王的詔令也張貼在城中各處：「凡中國之人，無分老幼，不分族種，皆兄弟也，今豺狼已除，各族應與鄰為善，共用太平。」

太平二字，對那些享受慣了的人來說輕如鴻毛，可是對經受過亂世之苦的人，卻如久旱逢甘霖一樣，有人看到安民的詔令，不由捶胸頓足，號啕大哭；更有人四處宣講傳播輔政王的詔令。

女真人的到來，讓漢人和契丹人少了一層隔膜，其實那些契丹人如今說的也是漢話，寫的也是漢字，習俗與漢人已經完全沒有區分，從前他們是國族，尚且還有幾分驕傲，現在這驕傲早被女真人擊碎，如今大家相安甚至相互通婚，早已是不分彼此了。

各族的首領、酋長抵達臨潢府的時候，並沒有受到任何禮遇，不過那一隊隊進出城池的騎兵卻讓這些酋長們的心裏生出震撼之感，那些矯健的騎兵，紀律森嚴，不管是疾馳或是駐馬，都是號令如一，可見那六萬女真鐵騎輸得並不冤枉，宋軍能揚威在這臨潢府，憑的也不是運氣。

來的首領足有三十多個，幾乎一個也沒有漏下，都被安排在一處客棧，有宋軍把守看護，大家急著見那輔政王，偏偏一點音信都沒有，這傲慢的態度讓這些急性子的酋長們有點兒不耐煩。

不過，草原裏的規矩一向如此，誰強大，就有傲慢的資本，憑藉的是用實力來說話。所以雖有一些埋怨，卻無人敢放什麼重話，到了第四天，終於有個校尉進了客棧，領著他們入宮。

到了正殿，兩班的文武官員早已站定，這些酋長、首領們遙遙看了高高在上的沈傲一眼，紛紛拜倒行禮。

沈傲穿著尨服，沒有作聲，沉默良久，才不客氣地道：「大漠從此之後是大宋做主，本王在臨璜設安北都護府，屯駐軍馬，統轄各部，誰若是不情願，今日不妨直言出來。」

不管是安北都護府還是其他什麼名目，無非是控制大漠而已，當年遼人強大的時候，便一統各部，此後女真人強大也是如此，現在換了宋人，誰又敢直言什麼？沈傲的威名早已流傳於草原各處角落，於是眾人轟然道：「甘心為殿下驅使。」

沈傲的臉色才恢復得好看了一些，他一步步從殿上走下來，在首領和酋長之中穿梭，慢悠悠地道：「各部的草場要重新劃分，從前女真人掠奪了你們的土地，可以適當地歸還一些，不過臨璜府一帶的肥美水草，你們也不要打什麼主意，這是本王的產業，知道了嗎？」

能退還一些草場已是意外之喜，誰還敢有什麼怨言？這些首領紛紛拜倒在地，道：「是。」

沈傲心裏卻是另有打算，臨璜府這一帶的水草最是豐美，現在牢牢掌握在自己手裏，當然要好好地利用起來。要知道這裏是天生的養馬場地，全天下最好的地段，而沈傲要做的，就是讓漢人養馬。

沈傲現在要弄的，就是兜售牧場，將這些肥美的牧場分成大小數百上千塊承包出去，以五十年爲限租給商人。所以在此之前，他已經給泉州去了信，讓海政衙門貼出告示，讓那些有實力的商人前來磋商。

泉州的商賈不缺錢，缺的就是財路，現在大宋馬匹很是匱乏，大量的騎兵需要戰馬，輸送貨物也需要馬匹；尤其是在蘇杭和泉州，人力的價值越來越高，馬匹自然就成了運輸的重要工具，再加上那裏富人越來越多，有了錢，自然要備幾輛馬車，如此一來，馬匹的缺口已經越來越大，甚至一些商人乾脆幹起了販運馬匹的營生，從南洋收購馬匹再運到泉州、蘇杭去，不過南洋的馬匹個頭矮不說，腳力也差了許多，一些馬商又趁機哄抬馬價，讓馬匹更加緊缺。

養馬的前景已經可以預料了，可以想像只要貼出告示來，那些大海商、大商賈必然會蜂擁而來，這麼多地皮若是統統租出去，不止是沈傲可以大賺一筆，用這些錢來犒賞三軍；另一方面，這些商人有了牧場，自然而然要大肆地招募人手，數百上千個牧場要招募多少人，這就是天文數字了。

沈傲將首領和酋長們打發了出去，環顧四周，道：「整備軍馬，後日清晨出發大定府，與完顏阿骨打決一死戰！」

「遵命！」

隨著寒冬的降臨，整個大定府已是一片銀裝素裹，完顏阿骨打領著鐵騎抵達這裏已足足半個月，半個月的時間裏，金軍瘋狂地對大定府發起綿長的攻勢，一波又一波發了狂的金軍不避矢石，在低昂的牛角號聲中，一次次嘗試攀登大定城。

城上的宋軍早有準備，各處的防禁密不透風，連續半個月的時間，整個大定府紋絲不動，而城下，卻不知遺留了多少陳屍骸骨。

金軍已經越來越急躁了，軍中的存糧不多，天氣也越來越寒冷，二十多萬人要吃要穿，人困馬乏，若是再拿不下大定府，到時候就會被困死餓死。可是守城本就是宋軍的強項，而攻城是金軍的劣勢，水師騎兵以優勢對金軍的劣勢，已是穩操勝算。

完顏阿骨打也越來越暴躁，就在昨天，他已經當眾斬殺了一個攻城不利的萬夫長，令三軍肅然，今日他仍舊穿戴著金甲，帶著禁衛掠陣，不管如何，大定府一定要拿下，若是再耽誤，臨璜府極有可能被那沈傲攻破，數十萬女真人就成了喪家之犬，幾十年的基業也將毀於一旦。

朔風之中，完顏阿骨打並沒有披掛他的虎皮大衣，在這天寒地凍之中，許多的女真勇士甚至只簡單地套著一件棉甲，手腳都已經凍得發紫，完顏阿骨打若是渾身裹得嚴嚴實實地出來，難免會讓人心寒，所以當冷風刮面，那肆虐的寒風順著鎧甲鑽入他衣內的時候，年近六十的阿骨打凍得渾身青紫。

他呼哧呼哧地噴吐著白霧，一雙眼眸猶如禿鷹一樣露出憤恨之色，遙望著那巍峨的城牆，不自覺地生出無力感。

他的眼眸大張，閃露出一點精芒，一隻手搭在刺骨的刀柄上，大喝一聲，將長刀拔出，整個人又恢復了自信和無比的勇氣，只要長刀在手，完顏阿骨打就相信自己是不可戰勝的。

陣前的薩滿敲起了手鼓，開始爲即將拼殺的勇士們祈福，祈禱戰爭的勝利，幾十個薩滿披頭散髮，身體不斷地抽搐，翻著白眼，念叨著那古老又滄桑的語言，發出一個個怪異的字元，手鼓的聲音與這聲音混雜在一起，在完顏阿骨打的耳中，顯得無比的神聖。

完顏阿骨打深吸一口氣，長刀前指，大喝一聲：「索圖先！」

有人從後方的軍陣中打馬出來，索圖先穿著萬夫長的鎧甲，虎背熊腰，目光猙獰，宛若驚雷一般大喝一聲：「在！」

「帶著你的勇士，去給南人一點顏色看看。」

索圖先二話不說，勒馬便往自己的軍陣中去，宛若野獸一般發出一聲大吼，軍陣中的女真騎隊，立即爆發出大喝來回應他，索圖先紅光滿面，揚起了自己的武器，一支寒芒陣陣的鐵矛直指天穹，大喝道：「殺光漢狗！」

「殺……」

牛角號嗚嗚響起，絮雪飛舞，濃霧之中，城下爆發出大吼，無數的金軍策馬而出，帶著弓矢馳騁到城牆之下，如風一般朝城頭上奔射。

早已預備好的配軍，在女真人的壓陣之下，也蜂擁衝殺上去，攜著雲梯，朝大定城發起了攻勢。回回炮早已架設好了，一塊塊巨石在半空劃過半弧，狠狠地朝大定砸去。金軍的攻城又一次拉開了帷幕。

城頭上，一名營官氣定神閒，下達了反擊的命令。霎時間，女牆之後閃出無數個人影，他們舉起了手弩，目光堅定，按下機括，嗤嗤……弩箭激射出去，半空之中，灑下一片箭雨。

一隊弩手射擊完畢之後，立即退開，後一隊弩手已經填裝了弩箭，飛快射擊。

爲了提高射擊的頻率，早已有校尉提出了這種射擊辦法，整個弓弩營由三隊組成，第一隊射擊，第二隊填裝，第三隊接應，如此一來，城牆上的弩箭如飛蝗一般射下去，間隔的時間居然只是眨眼的功夫，那無數的弩箭，鋪天蓋地地射在女真弓手的身上，城下來回奔殺的女真弓手應聲而落，發出哀嚎。

配軍見了這個陣仗，也早已膽怯，若不是後隊有女真人督陣，此前完顏阿骨打已經下達後退一步殺無赦的命令，只怕配軍早已轉身便逃了。

恰在這時候，城樓上突然發出一陣陣轟鳴，架設在城樓上的四十餘門火炮發出震天的巨響，連城牆似乎都承受不住這巨大的後座力，撲撲簌簌地掉落下灰塵。

一隊隊遼軍和流民組成的後備隊也出現在了城牆上，他們搬運著巨石、火油、滾木，直接朝城下砸過去，架上城牆的雲梯，則被他們狠狠地掀翻。

戰鬥愈演愈烈，完顏阿骨打注目著戰鬥，不由發出一聲嘆息，雖然明知道這樣做只是無謂的犧牲，可是完顏阿骨打不得不硬著頭皮繼續下去。

火炮的作用這時候體現了出來，配軍的士氣本就落到了谷底，完顏阿骨打凝著眉，一雙眼眸閃掠著無奈和怒火，他的嘴角抽搐幾下，突然大叫一聲：「蘇克薩！」

「大王……」一名萬夫長越眾而出。

完顏阿骨打毫不容情地道：「帶著你的勇士，攻城！」

蘇克薩毫不猶豫地道：「是。」策馬飛向自己的軍陣，蘇克薩惡狠狠地道：「下馬！」七千餘名女真騎兵紛紛落馬，隨即架起了雲梯，宛若黃蜂一般冒著箭雨朝城牆衝殺過去。

女真人的士氣顯然高了許多，在他們的帶動下，配軍總算穩住了陣腳，一架架雲梯在不間斷的箭雨中搭建而成，雲梯上，密密麻麻的人影開始攀爬，滾木、巨石落下，雲梯上的人發出一陣陣悲鳴，有的雲梯被城牆上的宋軍掀翻，整個雲梯翻倒，雲梯上攀爬的女真人、配軍發出最後的哀嚎。

宋軍開始集中用手弩射殺城下的敵人，而大量的火油也傾瀉下去，隨即火把落下，轟的一聲，巨大的火焰開始燃燒，所有人殺紅了眼，戴著鐵殼范陽帽的校尉越來越多，這些人在城牆道上來回奔走，他們的出現，將整個城牆組織成一條血肉長城，讓女真人無機可趁。

周處親自帶著一隊校尉趕來，登上城樓，大呼一聲：「我在城在！」

「我在城在！」各個角落，無數人爆發出大吼，金人瘋了，水師也瘋了，當大量的女真人攀上城牆，城牆各處，都是瘋狂的鏖戰殺戮，當一個人倒下，立即有第二個第三個人接替他們的位置，逝者最後一聲哀嚎，不是悲鳴，卻像是最後的囑咐……殺！

鏖戰一直持續到了晌午，金軍的攻勢已經漸漸緩慢下來，城中無數百姓蜂擁前來送上了酒食犒勞軍士，事情到了這個地步，所有人的榮辱生死已經完全寄託在這道城牆上，也寄託在這些臉上凍得青紫、饑腸轆轆的守軍身上，女真人的欺壓，誰也不想經歷第二次，這種自發的犒軍，比任何時候都要真摯。

下午的時候，風雪漸漸小了一些，女真人已經迫不及待地吹起了號角，更大的攻勢開始，其他城牆段的校尉列隊趕赴，炮聲隆隆之中，在城牆上，所有人都瘋狂了。

如冰錐一般的長刀刺入體內，帶著血色的眼眸貪婪地最後看一眼這銀裝素裹的世界，一名校尉倒下，發出一陣大呼：「報仇！」

「報仇！」回應大吼聲連綿不絕。

風雪依舊，城牆上堆積了一具具分辨不清的屍首，在夜晚降臨時，金軍終於如潮水一般退出去。

完顏阿骨打鐵青著臉，他一人一馬，彷彿天地之間，只剩下他那蒼涼的人身馬影，整個人凍得青紫，渾身僵硬不動，頭上暖帽覆了一層層積雪也無動於衷。

那雙仍然銳利的眼眸，散發出滔天的狠唳，彷彿一匹餓狼，在曠野之中咆哮：我的鐵騎無堅不摧；我的刀鋒指處，所向披靡；我是白山黑水翺翔的海東青；是草原上的王者。一群南人，一群南人怎麼可能能阻擋我！

完顏阿骨打帶著不可置信，帶著一絲狐疑，帶著不甘，終於還是長嘆口氣，才打馬回營。

金軍的士氣，在風雪的吹打和徒勞無功的攻城戰中已經消耗一空，夜幕降臨，天氣更加冷冽，凍得發紫的金人相互簇擁在帳中取暖，沒有一點聲音。

沒有取暖的皮裘，糧秣也開始短缺了，軍中開始殺起馬來，自然是先從配軍開始，之後是金軍，一匹匹戰馬在雪地裏由牠們的主人砍倒，發出最後的哀鳴。

大帳中的完顏阿骨打，彷彿蒼老了十歲，他的脾氣很暴躁，所有人都不敢靠近。

這時，一封急報傳來，完顏阿骨打接了急報，隨即渾身顫抖，眼眸中閃出悲慟：「召集眾將！」他咬牙切齒地發出了聲音。

將軍們紛紛進帳，面容緊張，完顏阿骨打的眼眸在帳中掃視，一腳將身前的桌案踢翻，揮舞著拳頭，瘋狂地道：「臨潢府陷落！」

所有人一時間不由地呆住了，臨潢府沒了，金國完了……

有人長出一口氣，隨即悲慟大哭起來，哭聲開始蔓延，整個大帳居然傳出連片的哭聲。

完顏阿骨打的臉色陰晴不定，隨著將軍們的號啕大哭，眼中也不禁落出幾滴淚來，他的母親，他的嬪妃，他的兒女，如今全部落入宋人的手裏，便是鐵石心腸，也忍不住發出悲鳴。

消息傳出，整個金營哀嚎陣陣，他們從前殘忍的殺戮別人的妻女，現在當這厄運降臨到自己頭上時，令人諷刺的是，他們居然也落下了眼淚，生出了悲慟。

大帳中的完顏阿骨打，已經抹乾了眼淚，他的臉色冰冷而瘋狂，大吼一聲：「那沈傲一定會來，他拿下了臨璜，一定會南下馳援，報仇雪恨的時候到了。」

「報仇！」金人發出瘋狂的回應。

完顏阿骨打冷冽一笑：「停止攻城，全軍歇息，我們就在這裏，專候那姓沈的過來，報仇雪恥！」

完顏阿骨打相信自己的直覺，那沈傲一定會來，他要做的，就是保存好自己的實力，靜靜的等待。

金軍之中，悲慟化爲了仇恨，大定府的天氣已經越來越惡劣，大雪連續下了七八天，高達數尺厚的積雪幾乎將整個郊野都埋葬了，天上地下永遠只有一種色彩，那蒼茫茫的朔風，猶如尖刀一樣刮在面上。

完顏阿骨打終於冷靜了一些，慢慢的開始籌備決戰事宜，而在大定，金軍的攻勢暫緩，也讓周處瞧出一點端倪，臨璜府陷落，平西王殿下想必很快就要到了。

與此同時，遠在祁津府的完顏大石在遭受伏擊之後，也漸漸冷靜下來，女真人雖然北去，可是不徹底剷除掉這支金軍，契丹國將永無寧日，當一份急報飛快傳到耶律大石的手裏，耶律大石再不遲疑，立即收攏殘軍二十萬，刻日北上。

第一八八章 力挽狂瀾

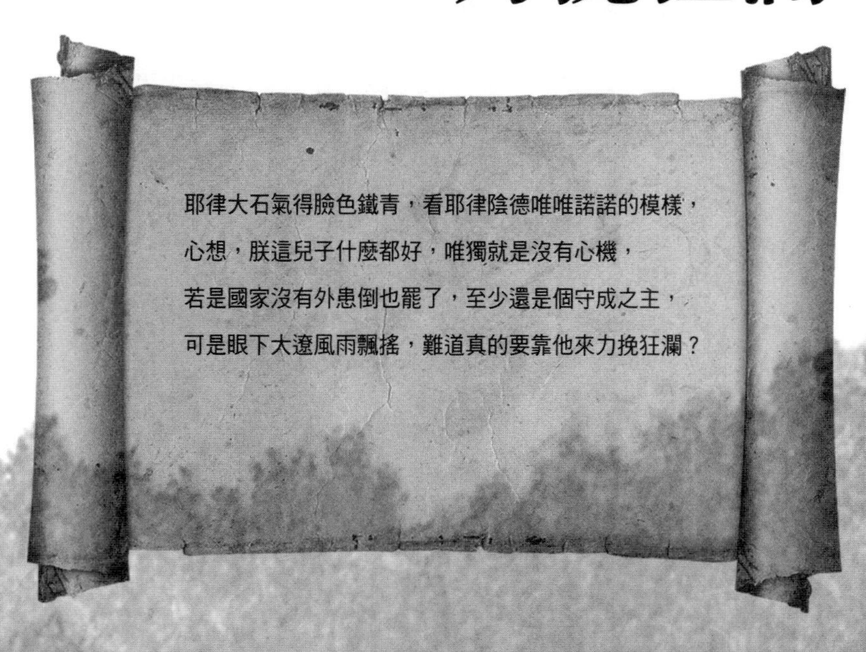
耶律大石氣得臉色鐵青，看耶律陰德唯唯諾諾的模樣，
心想，朕這兒子什麼都好，唯獨就是沒有心機，
若是國家沒有外患倒也罷了，至少還是個守成之主，
可是眼下大遼風雨飄搖，難道真的要靠他來力挽狂瀾？

五天之後，宋夏聯軍終於來了，轟隆隆的戰馬讓大地戰慄，大雪紛紛之中，宛若烏雲的騎兵快速移動，在大定府北面紮起營寨，與女真人對陣。

大定府已經集結了七八十萬軍馬，城內是二十萬水師和新招募的流民，北面是十萬宋夏聯軍，南面是二十萬遼軍，而在四面楚歌之中，是二十萬金軍。

不只是如此，西夏大軍也陳兵於橫山一帶，堵截了金人向西突圍的通道，除了決一死戰，女真人無路可走，只能做出垂死掙扎。

在遼軍的大營，耶律大石卻顯得惶恐不安，溫暖如春的大帳裏，坐在帳中下首位置的，正是雙手搭在膝蓋上欠身坐著的耶律陰德。

耶律陰德是耶律大石的嫡長子，也是遼國太子，今日父皇突然召見，自然是有極機密和重要的事要與他商議。

耶律大石雙目沉重，踱了幾步，突然回眸，淡淡看了耶律陰德一眼，道：「當日你在西夏時，與這沈傲打過交道，父皇問你，此人是什麼性子？」

耶律陰德與他父皇不同，唯唯諾諾的沉吟才道：「神鬼莫測！」

這句話可謂貼切到了極點，沈傲的性子讓人很難捉摸，明明別人以為他不敢做的事，他偏偏要做，別人以為他會做的事，他卻突然含笑輕輕帶過，與這樣的人打交道有很大的壓力，不過耶律陰德心中得意的是，不管怎麼說，自己和那沈傲倒是有點交情，不管真情還是假意，多少還能說得上幾句話。

耶律大石冷冷一笑，眼眸中閃過一絲鋒芒，雙目落在搖曳的燭火上，淡淡道：「女真人已經完了，現在對我們大遼來說，真正可怕的人卻是那沈傲，現在能篡我大遼江山的也正是此人。」

耶律大石一番話，讓耶律陰德滿是詫異，期期艾艾道：「這……」

耶律大石冷笑繼續道：「對這個人，父皇無論如何都放心不下，不管如何，也要試探一下他的態度，宋軍現在拿了大定府，誰能保證吞滅金國之後，他們會不會假道伐虢，這沈傲神鬼莫測，父皇倒是要看看他的胃口有多大。」

耶律陰德憂心忡忡道：「如何試探？」

耶律大石聞言一笑，道：「傳朕的旨意，敕封沈傲為契丹輔政親王，天策上將軍，開府儀同三司，過問大遼軍政事。」

耶律陰德大驚失色，道：「父皇……」

耶律大石淡淡笑道：「你是不是想，父皇這麼做，豈不是給了那沈傲天大的好處，沈傲在大宋已被封為輔政王，在西夏是攝政王，天下的權柄都已掌握在他的手裏，我大遼這麼做，豈不是引狼入室？」

「你錯了！」耶律大石看著耶律陰德的眼眸中掠過一絲失望，這個兒子和自己比起來實在相差萬里，將來叫自己如何將天下交給他？

耶律大石心裏嘆了口氣，繼續道：「父皇是要試探他的態度，若是他接了旨意，歡天喜地攬我大遼的權柄，那麼我大遼尚且還能苟延殘喘，可要是他拒不接受，可見他所圖甚大，父皇能給他的，已經滿足不了他的胃口了。」

耶律大石吁了口氣，神色黯然道：「這才是最教人心寒的，這旨意，你去傳遞。看他怎麼說吧。」

耶律陰德苦笑道：「好吧，我去一趟。」

當日夜裏，耶律陰德帶著數百個騎兵侍衛抵達聯軍大營，自報了身分，轅門處的宋軍不敢怠慢，立即稟告，迎了耶律陰德進去。

沈傲對這耶律陰德倒是熱絡得很，二人在西夏頗有些交情，當日西夏招選駙馬，便是耶律陰德與沈傲同氣連枝，一起對付女真皇子，如今，雖然已是物是人非，可是交情總還在。

沈傲穿著龍服，看到耶律陰德，立即把住他的臂膀，大笑道：「耶律兄真是稀客，來，來，來，坐下來說話。」

耶律陰德依言坐下，正想說聖旨的事，誰知沈傲滿是豪言的道：「來人，上酒，耶律兄與我是故交，今日重逢，豈能無酒。」說罷向耶律大石道：「今日我大宋、西夏與大遼合力圍堵金軍，滅金只在今日，今日又是故友重逢，好事成雙，耶律兄今夜也不必回營了，與本王共謀一醉吧。」

聽了沈傲這般熱絡的話，耶律陰德心中生出慚愧之心，心裏想，人家和我攀私交，我若這時候與他斡旋，未免太不講人情了，便呵呵笑道：「好極了，正要見識沈兄的海量。」

一夜宿醉，等到耶律陰德頭昏腦脹的醒來時，又去尋了沈傲，正要談及聖旨的事，便聽到外面周恆捲開帳簾子進來，急匆匆的道：「殿下，金人來了個信使，要求見殿下。」

沈傲含笑對耶律陰德道：「耶律兄便在這裏安坐，看我見金使如何？」

「妙極。」耶律陰德搶口答應。

這時候，外頭一名穿著皮襖的女真人臉色紫青的進來，雙目掃視了帳中一眼，昂著頭，並不跪拜，只是道：「誰是大宋輔政王？」

周恆大喝一聲：「大膽，見了殿下還不跪下！」

這女真使者聞言冷笑，道：「女真人雙膝只跪薩滿神和阿骨打！」

沈傲笑了起來，氣定神閒的道：「本王沒興致和你們這些將死之人白費口舌，完顏阿骨打叫你來，到底爲的是什麼事？」

女真使者冷冷一笑道：「明日清晨，我家大王會單人獨騎到大定城東三里小坡處等候殿下，與殿下有幾句話要說，就怕殿下不敢去。我家大王還說，殿下可以帶兩個侍從，省得殿下心中不安。」

他話音剛落，耶律陰德和周恆一齊道：「不可去，這定是完顏阿骨打那狗賊的奸計。」

金人使者怒道：「我們女真人不像你們契丹人和南人，從來都是光明磊落，殿下不敢去便罷，何必要找這個藉口。」

沈傲的眼眸閃爍，淡淡笑道：「完顏阿骨打要見本王？好極了，本王倒也想看看這完顏阿骨打是什麼樣子，回去告訴你的主子，明日清早，曙光初露的時候，本王一定到。」

金人使者臉色才緩和下來，道：「這便好，我這就去回稟。」說罷昂首闊步的出去，不見絲毫膽怯。

等那使者走了，周恆急道：「殿下，說不準這背後有陰謀詭計也不一定，現在女真人窮途末路，難保不會使詐。」

耶律陰德也道：「女真人殘暴陰險，切不可相信他們。」

沈傲抿了抿嘴，道：「安全方面的事，自然要極力保障，這件事就由周恆來負責。

不過本王若是不去，豈不是教人小看？那完顏阿骨打敢孤身來，本王難道就不敢與他會晤，去，非去不可！」

見沈傲態度堅決，周恆和耶律陰德也不好再勸，耶律陰德更不好提起聖旨的事，倉促地回到遼軍大營求見耶律大石，耶律大石聽他回來，也是急於要知道沈傲的態度，立即召他入帳，劈頭蓋臉地問：「沈傲可接了旨意嗎？」

耶律陰德苦笑，將事情原原本本地說了，最後無奈地道：「兒臣見他待之赤忱，是以一直尋不到開口的機會。」

耶律大石捶胸頓足，不由道：「你這般心善，難堪大任。沈傲是當世的梟雄，什麼待人赤忱？簡直就是天大的笑話。」

耶律大石氣得臉色鐵青，可是看耶律陰德唯唯諾諾的模樣，反而不好撒氣了，心裏想，朕這兒子什麼都好，唯獨就是沒有心機，這樣的人就是讓他登基，若是國家沒有外患倒也罷了，至少還是個守成之主，可是眼下大遼風雨飄搖，難道真的要靠他來力挽狂瀾？

耶律大石心中黯然，不由地劇烈咳嗽起來，耶律陰德見了，連忙過來為他捶背，道：「父皇要保重龍體。」

耶律大石蒼涼地道：「朕死不了，就算是死，也要為大遼周旋到底。」

耶律陰德默然。

一日過去，第二日拂曉的時候，一隊隊宋軍斥候飛馬而出，遠遠眺望完顏阿骨打約定的會晤地點，這裏的地形早已有人勘探過，除了一處小丘，其餘都是一覽無餘的雪原，不必擔心藏有伏兵。

果然在曙光初露的時候，完顏阿骨打隻身一人打馬過去，在小丘上駐馬而立，便有斥候回去通報，緊接著，又是一支接應的騎軍出來，在那小丘的三里外駐馬戒備。再之後，沈傲打著馬，帶著兩個騎兵校尉飛馬朝完顏阿骨打過去。

沈傲穿著一身鎧甲，頭頂紫金冠，腰間繫著牛皮帶子，披著火紅的絨毛披風，座下騎著雪白駿馬，當靠近那小丘時，勒馬放緩馬速，遠遠眺望到那小丘上的完顏阿骨打，不禁微微愣了一下。

完顏阿骨打的形象與沈傲想像中的不同，身材不過七尺，很是矮小，身材有些臃腫，雙鬢斑白，在這朔風之中略帶幾分弱不禁風。

這個人就是不可一世的完顏阿骨打？沈傲心裏生出疑問，等他打馬走近了，才確認了對方的身分。因爲從完顏阿骨打的眼中，沈傲明顯地看到了桀驁不馴、高高在上的眼神，那雙眼睛深邃而有力，彷彿每一個人都被他看穿；明明身材不高，可是當你直視他的眼眸，竟會不自覺地生出甘願低頭的衝動。

那眼神只是在沈傲身上掃視了一遭，卻讓沈傲生出一種渾身不自在的感覺，若換做是別人，只怕已經吃不消了。不過沈傲的性子本就是不向人低頭，吃軟不吃硬的，這束讓人不自在的目光落在沈傲身上時，沈傲不自覺地抬起了下巴，與他四目相對。

完顏阿骨打的眼神彷彿咄咄逼人的餓狼，而沈傲卻是一種秀外慧中的高貴，彷彿天生就帶有某種優越，儒雅之中又帶著幾分超凡脫俗。

朔風疾吹，刺骨刮面，在風雪之中，二人遙遙駐馬，相互對視，誰也沒有說話，誰也沒有做聲，天地之間，彷彿只剩下了這蒼茫的雪原和這兩個駐馬於天地之間的人。

完顏阿骨打說的喉結滾動了一下，眼神轉爲欣賞地看了沈傲一眼，只是這欣賞中仍然帶著某種徹骨的恨意，他慢悠悠地道：

「你就是沈傲？」

這句話的口吻，彷彿是不相信這個素未謀面的對手居然如此年輕。

沈傲淡淡一笑，帶著某種淡漠地反問：「你就是完顏阿骨打？」

完顏阿骨打大笑，豪爽大方地道：「是，我就是完顏阿骨打，你很好。」

「你很好」這三字，帶有一種讚賞，也有一種不甘，既有對對手的尊重，也有一種滔天的怨氣。

沈傲直視著完顏阿骨打，淡淡地道：「見笑了，不知金國國主請本王來此，所爲何事？」

完顏阿骨打的眼睛一刻也不動地盯著沈傲，用一種命令的口吻道：「交出我的母親和家眷，許諾再不犯我大金邊境，我願退出關內，自此之後，以關隘爲邊界，與大宋萬世修好。」

這句話，若不是完顏阿骨打親口說出，只怕誰都會笑說這句話的人是瘋子，可是偏偏完顏阿骨打說出這番話，居然有一種發自內心的自信，這口吻，倒像是四面楚歌的是宋軍，而完顏阿骨打給予了大宋恩賜一樣。

完顏阿骨打的眼睛，隨著這句話一下子變得赤紅起來，宛若一柄尖刀，散發著無與倫比的自信和威壓，語氣之中不容拒絕。

沈傲沒有笑，事實上，在這種眼神掃視之下，他笑不出，可是他的語氣也同樣地冰冷和沒有迴旋的餘地，淡淡地道：「本王不肯！」四個字乾脆俐落，也是不容人拒絕，帶著同樣的威壓。

沈傲又補上一句：「你若是想要，不妨擊敗我的軍馬，到時自然拱手相讓。」

完顏阿骨打沒有發怒，反而大笑起來，道：「好，那我便自己來取，明日這個時候，我會帶著我的族人，就在我們的腳下，與貴軍決一死戰，殿下可敢應戰嗎？」

圖窮匕見，其實說了這麼多，這才是完顏阿骨打真正的意圖，這個宛若餓狼一般的男人，有著讓人刮目相看的智慧和狡黠。

要知道，此時的女真人已經窮途末路，時間越長，對女真人越是不利，拖延下去，女真人只能餓死、凍死。所以完顏阿骨打必須儘快與宋軍決戰，這一戰，他已經等了半個月，可卻如十年一樣長。

沈傲微微一笑，這笑容像是揭穿了完顏阿骨打的詭計一般，可是他的回答卻同樣地出人意料：「好，本王給你機會，明日此時此地，最後一戰！」

沈傲也需要一場決戰，他可以不光彩地將女真人困死餓死，這樣做無疑是聰明的選擇，可是沈傲同樣明白，要徹底地解決大漠，解決遼東，他非要應戰不可。只有實力才能讓人心悅誠服，大宋要在這裏立足，就必須光明正大，用最直接的手段徹底擊垮女真人，用血腥和戰功來證明自己。

兩個人同時大笑，完顏阿骨打豪爽地笑道：「那麼，我和我的族人就在這裏恭候殿下。」

沈傲笑著道：「好極了，本王也早有此意。」

完顏阿骨打的眼眸閃動，驕傲地道：「我若是勝，非殺殿下以謝我的族人。」

沈傲的口吻同樣驕傲，淡淡道：「我若是勝，誅爾九族。」

二人又笑，完顏阿骨打安撫著座下不安的戰馬，道：「告辭。」

沈傲道：「珍重！」

二人各自調轉馬頭，分道揚鑣，茫茫草原上留下兩道馬蹄印，向各自不同的方向延伸。

沈傲回到接應他的馬隊，數千個騎兵才放鬆下來，周恆打馬迎上去，道：「殿下，完顏阿骨打和你說了什麼？」

沈傲沉著臉道：「決戰！」

周恆道：「殿下答應了？」

沈傲奇怪地反問道：「本王為什麼不答應？我們不遠千里來到這裏，難道不就是為了今日嗎？傳令，召集眾將！」

中軍大營裏，所有的將軍都已經聽到了風聲，帳中滿是竊竊私語，鬼智環的傷已經大好，鬼面之後看不到表情，可是她本就是個冷漠的人，所以只有她佇立著，一動不動，沒有與任何人交頭接耳。

當沈傲出現時，所有人都不禁站直了身體，轟然道：「見過輔政王殿下。」

沈傲穿著一件龍紋鎧甲，腳步沉重，雙目看向正前方，微微頷首點頭，隨即道：

「說說看，明日的決戰，誰有異議？」

帳中鴉雀無聲。

沈傲一步步走到自己的位置，這個位置隱含著很多的含義，其中最重要的一樣就是權威，俯瞰天下，手握天下權柄的權威。

沈傲落座，虎目四顧，淡淡道：「怎麼沒人說話？難道就沒有一個人有怨言嗎？烏達，你是老將，你先來說。」

烏達上前一步，正色道：「卑將有異議，此時決戰並不是最好的時機。可是殿下既然已經答應與女真人死戰，卑下又以為，此時要商議的不是決戰是不是該延期，而是如何決戰，如何盡殲金軍！」

沈傲微微一笑，道：「不錯，本王今日不是來和大家商討為什麼決戰定在明日，只是來告訴你們，明日決戰，全軍上下必須竭盡全力，都明白嗎？」

「明白！」所有人毫不猶豫地回答。

沈傲沉默片刻，繼續道：「本王還要說，若是此戰大獲全勝，則你我都是社稷的功臣，是救民水火的英雄，必然彪炳史冊，萬世頌揚。可若是敗了……」

沈傲頓了頓，隨即淡淡地笑了起來，道：「光榮地去死，難道不是你我的宿命嗎？」

這一句簡短的話，讓帳中士氣大勝，眾人轟然道：「寧願光榮地去死，也絕不忍辱偷生，請殿下差遣！」

沈傲撫案，隨即開始下達一道道軍令，接到命令的將軍，毫不猶豫地大喝一聲遵命。

「鬼智環……」沈傲的眼睛，落在了那個冷漠的女人身上，眼中閃過一絲溫柔。

鬼智環踏著鹿皮靴出來，道：「卑下在。」

沈傲沉默了一下，才道：「你傷口未癒，負責壓陣吧。」

鬼智環抬起頭，卻不肯接令，似乎是在無聲地抗議，咬著唇，沒有發出聲音。

沈傲雙眉凝起，道：「為何不接令？」

鬼智環抬眸，道：「卑下願為殿下光榮地去死。」

沈傲呵斥道：「大膽，你敢抗令不遵？」

鬼智環突然跪倒，道：「鬼智環永遠和族人在一起，與殿下在一起！」

沈傲猶豫了一下，只好道：「你率本部負責右翼吧。」

「遵命！」

一道道命令下達下去，沈傲漸漸變得輕鬆起來，沒心沒肺地道：「既然明日決戰，我們何不放縱自己一次，來人，殺豬宰羊，好好吃一頓，今日的操練暫時中斷！」

眾人哄堂大笑，露出欣悅之色。

沈傲隨即又板起臉，道：「下不爲例！」

夜色皚皚，天空宛若濃墨，大營裏，歡快的笑聲和燉肉的香味飄灑出來，與此同時，遼軍、大定府也接到了決戰的消息，幾乎同一時間做出了回應。來回勒馬疾奔的信使，在大定、宋營、遼營之間傳遞著消息……

清晨拂曉的時候，宋軍城門打開，先是一輛輛大車出現，隨即是蜿蜒如長河一般的洪流蔓延出來，宋軍背靠著城牆，用大車橫在正前方，後隊是如潮的弩手、弓手，再後是一隊隊的刀手，隊伍的側翼，輔以刀盾和少量的騎兵。

在結陣之後，周處中軍的位置旌旗搖動，隨即，如潮的軍馬隨著車陣的移動而緩慢前進，周處按著馬，徐徐前行，一雙眼睛目視著東北方向的地平線，躍躍欲試。

「報！」飛馬而來的斥候策馬過來，聲若洪鐘的道：「殿下有令，水師前進五里！」

「知道了！」周處頷首點頭。

宛若長蛇的大軍開始徐徐推進，騎著戰馬的校尉來回奔走。

「大定府已經陷落，水師騎兵大破女真鐵騎，殿下就在我們的側翼，女真人已經無路可走，殿下有令，今日便是最後一戰！」

「最後一戰！」

「力挽狂瀾就在今日，滅金只在今日！」

「今日決戰！」

大軍在推進五里之後，開始徐徐停步，隊形開始收縮，大雪紛紛落下，水兵的甲片上已經覆蓋了一層細密的白雪，范陽帽的帽檐下凝結了一層冰霜，千萬人噴吐出來的白氣皚皚的在頭上升騰起一層白霧，霧氣隨風飄散，又久久不息。

在大軍的東北角落，大地開始戰慄起來，地平線上，騎影出現，先是水師騎兵，此後又是西夏騎軍，矯健的騎士策馬奔馳，冷風刮面渾然不覺。

「就是這裏了。」周處心裏這樣想，坐在馬上的他，眺望著四周，目光幽深。

沈傲被一大隊人簇擁著，打馬慢行，抬眼看到的是如山的水師軍馬，看到的是川流不息的鐵騎呼嘯，他揚鞭駐馬，在一處山丘上，馬上的人微微抬頷，座下的駿馬探下馬頭，這一人一馬彷彿靜止不動了，天地之間，就像是只剩下這一人一馬。

身後幾名騎士出現在他的身後。鬼智環雙目幽幽，恐怖的鬼面掩蓋不住她的英姿，她看著沈傲的後背，霎時出了神，整個人的思緒飄飛。

沈傲在思索，鬼智環也在思索，鬼智環思索的是，這個男人現在在思索著什麼？他的心意，總是讓人難以捉摸。可偏偏是這一股神秘，這種笑嘻嘻的背後深藏著的心思，清澈的眼眸隱藏著的深邃，反而讓鬼智環多了幾份柔腸。

「殿下……」烏達慢慢的道：「十萬水師步兵，十萬鐵騎已經出動，女真人還沒有來。」

沈傲凝眉，淡淡的道：「遼人呢？」

李清怒道：「還沒有動靜。」

沈傲忽而笑了笑，道：「他們會來的，耶律大石不得不來，再等一刻就是。」

沈傲自信的手指著遠方，正南的方向，吐出一句話：「看，遼人來了！」

果然，綿延的遼軍開始出現，無數的遼人彷彿從地平線上憑空出現一般，先是一隊隊斥候四處狂奔，接著是大量的人流出現，人流越來越多，越來越密集，二十萬遼軍出現在天邊的盡頭。

朔風呼吼，戰馬悲鳴，耶律大石穿著銀甲，身後披著藏青色的披風，攜著耶律陰德在後隊出現，正如沈傲所說，耶律大石非來不可，雖然耶律大石想保存實力，仍舊猜不透沈傲的心意，可是這一戰，他絕不能退縮。

今日要面對的，是大遼的死敵，耶律大石不來，必然人心思動，軍心必然土崩瓦解，今日，只有報仇雪恨，沒有勾心鬥角。

朔風刮在耶律大石滄桑的臉頰上，這皮膚略帶黝黑的漢子雙目闔起，心潮湧動，眺望了遠方，看到成群結隊的宋夏聯軍之後，耶律大石嘴角勾起一絲笑容，隨即，他側過頭，看了耶律陰德一眼。

耶律陰德身材修長，也穿著鎧甲，只是這一身鎧甲略顯寬大了一些，讓他坐在馬上顯得有幾分可笑，惡劣的天氣，讓他有些弱不禁風，吸了吸鼻涕，耶律陰德不由得打了個噴嚏。

耶律大石心裏又是感嘆，這個兒子，確實不該出現在這裏，正是因爲太瞭解耶律陰德的爲人，耶律大石的心裏，才越來越生出一股淡淡的隱憂。

「看，女真人來了……」

第一八九章 一戰定乾坤

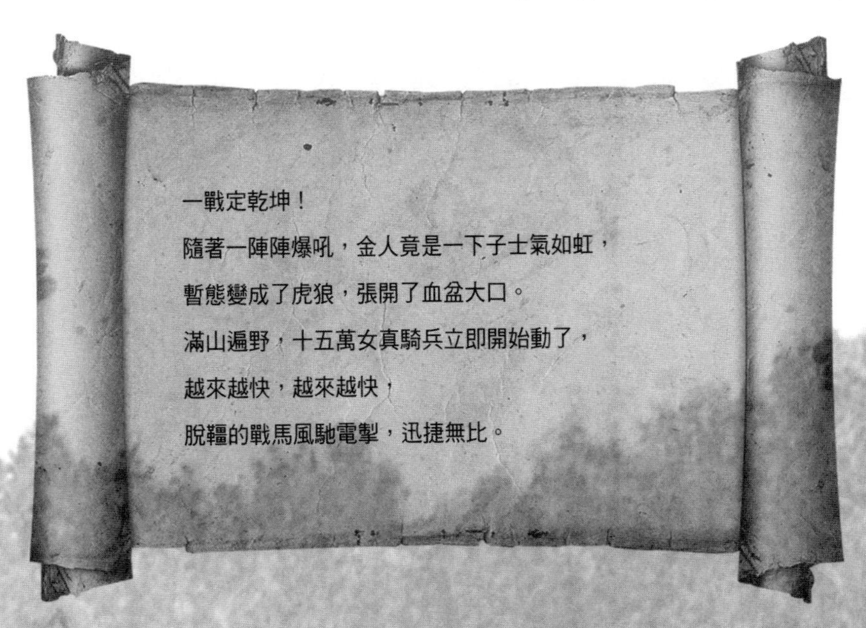
一戰定乾坤！
隨著一陣陣爆吼，金人竟是一下子士氣如虹，
暫態變成了虎狼，張開了血盆大口。
滿山遍野，十五萬女真騎兵立即開始動了，
越來越快，越來越快，
脫韁的戰馬風馳電掣，迅捷無比。

泉州，海面上風平浪靜，涼風習習，雖是冬季，可是這裏並不見風雪交加，那刺眼的烈陽普照在大地上，與那荒涼的大漠相比，這裏不啻是人間仙境，那一棟棟延伸數十里的屋脊，青磚黑瓦之下如織的人群在湧動，貨郎特有的吆喝聲飄揚的極遠，北方的戰事，反而讓這裏繁華更勝。

大規模的戰爭，就必須消耗大量的物資，而這些物資，再不像從前那樣依靠徵募而來，工坊的產量已經越來越龐大，價格也越來越低廉，那一捆捆的箭矢，一箱箱的火藥，一船船的冬衣、范陽帽，還有大量的酒食，都是直接將訂單下發給商賈。

若說這世上還有誰更渴望戰爭，只怕唯有這群商賈了，在越國之戰嘗到甜頭之後，這些人幾乎是沈傲最有力的支持者，對別人看來，抗金是大義，可是在他們看來，抗金便是利益，這樣的利益關係反而更加牢固。

行宮已經暫時被人遺忘，陛下已經連續半個月沒有出過門，甚至連旨意也不見出來，人們依舊營生，談及的仍是與戰局息息相關的事多些。

在行宮裏，每個人卻都是腳步匆匆，所有人都有點兒擔心受怕，陛下的身體越來越壞，心情也越來越低沉，甚至已經到了數日水米不進，只靠丹藥進補的地步。

身為隨侍大太監，楊戩的心情低沉，幾次勸說陛下不要再進食丹藥，趙佶只是一笑而過，他的時間大部分都在病榻上，整個人像是抽空了一樣，膚色漸漸變得蒼白。

唯一讓他還記掛著的，多半就是大定府了，每到清晨，趙佶總會隨口問一句：「戰局如何了，沈傲那個傢伙沒有捅什麼簍子吧？」

這句話問的很奇怪，平西王殿下深入敵後，能捅什麼簍子，這話兒倒更像是父母擔心頑劣的孩子。楊戩的回答總是讓趙佶略帶幾分惆悵和失望，這裏離大定府天長水遠，消息並不通達，沒有要事，也不可能傳遞什麼消息過來。

這麼久沒有消息，趙佶的心情變得更難以捉摸了，有時突然要興沖沖的回汴京，有時又突然黯然失色，絮絮叨叨的說要在泉州過了冬，更有些話讓楊戩聽得心裏滋生出寒意，瞠目結舌。

今日仍然是照舊，趙佶洗漱之後，由人攙扶著到了榻上，進食過丹藥之後，臉色終於見了幾分紅潤，他精神漸漸變得好了幾分，隨即含笑將楊戩叫來，道：「大定府如何了?沈傲那傢伙現在在哪裡?」

這是很尋常的一天，原本楊戩在此之前，就會先去水師衙門一趟，各地的奏疏和軍情都是先傳遞到水師衙門封存，才挑選入宮的，不過昨夜楊戩睡得晚，也是起得遲了，還沒有來得及去問，因而笑吟吟的道：「陛下少待，老奴去問問。」說罷退出寢殿去。

趙佶的問話，無非是例行而已，其實心中也不抱什麼希望，他叫人斟了茶來，在榻上默坐了一刻，過了一炷香的時間，便聽到外頭傳出匆匆的腳步聲。

楊戩幾乎是連滾帶爬的進來，高呼道：「陛下，好消息。」

「好消息……莫非是沈傲那小子又有大捷，今次不知又收復了女真哪座城池，或是擊潰了女真多少軍馬。」趙佶心情一鬆，煥發出笑容來，連忙道：「什麼消息？」

楊戩手裏拿著報捷奏疏，道：「輔政王率軍直搗臨璜府，擊潰金軍六萬有餘，俘女真太后以下，王子宗室數百人，金人膽寒！」

趙佶手裏捧著的茶盞，不自禁的從手中滑落，掉落在榻上，那流淌出來的茶水把錦被都浸濕了，他整個人呆滯了一下，隨即道：「當真？」

其實趙佶心中所想的大捷，無非是攻佔一座尋常的城鎮，擊潰金人數千就已是心滿意足，大定府火燒五萬女真鐵騎，畢竟不可能有第二次，奇襲大定府這樣的城池，也不可能次次都有機會。可是趙佶萬萬想不到，這一次的大捷比之上一次更加猛烈，直搗女真都城，俘虜太后、嬪妃、皇子、貴族，盡殲六七萬女真鐵騎，這樣的大捷，讓趙佶疑似自己是在做夢一般。

趙佶不可思議的接了報捷奏疏，仔細看了兩遍，確認是沈傲的筆跡無疑，才長吸一口氣，目光落在楊戩身上，激動得道：「這麼說，金國人算是完了？」

楊戩道：「陛下，金國人苟延殘喘，覆亡只在旦夕。」

趙佶顫抖了一下，似乎覺得這天有些冷，聲音嘶啞的道：「方才沈傲在奏疏中說，這既是將士用命也是朕的功勞，他這話，莫不是嘲弄朕？」

趙佶是個很敏感的人，尤其是待在泉州之後，更是害怕天下人議論，他心裏比誰都清楚，這一場勝利是沈傲迎難而上的結果，和自己一點干係都沒有，這時問出這句話，倒也在意料之中.

楊戩卻是呵呵笑起來，道：「輔政王其實說的並沒有錯，沒有陛下，就沒有沈傲的今日，今日沈傲之所以能大放異彩，便是因為陛下栽培之功。奴才沒有讀過什麼書，也說不出什麼道理出來，不過，奴才倒是聽說昔年漢朝武皇帝在的時候，也未必當真上陣廝殺，北掃匈奴，憑藉的是霍去病和衛青這樣的功臣，可是世人都稱武帝戰功赫赫，這是為什麼？」

楊戩自己都想不到居然能脫口而出這麼一大番道理出來，吸了口氣繼續道：

「正是因為有了武帝，才有霍去病，衛青這樣的人能專注軍事。現在沈傲這般說，並不是譏諷陛下，實在是心存對陛下的感激，沒有陛下，又哪裡有他的今日？正是因為陛下的識人之明和支持，沈傲才能平步青雲，才能建武備學堂，編創水師，種瓜得瓜，種豆得豆，今日大獲全勝，這首功當然非陛下莫屬。」

趙佶聽了，心中大是舒暢，長久的陰鬱一掃而空，不由哈哈大笑：「正是，正是這個道理。」

他渾身顫抖一下，笑容突然僵硬了，整個人驟然面色死灰，直挺挺的倒下去。

平素本就體弱，身體本就虛脫到了極點，這時情緒過於激動，一下子氣血上湧，這般刺激哪裡吃得消，眼前一黑，已是暈了過去。

楊戩見了大驚失色，大叫一聲：「陛下……」將趙佶抱住，接著又是大叫：「來人，來人，太醫……太醫……」

整個行宮立即混亂起來，不安的氣氛蔓延開來，提著藥箱的太醫疾步如飛，飛快進入寢殿，接著是泉州上下的官員聽到了音信，都是驚慌失措起來，以吳文彩爲首，幾乎所有的官員都在行宮之外不安的等待消息。

原本臨璜府報捷，泉州上下都準備熱鬧一番，可是行宮裏出了這種事，誰還有這個心思，天大地大皇帝大，陛下出了事，影響實在過於深遠，誰也不敢有絲毫怠慢。

行宮隔著水師衙門，水師衙門聚集起來的官員議論紛紛，偶爾有內侍出來，立即便被一干官員揪住，先探病情，內侍苦著臉，道：「用了藥，現在還沒醒呢。」

泉州知府馬應龍冷笑，道：「都是你們這些權閹，吃丹藥吃丹藥，彈劾了多少回，若不是你們這些人慣著，又怎麼會出這種事？」

士人與宦官一向是水火不容，平時大家尚且相安無事，現在出了大事，少不得發作一下。那內侍唯唯諾諾，對方雖是個知府，卻是輔政王的人，當然不敢招惹。

「什麼權閹，馬大人說的是誰？」有人冷冷一笑，氣沖沖的道。

眾人朝聲源看過去，才發現來人是楊戩，馬應龍不禁語塞，他方才也不過是一句氣話，權閹二字當然不是說楊戩，這時有些下不來台，既不好賠罪又不好硬頂。

倒是那吳文彩道：「馬知府不過是一時氣話，什麼權閹，楊公公是輔政王的泰山，我等是輔政王名下走卒，楊公公若是權閹，我等又是什麼？」

有了臺階，馬應龍也借坡下驢道：「楊公公莫要誤會，下官只是一時情急，請公公恕罪。」

話說到這個份上，楊戩的臉色也就緩和下來：「罷了，大家都是自己人，咱家計較這個做什麼？不過馬知府方才一句話說的倒是沒有錯，這陛下的病情倒當真是吃丹藥引起的，幾個御醫雖沒有明說，可是言外之意就是這意思……」

楊戩嘆了一口氣，彷彿一下子蒼老了十幾歲，嘴唇哆嗦一下，紅著眼睛道：「輔政王幾次進言勸阻，陛下總是不聽，上一次輔政王來信給咱家，對此事也是憂心忡忡。不管如何……」

楊戩眼眸一厲，恨恨道：「那進獻丹藥的術士，一定要拿住了，此人隨聖駕到了泉州，馬知府，你立即帶著差役，給咱家去拿人，圍了他的道觀，仔細看押。」

馬應龍也知道事態嚴重，立即道：「怕就怕消息走漏，叫那術士逃了，本官這便去。」立即匆匆走了。

眾人不安的等待了一會兒，行宮裏終於有了消息，立即傳吳文彩和楊戩覲見，二人收拾了衣冠，聽說陛下醒了，臉上都露出喜色，一前一後進了行宮。

到了寢殿，這寢殿之中有些昏暗，幾個太醫在耳室那邊會診，偶爾有幾個托著銅盆的內侍進出，榻上的趙佶此時已經悠悠轉醒，氣若游絲的用呆滯眼眸空洞的看著楊棚。

「微臣（奴才）見過陛下，陛下萬歲。」

二人一齊拜倒，吳文彩倒沒什麼，眼見趙佶這個樣子，心酸無比，眼中噙出淚來，雙肩抽搐。

趙佶微微偏了偏頭，彷彿費了很大的氣力，淡淡一笑：「來……來了……吳文彩……朕有事要交代你。」

吳文彩正色道：「微臣恭聽聖意。」

趙佶咳嗽兩下，喉頭像是堵著了一般，雙頰憋得通紅，才慢悠悠的道：「立……立即給沈傲傳書，讓他回泉州……回來見朕……」

女真與大宋的戰局雖然大局已定，可是女真主力尚在，這個時候突然召回輔政王，只怕會耽誤了軍情，吳文彩心中苦笑，當今陛下的性子果然如此，一旦腦子一熱，便什麼都顧及不上了。

猶豫一下，吳文彩道：「臣知道了，這就快馬加鞭，請殿下來泉州。」
趙佶滿意的笑了笑，道：「好，很好，朕也該見他一面，朕是不成了……」
楊戩哭訴道：「陛下何出此言，陛下的壽長著呢。」
趙佶咳嗽了幾聲，又繼續道：「楊戩，去給朕擬旨意，朕病倒的事也該曉諭天下，讓大家做個準備，朕的陵寢，命禮部再去探查一下，要讓他們儘快完工。若是朕死在泉州，就讓沈傲扶棺，把朕送回去……」
「是……是……咱家知道了。」楊戩放聲大哭。
趙佶吁了口氣，呵斥道：「哭什麼，朕乏了，要歇一歇，你們告退吧。」
二人不敢再說，躡手躡腳的退出去。
從殿中出來，楊戩還在紅著眼睛擦拭眼淚，吳文彩雙眉凝起，低聲道：「楊公公，下官說句不當說的話，陛下……只怕真的不成了。當務之急，還是早作打算的好。這件事實在太蹊蹺，術士作亂的有，可是這術士背後到底有沒有人指使，卻不得不查，楊公公，這件事只怕沒有這麼簡單。」
楊戩似乎想起什麼，道：「那術士是太子殿下舉薦的，依你這麼說……」
二人的眼眸同時閃過一絲驚疑，其實在此之前，楊戩早就有這想法，只不過一直不敢確信，陛下又頑固得很，不肯聽人勸說，現在趙佶病倒了，楊戩這時反倒更加證實了這想法，深深吸了口氣：「走，立即去尋那馬應龍，看看人拿住了沒有。」

二人加快腳步，話卻沒有停住，吳文彩道：「依下官看，陛下此時召見輔政王殿下，倒也不全是壞處，太子若是登極當國，只怕對輔政王不利。」

楊戩冷笑道：「沈傲的事暫時先放一放，眼下還是合力先將事情查個水落石出才好。」

吳文彩頷首點頭，道：「正是。」

一起到了知府衙門，才知道馬應龍已經帶著三班差役傾巢而出，那術士近來頗受趙佶的信重，趙佶移駕到了泉州，便許諾給他在新城城外建了一座道觀，道觀距離這裏來回三十里，只怕馬應龍也沒有這麼快回來，二人只好在知府衙門乾等著，急得團團轉。

一直到了夜色降臨，馬應龍才滿是疲憊的打著馬回來，在知府衙門停落下地，楊戩和吳文彩聽了動靜，都快步出來。

吳文彩劈頭蓋臉的便問：「馬知府，人拿到了嗎？」

馬應龍苦笑，道：「人已經跑了，或許是有人事先傳出了消息，觀中的道人早在一個時辰之前逃之夭夭。下官不敢疏忽，立即命人沿途追拿，結果……」

馬應龍一攤手：「至今還沒有發現他們的蹤跡，下官見天色黑了，再搜拿也是徒勞無功，便當即下了條子，讓各處關隘、州府、港口按圖索驥，務必要把人尋出來。」

楊戩嘆了口氣：「讓那賊子逃了，可惜，可惜！」

吳文彩陰沉著臉道：「此人決不能放走，不可鬆懈，楊公公，實在不成，就調動水師吧。」

水師留駐在泉州的只有兩萬餘人，說多不多，可是要搜查一兩個人倒也夠了，楊戩沉吟一下，道：「吳大人，有勞了」

大定城下，女真人終於來了，饑凍交加的女真騎兵如潮水一般打馬出現在曠野上，他們一個個衣衫襤褸，臉色青紫，眼眸之中，既有桀驁不馴，又帶著疲憊。

十五萬女真騎軍，昨日只是勉強吃了一頓馬肉，對這些即將鏖戰的女真人來說，戰馬即是生命，所以今日清早的時候，戰馬是不能再殺了，只能空著肚子，忍受著饑餓出現在曠野上。

真正致命的還不是餓肚子，此時大雪紛飛，哪裡見得到什麼水草？而戰馬沒有馬料，許多馬甚至餓了三四天，他們座下的戰馬已有不少掉了膘，骨瘦如柴。

疲兵們浩浩蕩蕩地出現，並沒有迸發出太多的氣勢，絮雪飄落，倒是有不少人仰起頭張開了嘴，口裏含了雪花咽進肚子裏去。

完顏阿骨打的肚中也是空空，雖說這偌大的女真大營，自然少不了他的吃食，可是完顏阿骨打心裏明白，若是自己大快朵頤，軍心必然渙散，所以從昨天夜裏到現在，他只是進了一塊肉脯，勉強維持著體力。

此時，他的雙目無神，可是在眼底，似乎又有幾分不甘，他雙眸眺望遠處，在他的正面，是連綿的車陣，車陣之後，露出一頂頂散著紅纓的范陽帽，帽檐下，露出一雙雙漠然的眼眸。

車陣的兩翼，則是烏壓壓的騎隊，人聲馬嘶，隊形整齊。完顏阿骨打第一次見識了宋夏騎軍的厲害，作爲一名出色的統帥，他曾見識過許多騎兵。可是現在，完顏阿骨打的心裏隱隱地覺得，這支騎兵的爆發力絕對不在女真鐵騎之下。

完顏阿骨打的心情越來越沉重，現在的金軍已經是疲憊不堪，卻要去面對如此強敵。可想而知，在他的面前會有多大的困難。隨即，完顏阿骨打抖擻精神，心想：二十年前，我用兩千人大敗十萬遼軍，那時的處境，與今日又有什麼不同？我完顏阿骨打在二十年前能取得勝利，今日就一定能！

完顏阿骨打的目光中，閃露出自信的光芒，心中又想，時間拖得越久，就對我的勇士越是不利，必須儘快地解決對手。他的虎目環顧一周，在他的正前，是宋夏軍的車陣和馬隊，在他的南側，則是二十萬遼軍。

當完顏阿骨打的目光掃視過烏壓壓的遼軍軍陣的時候，目中露出蔑視之色，這些烏合之眾根本不堪一擊，便是大金勇士最虛弱的時候，也完全不必將他們放在眼裏，眼下當務之急，是徹底地擊垮宋夏聯軍，剩下的遼軍就不足為患了。

開始了……完顏阿骨打心中長吐出一口氣，長刀前指，刀尖的鋒芒遙遙落向宋夏軍斜上方的天穹，完顏阿骨打用盡最大的力氣，大喝一聲：「殺！」

「殺！」孤注一擲！這就是完顏阿骨打的選擇，拿出自己所有的底牌，全部押在了這一擊上，只有這樣，才能集中所有的力量，徹底地擊垮敵人。

當然，若是金人不能將眼前的敵人徹底擊潰，那麼面對他們的，將是膠著狀態的鏖戰，兩翼的宋夏騎軍將會出動，截斷他們的後路，身後的遼軍也會掩殺而來，那麼金軍的滅亡就已經注定。

事實上，完顏阿骨打也並沒有太多的選擇，疲困的金軍已經沒有了後路，時間耽誤得越久，勝算就越渺茫。

一戰定乾坤！

隨著一陣陣爆吼，金人竟是一下子士氣如虹，暫態變成了虎狼，張開了血盆大口。

轟隆隆……轟隆隆……戰馬敲擊著雪地，發出一陣陣悶響，宛若驚雷，宛若萬鼓齊鳴。滿山遍野，十五萬女真騎兵立即開始動了，越來越快，越來越快，脫韁的戰馬風馳電掣，迅捷無比。

白色、黑色、棗紅色的戰馬彙聚起來，形成無數個尖頭，馬上的騎士，發出了無比怨毒的吼叫。

十五萬騎軍一齊發作，其聲勢可謂駭浪驚濤，放眼整個雪原，彷彿到處都是這些密集的騎兵在策馬而動。

車陣之後的水兵開始緊張起來，他們雖然久經征戰，可是這樣的場面卻是第一次撞見，不少人的唇舌已經咬緊，額頭上滲出細密的汗珠。

那如浪濤一樣的騎兵洪流已經越來越近，隊中的校尉終於反應過來，大呼一聲：「手弩，手弩……」

綿延數里的車陣一起發出大吼：「手弩……手弩……」無數的手弩從車陣之後張開了弩機，弩箭的箭鋒指向了正前方，隨即，有人高呼一聲：

「第一輪……射……」

嗤嗤……萬千弩箭平射過去，在車陣的後隊，也有長弓手斜指天穹，射出弓矢，弓矢與弩箭的軌跡不同，在半空劃過半弧，斜斜刺下。

希律律……戰馬嘶鳴，接著在奔馳而過的騎兵陣裏，一個個女真騎兵猛地射落在地，那氣勢如虹的衝鋒，一下子變得凝滯起來。

可是還沒等女真人緩過勁來，宋軍車陣中接著又傳出一個聲音：

「第二輪……」

射出羽箭的弩手立即後退，將位置讓給了後隊的弩手，接著又是機括的嘎吱聲傳出，漫天的羽箭平射出去。

第三輪……

第四輪……

彷彿永遠沒有盡頭一般，一輪又是一輪，速度極快，幾乎沒有給女真人喘息之機。這種似乎永遠不見停歇的弩陣，讓女真人倍感壓力，每一輪下去，都如收麥子一般倒下一片片騎兵，而後隊的女真鐵騎繼續無畏地湧上來，迎接他們的又是新一輪的弩箭。

女真人瘋了，他們何曾想到小小的弩箭就阻擋住了他們的腳步？這些不要命的餓狼比誰都清楚，他們只有一往無前，否則必然會被這永無休止的弩陣擊垮。

大地仍在戰慄，一片女真鐵騎倒下，更多的騎兵瘋了似地高舉著戰刀衝殺過來。在遺留下無數屍首之後，女真人已經可以清晰地看到那車陣之後冒出來的腦袋和搭在弓弩上的箭簇散發出來的寒芒。女真人狠狠咬牙，像是見了血腥的餓狼，將長刀舉得更高。

殺！只要越過去，就可以像殺雞一般痛宰這些該死的南人，只差一點點……

弩手如潮水一般從車後退出去，車陣之後，無數人高喊著：「長矛……長矛……」

如林的長矛突然從車陣的縫隙中斜角向上架了起來。

這個方向，恰好是戰馬衝刺過來時可以劃破馬肚的位置，事實上，為了調整角度，整個武備學堂做過了九十餘次試驗，最後才得出這個最標準的方向，而水師步兵曾為此足足進行了半個月的操練，幾乎每一個矛手，都可以十分精確地架出這個角度。

矛陣森然，握著長矛的矛手，此刻也都屏住了呼吸。巨大的鐵蹄洪流已經顯得越來越高大，越來越近，最先一隊的金軍毫不猶豫地勒馬衝撞進來。

咚……鐵騎撞到了車陣上，整個車陣立即開始歪斜起來，變成了曲線……

金人發出了淒厲的大吼，撞上大車的騎兵已經撞飛出去，立即消失在滾滾的鐵蹄之下，一些騎術精湛的女真騎兵妄圖勒馬穿過車陣的空隙飛躍過去，只是這些人的下場更加淒慘，那散發著寒芒的刺骨長矛已經久候多時，戰馬一躍，腹部門洞大開，車陣後的矛手見狀，狠狠向前一瞬，戰馬悲鳴，馬腹被捅出一個窟窿，五臟六腑一齊灑落出來，鮮血四濺，而馬上的騎兵要躍下馬也已經遲了，整個人被重重甩出去。

車陣前，女真人已經遺留下一片片的屍首，悲涼的朔風呼嘯而過，更顯悲壯。

女真人卻仍像是發了瘋一樣，完全不顧及傷亡，一波又一波地發起了最猛烈的攻勢，當先的鐵騎落馬，後隊的鐵騎毫不猶豫的放馬踐踏過去，不顧同伴的哀嚎，將他們踩成肉泥，隨即發起猛烈的攻擊。

轟……一波又一波的衝撞，讓車陣豁開了數個口子，如洪水一般的女真騎兵毫不猶豫的放馬衝殺進去，無數的長矛手攔住他們的去路，相互衝殺。

幸好衝殺進來的女真騎兵並不多，車陣的漏洞也還在承受範圍之內，車陣也早有預防措施，當騎兵衝進，早有無數的長矛等待著他們，雖然車陣之後的矛手損失不小，卻總算遏制住了局勢。

鏖戰已經開始，無數人廝殺搏命，女真人在付出了萬餘的屍首之後，終於出現了成效，車陣撕開的口子已經越來越多，鐵騎便順著這口子蜂擁湧入，而車陣之後的水兵，也毫不猶豫地進行反擊，雙方的士氣居然都是出奇的高漲，誰也不肯推卻，只不過，戰爭的天平已經慢慢向女真鐵騎傾斜。

只要再加把勁，再拉開一些口子，雪原上的宋軍絕對不是女真鐵騎的對手，完顏阿骨打心裏這般想著，無數女真鐵騎從他身邊呼嘯躍過，完顏阿骨打的目光卻躍過無數的騎影，遙遙地望向了車陣的左右兩翼。

爲什麼宋軍的騎兵還沒有動作？他們想要做什麼？

這時候的沈傲，目光卻落在正南方的遼軍方向，不禁冷冷笑道：「遼人還沒有動

嗎？」

在沈傲的身後，鬼智環悄悄駐馬，回答道：「我們勝了，他們自然會動。」

沈傲不禁一笑，道：「那麼就不指望他們了，傳令下去，截殺金軍。」

一聲令下，無數的號令兵飛馬傳報，在片刻之後，兩翼的十萬騎兵開始有了動作，戰馬開始緩緩移動，最後又開始放馬馳騁，兩翼的方向直取女真騎軍的中隊，意圖很明顯，他們是要狠狠地將金軍的衝鋒隊形攔腰截斷，將金軍分割包圍。

十萬鐵騎，沒有發出喊殺，可是震天的馬蹄巨響卻如雷鳴一般，中後隊的女真鐵騎還沒有投入車陣，仍然向前瘋狂奔跑，此時見宋夏騎兵有了動作，居然自覺地分出兩隊騎兵出來，分別攔截這兩翼的宋夏騎軍。

女真人的意圖十分明顯，就是利用少量騎兵纏住宋夏聯軍，讓女真鐵騎的主力有足夠的時間衝開宋軍的車陣，再回過頭來與宋夏騎軍一決死戰。

時間……不管是宋夏聯軍還是女真鐵騎，現在最需要的都是時間。女真人需要足夠的時間來擴大戰果，徹底地將大宋的車陣衝垮。而宋夏騎軍也需要時間，以最快的速度解決掉這些前來糾纏的金軍，攔腰將女真鐵騎攔腰截斷。

沈傲目視著萬名毫不猶豫舉刀衝殺過來的女真鐵騎，心裏不由地發出冷笑，女真人實在是太小瞧宋夏聯軍了，僅憑萬人，就想將十萬宋夏鐵騎纏住？

沈傲大吼一聲：「看，女真人在做什麼？」

即使這樣，沈傲的聲音還是不大，當然不能傳播得太遠，可是沈傲話音剛落，身邊的騎兵便不自覺地重複沈傲的話，讓更多人聽見！如此一來，馳騁中宋夏騎兵上空，無數個聲音一起吼：「看，女真人在做什麼？」

沈傲繼續道：「他們是在羞辱本王，是在羞辱大宋和大夏最精銳的勇士！」

沈傲咬了咬牙關，發出冷笑，繼續大喝：「衝垮他！」

「衝垮他！」無數人滿是不屑地一起大吼，聲浪直沖雲霄，久久不絕。

隨後，兩支騎兵狠狠地撞在了一起，哀嚎聲傳出來，戰馬巨大的衝力，將數百人撞上了半空，又重重地落下，一波又一波的宋夏騎軍，瘋狂地朝那宛若孤舟一般的女真騎兵直衝過去，女真騎兵還未穩住，便被一隊騎兵撕開一個口子，狠狠扎進去……

第一九〇章 梟雄末路

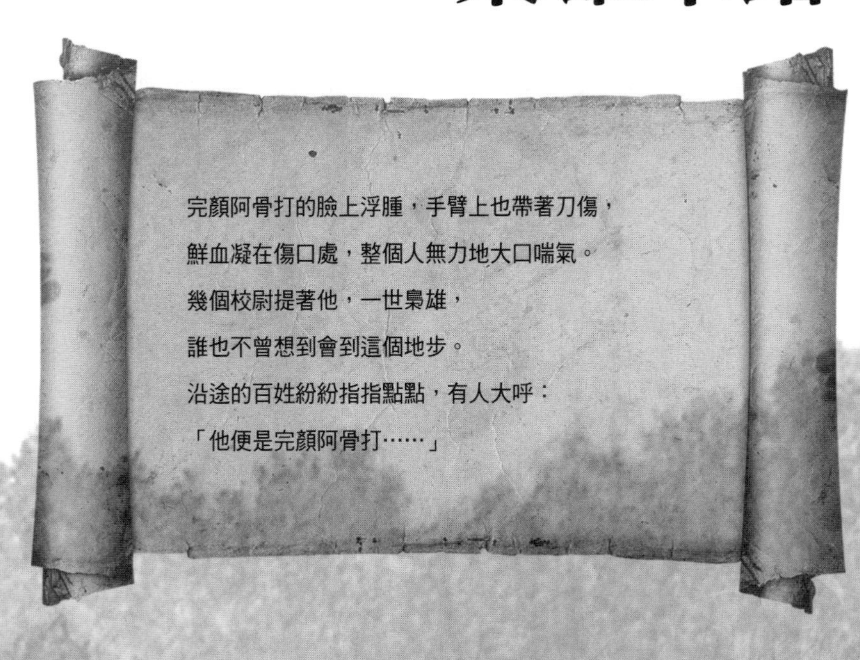

完顏阿骨打的臉上浮腫，手臂上也帶著刀傷，

鮮血凝在傷口處，整個人無力地大口喘氣。

幾個校尉提著他，一世梟雄，

誰也不曾想到會到這個地步。

沿途的百姓紛紛指指點點，有人大呼：

「他便是完顏阿骨打……」

騎軍的對決，可以是一刹那間的事，也可以鏖戰一天一夜。當實力懸殊時，兩軍甫一接觸，爆發力更強的一方，就可以毫不猶豫的直接將對方撕開。

鬼智環身後，是如潮水一般的橫山鐵騎，與女真人相撞一起，便洶湧的將攔截的女真騎軍狠狠的撞開，隨即，密集的箭矢陣狠狠扎進去，將迎面而來的敵軍洞開一個口子，口子越來越大，摧枯拉朽一般，攔截的女真騎軍眼中已經透出了絕望。

正如沈傲所說，用十分之一的力量來堵截宋夏騎軍，女真鐵騎簡直就是對沈傲，對這支歷經戰陣的宋夏騎軍赤裸裸的侮辱，現在，沈傲和他的勇士用最直接的方式去回敬他們。

屠戮……開始！

風馳電掣的騎軍毫不猶豫的高舉著西夏長刀，狠狠的劈斬、衝撞，狠狠的在女真騎軍身上犁開一條條血路。女真鐵騎可以如潮水一般去衝擊車陣，可是遭遇到了騎軍，立即就顯露出了頹勢，並非是他們不夠勇悍，只不過是有心無力而已。

半炷香之後，宋夏騎軍已經迅速解決這小規模戰鬥，仍舊勒馬疾馳，朝著女真鐵騎的大隊洪流斜衝過去。

女真鐵騎再要攔截已經遲了，斜衝來的宋夏鐵騎毫不猶豫的撞過去，將他們攔腰截斷，又迅速的拉開口子，犁出一道道血路。

整個女真鐵騎一分爲二，後隊的鐵騎已被宋夏騎軍團團圍住，開始廝殺。而前隊的鐵騎原本不斷的衝擊著車陣試圖擴大戰果，可是後援一斷，立即顯得有心無力起來。

「殺！」鬼智環和李清各帶一支騎軍，在女真鐵騎的後隊不斷的衝殺，十萬宋夏騎軍士氣如虹。

遠處的耶律大石打起了精神，被宋軍攔腰斬斷，女真人已經必敗無疑，他抖擻精神，坐在馬上，毫不猶豫的拔刀：「騎軍隨我來，陰德，你帶步卒掩殺上來。」一聲令下，浩浩蕩蕩的契丹大軍開始動了，朝著膠著狀態的交陣雙方，發起了猛烈的攻勢。

前隊的完顏阿骨打，幾乎要將正前的車陣撕成兩半，可是身後突然傳出嘈雜的聲音，才發現宋軍已經截斷了他的後隊，完顏阿骨打眼中一閃，立即預知到了大事不妙，若要回頭救援，衝入車陣中的鐵騎必然立即會陷入尷尬的境地，可是無動於衷，不能集中所有的力量，車陣之中的宋軍就會與他們膠著在一起，讓金軍淹沒在人潮之中。

完了……完顏阿骨打悲哀的發現，他還是小看了他的對手，或者說，他實在是過於盲目的相信金軍鐵騎的實力。其實他的兵力部署並沒有差錯，先撕開車陣，兩翼讓兩隊騎軍拱衛，拖延時間，再回過頭來，一舉將宋軍的騎軍擊垮。

可是他卻忘了，這時候的金軍雖有短瞬間的爆發力，可是人困馬乏，戰力已是大打折扣，在這種情況之下，兩隊騎軍根本堵截不住宋軍鐵騎。

堵不住……就是死！

整個女真鐵騎完全陷入宋軍的汪洋之中，動彈不得。饑餓中的騎軍疲態已顯，在瘋狂的衝刺之後，體力已經透支到了極點，而此時此刻，卻恰恰是宋軍精神最飽滿的時候。

「鐵浮圖……鐵浮圖……」女真人絕望的叫喊這個名字，可是那些包裹著鏈甲的重甲騎軍，頹勢更甚。要知道，這些騎軍所披掛的重甲重達數十斤，又用皮帶相連在一起，原本可以無堅不摧，可是此時的戰馬已是疲困交加，在重甲的重壓之下，反而變得舉步維艱。

這樣的敵人，已經不堪為戰！

恐慌在蔓延，當看到一個個陷入宋軍陣中的鐵浮圖騎軍被宋軍團團圍住，宛若木樁一般任由宋軍圍殺，那鐵浮圖的神話已經徹底打破，女真人絕望到了極點。

與此同時，陷入後隊的拐子馬騎軍，此刻也好不到哪兒去，原本以機動和速度見長的拐子馬騎軍頹勢更顯，戰馬力有不殆，很快就被水師騎軍追上，雙方互射弓弩，卻不要忘了，水師騎軍本就是以練習騎射起家，陷陣衝鋒只是他們的副業。

這兩支騎軍，開始在曠野上相互的奔跑射殺。

「風……風……」絮雪飄飛之中，水師騎兵竭力大吼。誰以最快的速度佔據了上風口方向，誰就取得了最大的優勢，這一點女真人明白，宋軍騎軍也明白，雙方不斷的轉著圈圈，而水師騎軍的速度極快，很快便佔據了主動的方向。

「射……」無數箭矢飛射出來，體力不支的拐子馬騎軍馬力不怠，一步落後，立即陷入處處挨打的地位。無數人落馬哀嚎，而面無表情的水師騎軍則是漠然的不斷佔據住上風口，以極快的速度拉開拐子馬騎軍的距離，長弓手箭弩在手，不斷射殺。

此時此刻，如潮水一般的遼軍終於殺到，原本處處被壓制的女真鐵騎頹勢更顯。完顏阿骨打的身邊簇擁著一隊隊的騎軍侍衛，他放眼過去，看到族中無數的勇士如喪家之犬一般被宋軍、遼軍驅殺，完顏阿骨打的心底，已經深深絕望起來。

「大王……鐵浮圖軍完了……」

「大王……完顏宗正將軍戰死……」

完顏阿骨打整個人無力的坐在馬上，遙望著這漫天的雪景，雙眉已經結起了冰霜，完顏阿骨打喉頭滾動，眼中似乎升騰起些許莫名的液體。

二十年前，也是在這個大雪紛飛的時候，他以兩千之眾擊垮十萬遼軍，現在，同樣也是大雪紛紛揚揚，他和他的族人，卻已經陷入了絕望的境地，手中的最後一點本錢，終於要徹底葬送。

完顏阿骨打雙目之中閃過一絲決然，他狠狠的揚起長刀，大喝一聲：「殺！」既然注定了要敗，完顏阿骨打用行動證明了自己的選擇，戰至最後一兵一卒……

蒼茫的大雪遮擋不住一個個來回奔走的騎影，呼號的狂風掩蓋不住那漫天的喊殺。一場決戰，足足用了兩個時辰，兩個時辰之後，沈傲已經帶著一隊渾身血人一般的騎衛脫離了戰場。

隨後，李清振奮的打馬而來，他的手臂上，入骨的刀傷森然可見，好在此時天氣極冷，失血不多，間接的遏制住了他的傷勢。

李清在沈傲跟前駐馬，眉飛色舞的道：「殿下……勝了……」

「勝了……」沈傲喃喃念了一句，隨即露出會心的笑容，繫在頸後殘破的披風隨風舞動，整個人煥然一新，大吼一聲：「萬歲！」

「萬歲……」曠野上，各處角落一起爆發出大吼。

不可一世的女真鐵騎，在這裏找到了墳墓，從此之後，不管是四海八方，還是千秋史冊，當有人提及女真二字，只是用來襯托大定府城下，那滿山遍野之上宋夏聯軍的豐功偉績。

沈傲目光幽遠，惡狠狠的道：「收拾戰場吧，活捉完顏阿骨打，其餘的……」沈傲毫不猶豫的道：「殺！」

「活捉完顏阿骨打，其餘之人，全部斬殺！」傳令兵立即將沈傲的命令傳達到了各處的角落。

大定府的城門已經洞開，城中的配軍歡欣鼓舞的列隊出來，沈傲騎著馬，帶著騎衛隊打馬入城，配軍們看向沈傲的眼眸充滿了炙熱，只有他們最清楚女真人的可怕，而現在，他們發現所謂的女真人，不過是待宰的羔羊。

誰都崇拜強者，此刻，一個新的強者已經出現，老天保佑，這個草原上的猛虎還算仁慈，至少不會四處殺戮，不會燒殺劫掠。

一個個配軍不自覺的跪倒在地，紛紛高呼：「殿下萬歲……」

「萬歲……」排山倒海的聲音久久不息，在大定府上空迴蕩。

不止是配軍，城中已經萬人空巷，沿途跪倒在道旁的大定百姓熱淚盈眶，又是欣喜的高呼萬歲，又是痛哭流涕。此後，他們再也不必擔驚受怕，從此之後，他們可以安居樂業，用勤勞的雙手維持自己的生命，建立美好的未來。

這就足夠了……當朝夕不保的時候，誰又會有什麼奢望，他們只是想活下去而已。

沈傲的下巴微微抬起，高傲的騎在馬上打馬過去。

從前，若有人朝他高呼萬歲，沈傲必然會戰戰兢兢，萬歲二字，宛若千鈞之力，不是他所能承受。可是現在，沈傲坦然受之。

「萬歲就萬歲吧，隨你們怎麼叫。」沈傲心裏這般想著。

暖帽不翼而飛，身上的寬大袍甲已經被人撕下，完顏阿骨打的臉上浮腫，手臂上也帶著刀傷，鮮血凝在傷口處，整個人無力地大口喘氣。

幾個校尉提著他，一世梟雄，誰也不曾想到會到這個地步。一路過去，沿途的百姓紛紛圍看過來，指指點點，有人大呼：「他便是完顏阿骨打……」

「他娘的！」領隊的隊官嚇了一跳，目光在人群中逡巡，要找出哪個胡說八道的傢伙。

隨即，無數百姓立即撿了石子、瓦爍朝完顏阿骨打砸去，這隊押送完顏阿骨打的校尉被殃及了魚池，嚇得立即遁走。

不過這些人也沒有顧及什麼完顏阿骨打的感受，直接拉住他的辮子在地上拖行，完顏阿骨打悶哼一聲，痛得咬牙切齒。

好不容易到了行宮，隊官進去通報，出來時撇撇嘴道：「可以交差了，把人押進去，交給侍衛營。」

沈傲坐在書桌之後，一動不動地聽著博士的報告，時而插上幾句嘴，時而又沉思起來，他的臉上浮出一抹笑容，突然道：「不管如何，雖然我軍也有損失，可是這一戰總算是勝了，這些金人倒也奇怪，餓了這麼多天，居然還能如此驍勇。」

鬼智環站在一側淡淡地道：「殿下打算如何處置他們？」

沈傲奇怪地看了鬼智環一眼，同樣是用著平淡的口氣道：「難道本王是婦人之仁的人嗎？這些人的手中都沾滿了鮮血，自然是殺人償命，欠債還錢，一起拉出城外去殺了吧。」

鬼智環默然不語，一聲令下，千萬人頭落地，雖然殘忍，可是相較起來，卻是最好的處置方法。

沈傲的目光變得冷峻起來，淡淡地道：

「本王現在要問的是，遼軍為何遲遲不動？哼，若是咱們遲了一步，讓女真人破了車陣，在座的諸人，只怕都已經是階下囚了。本王聚兵三十萬，為遼人拋頭顱灑熱血，他們卻是作壁上觀，直到大局已定，才衝殺過來！」

李清勃然大怒道：「西夏與契丹並無盟約，咱們長驅直入與女真決戰就是救遼國，現在他們如此做，實在令人寒心。」

周處想到了今日戰場中姍姍來遲的遼人，也是怒氣沖沖，冷笑道：「早知如此，這些契丹人不救也罷。」

沈傲冷冷地壓壓手，徐徐道：「這筆賬，本王會和耶律大石慢慢地算，諸位辛苦了，都去歇息一下吧，本王也有些乏了。」

眾人紛紛散去，在殿外護衛的周恆見忙完了手頭的事，匆匆進來，低聲道：「已經將完顏阿骨打押到了。」

沈傲頷首點頭道：「叫他進來。」

周恆旋身出去，過了一會兒，幾個侍衛押著完顏阿骨打進來，完顏阿骨打面如死灰，一雙眼眸直勾勾地盯住沈傲，桀驁不馴地大吼道：「今日我輸得心服口服，願求一死而已。」

沈傲居高臨下地看著完顏阿骨打，勝利者的姿態表現得十足，哈哈笑道：「要死？不必這麼急，本王自有用處。」

完顏阿骨打大怒，呸地吐出一口血痰，道：「漢狗！」

沈傲雙眉顫了顫，冷峻地道：「這世上罵本王的人多了去了，你想激本王發怒，這手段未免也太低級了一些。」

沈傲板起臉，繼續道：「不過本王一向睚眥必報，既然你敢罵本王，本王就讓你知道教訓。來人，去把女真太后斐滿氏吊起來打十鞭子……」

沈傲闔起眼，微微笑道：「叫個護理校尉在一旁看著，不要打死。」

周恆應命出去，完顏阿骨打已經暴跳如雷，臉色鐵青地道：「要殺便殺，羞辱女人做什麼？」

這句話問得好，沈傲拍案而起，大笑道：

「羞辱女人的事，你們女真人做的難道少了？破臨璜府，是你下令劫掠三日，你們女真人不是常說勝者爲王、敗者爲寇嗎？本王就讓你見識什麼叫王、什麼叫寇！來人，把他綁起來，隨本王去大定城南門。」

大定城南門已被大雪覆蓋，從城樓上向下眺望，無數的屍首堆積如山，曠野上，還有許多宋軍正在收撿同伴的屍首，正在這時候，宋軍押著女真的俘虜出來。

這隊隊伍迤邐的老長，烏壓壓的看不到盡頭，一隊隊女真人被押出來，被水兵反剪住雙手，隨即身後繫著紅巾的軍法司校尉高舉起長刀，長刀狠狠劃下，乾脆俐落，鮮血四濺開，人頭已經滾落在地。

第一隊俘虜斬了腦袋，接著是第二隊、第三隊……沈傲面無表情地坐在城樓上，被人按著頭探出女牆的完顏阿骨打已是齜牙裂目，大聲咒罵。沈傲的臉上浮出冷笑，眼中滿是譏誚。

茫茫大雪之中，這殺人的場景，最令人心顫的並非是鮮血四濺的場面，而是那些漠然的劊子手手中高舉的長刀，長刀落下，便是身首異處，可是行刑的人，卻沒有一絲的表情，就像是尋常的操練一樣。

刑場中，有人開始騷動了，也有人嚎哭起來，押送的水兵穩穩地握住了刀，開始彈壓不安的俘虜。

沈傲用手指在椅柄上打著節拍，這節拍或快或慢，像是戲曲的節奏一樣，聽到那漫天的嚎哭聲，那雙闔起的眼眸陡然張開，冷冷道：

「早知今日，何必當初；一路都哭了，你這一家難道不該哭嗎？一家哭不如一路哭，這句話真好。」

沈傲也是人，是人就有憐憫，可是他的憐憫之心，明顯不在這些俘虜身上。他憐憫的是如畫江山；憐憫的是幽雲十六州關隘內外的尋常百姓；憐憫的是女真屠刀下的孤魂。有了憐憫就會有冷漠和憤怒，這冷漠和憤怒，自然是朝那些慟哭的源頭發出的。

遼軍的大營裏，幾十匹快馬飛快出來，以耶律大石爲首，身後是耶律陰德和遼軍諸將，他們駐馬在一處山坡上，遙望著城下的殺戮。

耶律陰德已經嚇得臉色蒼白，魂不附體，喉結滾動了幾下，不禁道：「沈傲真是瘋了。」

只有耶律大石面無表情地舔舔嘴，遙望著遠處的場景，淡淡道：

「沈傲沒有瘋，殺人償命，這是天經地義的事，這些女真人確實該死。」

他回過眸，看了懦弱的耶律陰德一眼，繼續道：

「世上本就沒有什麼殘忍，陰德，人到了沈傲和父皇這個地步，若是連殺人都不會，只怕早已身家不保了。陰德，你素來好讀書，難道不知道一將功成萬骨枯的道理嗎？將來父皇將江山交給你，你也要學會殺人，只有會殺人，才能讓人懼怕，讓人敬服。庶人之怒，尚且流血五步，更何況是天子之怒？」

耶律陰德唯唯諾諾地道：「是……是……」

耶律大石的眼中掠過一絲不滿之色，冷哼一聲道：「你口裏說是，心裏卻是不以為然！」

耶律陰德想了想，正色道：「馬上可以得天下，卻不能馬上坐天下，為政者豈能只講殺戮？」

耶律陰德鼓足了極大的勇氣說出這句話，眼中掠過一絲惶恐，又連忙補上一句：「父皇恕罪，兒……兒臣只是……」

「你不必說了！」

原本耶律陰德與自己的父皇頂撞，且不管他的道理如何，耶律大石卻是生出些許驚喜，不管怎麼說，這個兒子總還有幾分膽氣，可是耶律陰德的勇氣只是一剎那的功夫，又是驚魂不定地想要向耶律大石請罪，反倒讓耶律大石勃然大怒。

耶律大石道：「若無殺戮，如何震懾外邦？若無殺戮，如何剪除宵小？陰德，你太天真了，你滿口仁義，難道女真人會因爲仁義二字而不侵犯我大遼的邊境嗎？記住父皇的話，只有殺戮才能施展你的仁政，空談仁政二字，江山社稷就不能保全了。不過話說回來，爲政者不能妄殺也有一番道理，可是對該殺之人，絕不能心慈手軟，否則到時悔之不及。」

耶律陰德見耶律大石大怒，哪裡還敢頂撞？嚇得臉色蒼白地道：「是，父皇教訓的是。」

耶律大石斑白的雙鬢上已經被雪水打濕，雙眉微微皺起，憂心忡忡地道：「父皇現在最擔心的是這沈傲，完顏阿骨打完了，沈傲也該對我們動手了吧。」

耶律大石沉默了一下，繼續道：

「那份旨意再送去一次，陰德，這次不管如何，你要當著沈傲的面宣讀出來，先看看沈傲的態度如何，好讓父皇早做打算。除此之外，大定府與臨潢府都是我大遼的故地，現在卻被宋軍盤踞，既然兩國是互爲邦交，宋軍也該退兵了。這件事你也要探探沈傲的口風，若是沈傲要割地，父皇可以退讓，南京道、西京道都可以拱手相讓，可是東京道、上京道、中京道萬萬不能討價還價，燕雲十六州可以不要，可是關外是我契丹人的祖業，絕不能丟棄。」

耶律陰德不禁為難地道：「父皇，剛剛擊潰了女真人就討價還價，是否太不顧情面了一些？且不如留待以後再說。」

耶律大石冷哼一聲，才道：「不知道沈傲的真實意圖，父皇夙夜難眠、寢食難安，這件事非你去不可。」

耶律陰德默然無語。

耶律大石嘆了口氣，又道：「父皇這麼做還不是為了你？咱們契丹已經大不如從前了，從前契丹風光顯赫的時候，與多少人結過冤仇？要讓我們的族人繼續生存下去，讓大遼的宗社繼續保存，就必須未雨綢繆，每一步都不能走錯。」

耶律陰德見耶律大石說得真摯，連忙道：「好，兒臣待會兒就去。」

耶律大石露出笑容，隨即又吩咐身後的將佐道：「大定府內，配軍的幾個將軍都是我們契丹的族人，其部眾更是以契丹人居多，從前大家協力抗金，現在戰事已停，也該與他們聯絡了，派一些人進大定府，與這些人聯絡……」

耶律大石冷冷一笑，又道：「哼，若是沈傲當真另有所圖，那就裏應外合，給他們一點顏色看看。」

耶律陰德拿了旨意，帶著數十個扈從飛馬抵達大定城下，這大定城外陳屍遍野，讓人看了觸目驚心，耶律陰德性子本就懦弱，看到這個情景，整個人幾乎要窒息了一樣，坐在馬上搖搖欲墜、暈頭轉向，扈從們見狀，只好先去通報，門洞的水兵倒也沒有留難，直接讓他們入城。

進了大定城，城內倒是顯得井然有序，偶爾會有水兵帶著武器在街巷中巡視，沿街的店鋪也都開了，據說這裏來了不少客商，更來了不少泉州來的豪富巨賈，這些人都在內城的客棧裏歇住。

耶律陰德走馬看花，偶爾也撞到不少遼人裝束的人從他身邊越過，只是這些人雖然撞見了他們，明明看到耶律陰德身上穿著的遼國尨服和身後侍衛佩戴的遼甲，卻除了多看幾眼，並沒有多少恭敬之意；意想不到的是，偶爾會有宋軍在他們旁邊經過，這些遼人卻露出敬服之色。

耶律陰德若有所思，心中有些不悅，卻也無可奈何，繼續打馬前行。

到了行宮，耶律陰德已經憋了一肚子氣，那種被人忽視和漠然的冷眼讓他很不自在。他依稀記得，自己從前來大定府的時候，城中百姓對他們何等熱絡；遠遠看到，便紛紛跪倒膜拜，如今卻是物是人非，莫說是尋常的百姓，就是國族都是如此冷漠，可見皇室在大定人眼裏早已今非昔比。

耶律陰德進入行宮，早有人給沈傲通報。

沈傲迎出來，朝耶律陰德笑道：「耶律兄怎麼這時候來了？本王今日忙昏了頭，正好要歇一歇，來，進來陪我說說話。」

耶律陰德隨沈傲尋了個行宮進去，看到熟悉的宮殿，心裏又想，這宮殿本是我父祖的行宮，是大遼的別宮所在，如今我到了這裏，卻還要別人來請自己進去，真真是想不到。

如此一想，便想起了耶律大石的話，心裏也留了幾分不滿，臉上堆笑著隨沈傲前後進去。

沈傲大喇喇坐上主座，叫人斟茶，對耶律陰德道：「耶律兄請坐吧。」

耶律陰德心裏不平，這個請字在他耳中聽得特別刺耳，可是在沈傲面前，他哪有勇氣糾正沈傲的話？更沒有勇氣對沈傲說：這大定城，這行宮乃是我契丹人的地方，我才是這裏的主人。

耶律陰德坐下，沉默片刻，才道：「今日大局已定，三軍俱都歡暢無比，宋軍遠道而來，為我大遼除卻了心腹之患，大恩大德，無以為報。」

沈傲擺手，含笑道：「既有盟約，又何必客氣？」

耶律陰德眼眸一閃，繼續道：「殿下勞師遠征，也是辛苦得很，只是不知道什麼時候回汴京？」

沈傲沉吟了一下，道：「至多一個月，少則半月就要回了，這裏的天氣太冷，讓人渾身都不自在。」

耶律陰德抓住機會，繼續道：「只是不知殿下帶來的軍馬是不是一道回去？」

耶律陰德問出這句話，心都要提到嗓子眼了，直勾勾地看著沈傲，希冀沈傲的答案。

沈傲淡淡一笑，道：「回當然要回……」

聽到這裏，耶律陰德心中大喜，若是宋軍撤退，這就好極了。

誰知沈傲繼續道：「不過要遲些時候，防務總要有人交接，我已上了奏疏，請國中立即調派一支邊軍刻日北上，交割之後，再令大定、臨璜的軍馬回師。」

耶律陰德的心頓時沉到了谷底，邊軍北上交割防務？這麼說，宋人是打算賴著上京道和中京道不走了，不止是如此，遲早宋軍還要收復東京道，整個大遼，就只剩下南京和西京這兩處彈丸之地，西面是西夏，南面北面都是大宋，更緊要的是，契丹人連自己的祖地都要徹底葬送而失去了關外的廣袤領土，連養馬都成了困難的事。

若當真如此，契丹還是契丹嗎？

耶律陰德的眼眸閃動，沉默了許久，才道：「其實我來，是要和殿下商量些事。」

「噢？」沈傲抬眸，顯得很驚訝的樣子，心裏卻在說，終於要圖窮匕見了，好吧，我倒要看看，你們契丹人到底能拿出什麼。

耶律陰德淡淡道：「契丹願意退出關外，退還燕雲十六州。」

燕雲十六州就是南京和西京道，這十六州對大宋至關緊要，可是在遼人看來，不過是皇冠上的明珠罷了，遼人真正緊要的是東京和上京，有了廣袤的大漠和遼東，契丹人才能立於不敗之地，永世做草原的王者。

沈傲卻是笑了，目光幽幽地道：「好主意，聽耶律兄這般說，本王倒是心動了。」

第一九一章 驚天變數

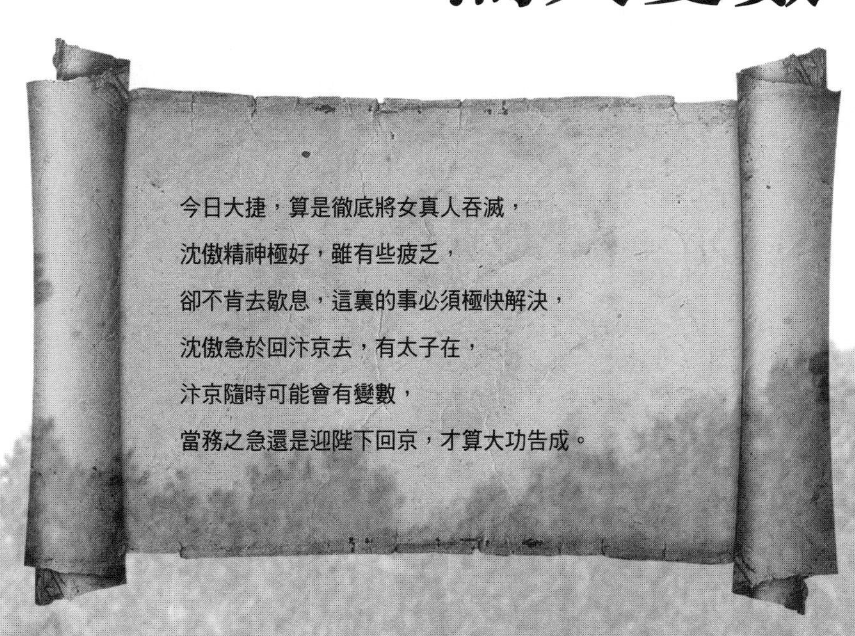
今日大捷，算是徹底將女真人吞滅，
沈傲精神極好，雖有些疲乏，
卻不肯去歇息，這裏的事必須極快解決，
沈傲急於回汴京去，有太子在，
汴京隨時可能會有變數，
當務之急還是迎陛下回京，才算大功告成。

沈傲不自覺地自稱本王，連語氣都變得淡漠了許多。這廝雖然被人誤解爲翻臉不認人，其實還是很講感情的，只是他心裏明白，自己和耶律陰德的交情還不至於讓他罔顧到家國利益的份上。

耶律陰德見沈傲心動，倒是打起精神，道：「除此之外，契丹與大宋永結兄弟之國，兩國與長城爲界，永不征伐。」

沈傲目光幽幽，空洞地看著耶律陰德，淡淡道：「只是這件事不是本王說了算，只怕要令耶律兄失望了。」

耶律陰德道：「殿下乃是大宋輔政王，過問軍政，些許小事，還不是殿下一言九鼎？」

沈傲笑起來，道：「本王說的不是要朝廷首肯，而是本王的將士……」

耶律陰德一頭霧水，既然不怕朝廷有非議，難道還怕那些軍將不成？

沈傲朗聲道：「這些將士隨著本王不遠萬里而來，不知多少人長眠於此。面對女真鐵蹄，他們沒有退縮，人人奮勇，個個爭先，耶律兄可知道他們爲了什麼嗎？」

沈傲自問自答地繼續道：「因爲在他們的心中存著忠義二字，馬革裹屍，死得其所。所以他們將自己的性命託付在本王身上，這臨璜府和大定府，都是他們用血肉換來的，你來說說看，本王能拿他們的性命來與契丹人交易嗎？」

沈傲帶著決絕的口吻接著道：「大定府和臨璜府，自此之後就是我大宋的邊境，絕不會與人交換，耶律兄，得罪了！」

耶律陰德聽得臉色死灰，心中也有些怒了，卻又無可奈何，只好將最後的希望寄託在身上揣著的聖旨上。只要拿出這份聖旨，許諾沈傲好處，這大遼輔政王難道就不能令沈傲心動嗎？只要他肯接受，其他的事都好說了。

於是耶律陰德長身而起，道：「殿下，我這裏有一份聖旨，請殿下離座來聽吧。」

耶律陰德不敢叫沈傲跪下，倒是有幾分自知之明。

沈傲想了想，沒有拒絕，灑然地站起來，笑道：「原來耶律兄是有備而來的，好吧，本王不妨聽聽看。」

耶律陰德拿出懷中揣著的聖旨，揭開來，用兩手捧著，朗聲道：「大遼皇帝詔曰：宋人沈傲，救大遼於危難之間，有大功於遼，今日大破金軍，功不可沒，遼國上下皆懷其德，市井小人方知知恩圖報，何況大遼乎……敕爲輔政王、天策上將軍、過問大遼軍政事……」

耶律陰德念畢，抬眼去看沈傲，道：「請殿下接旨意。」

沈傲對這輔政王、攝政王已是麻木了，他當然明白，耶律大石算是下足了本錢，要知道，過問軍政事可不只是空口這麼簡單，有了這個身分，便說是遼國最頂級的王公貴族也不爲過。只是沈傲同樣也明白，接了這份聖旨，沈傲從此也算是遼國的臣子了，遼人想要什麼，他當然清楚。

沈傲的臉色變得凝重起來，別看只是一頁聖旨，可是在這聖旨的背後，卻是沈傲的人生轉捩點，若是拒絕，固然能將臨璜府和大定府劃入大宋的疆界，可是從沈傲的個人利益來說，其實這麼做並沒有太多好處。可要是接了聖旨，好歹也多了一重身分。

耶律陰德見沈傲沉吟不決，呵呵地乾笑起來，道：「恭喜殿下，父皇對殿下這般青睞，從此之後，你我可以同殿爲臣了。」

沈傲淡淡地接過聖旨，道：「這件事還要容我再想一想，這聖旨先留下，若拿定了主意，再給你父皇回覆不遲。」

耶律陰德道：「好極了。」

耶律陰德的心情變好了一些，不管如何，只要沈傲心動，就事有可爲。

送走耶律陰德，沈傲看了看這聖旨，不禁發出一絲冷笑，隨即將周恆叫來，周恆看到案上的黃帛，驚訝地道：「怎麼？朝廷又有旨意？」

沈傲道：「這是遼人送來的。」

周恆大喇喇地拿起，一目十行地看過去，隨即道：「殿下怎麼說？」

沈傲坐下喝了口茶，呵呵笑道：「當然是想一想再說。」

周恆氣呼呼地道：「契丹人雖與大宋已經化干戈爲玉帛，可是契丹人欺負了我大宋百年之久，姐夫豈能與他們暗通款曲？」

趙恆一時情急，連殿下都忘了叫了。

沈傲反而笑起來，道：「你急什麼，我不過是還沒有想好怎麼收拾那個耶律大石而已。」

周恆半信半疑地道：「姐夫所說當真？」

「不假。」沈傲語氣平淡地道。

周恆吁了口氣，道：「話說回來，我瞧姐夫也不是那種無信無義之人，再者說，姐夫從未對我說過假話，好吧，我信你一回。」

沈傲大是尷尬，連忙端起茶去掩飾，心裏掐指算了算，自己在這小舅子面前說過的假話十根手指都數不清，當然，千萬別露了馬腳，省得寒了小舅子的心。

周恆見沈傲臉色有異，立即明白什麼，大叫道：「姐夫，你的臉爲什麼紅得厲害？我知道了，你方才說的是假話，是不是？」

沈傲立即正襟危坐，擺出一副長者的威儀，正色道：「姐夫豈能拿家國大事和你開玩笑？」

周恆鬆了口氣，隨即又變得警覺起來，道：「是了，我方才說你從未在我面前說過假話，莫非你是心中有愧才臉紅的？」

沈傲心跳不爭氣地加快起來，拼命咳嗽，心裏說，這是怎麼了？從前一向是面不紅心不喘的，難道當真是人格昇華，連說謊都不會了？

「哈哈……不要說笑……」沈傲又是咳嗽，察覺出周恆眼中的憤怒，只好坦白從寬，避重就輕，道：「好吧，我就如實說了吧……那一次岳父大人突然把你叫去書房問你與人聚賭的事，其實是我偷偷去報告的。」

周恆大叫道：「原來是你，我就說如此隱秘的事，爹爹怎麼會知道？哎……」周恆嘆了口氣，道：「罷了，從前的事，我早已忘了。」

沈傲很慚愧地道：「就連岳父大人用來抽你的鞭子……咳咳……也是我幫岳父大人特意挑選的，你有沒有感覺那鞭子抽在身上特別的疼痛？我是聽人說皮鞭先浸了油，似乎更痛快一些，所以拿你來試一試……」

周恆不禁哀嚎：「姐夫，你不是人……」

沈傲笑嘻嘻的給周恆賠罪，周恆氣了一陣，也就無話可說，二人本都是嘻嘻哈哈的性子，用罷了午飯，氣就消了，又是相互打趣。

到了傍晚時分，周恆問沈傲道：「姐夫打算用什麼辦法對付契丹人？」

沈傲嚴肅起來，道：「過兩三天再說，那些泉州的商賈們都到了嗎？」

周恆道：「在臨璜府時已經飛鴿傳書，這些人馬不停蹄的就來了，足足來了六百多個，都是在泉州有名有姓的，現在都在客棧中暫歇，等姐夫召見他們。」

沈傲道：「事不宜遲，讓他們推舉一些大商賈進來說話。」

今日大捷，算是徹底將女真人吞滅，沈傲精神極好，雖有些疲乏，卻不肯去歇息，吩咐了周恆去叫人，自己則坐在椅上喝茶。這裏的事必須極快解決，沈傲急於回汴京去，有太子在，汴京隨時可能會有變數，當務之急還是迎陛下回京，才算大功告成。

沈傲捧著茶喝了一口，躺在椅上慢悠悠的養著神，沉思了片刻，又張開眼來，思緒又飄到了契丹人身上。

那耶律大石心機深沉，絕不是個肯輕易屈服之人，這份聖旨在耶律大石看來，是在試探沈傲的態度，可是在沈傲看來，豈不是也宣示了耶律大石的態度，耶律大石不甘心，多半心裏還想恢復契丹人的威風，所以才來試探沈傲，希望重回草原去，草原……才是契丹族力量的源泉。

「想玩，我和你奉陪到底！」沈傲心裏冷笑，一雙深邃眼眸透出幾分嘲弄，他來到這個世界，所遇到的敵人多不勝數，沈傲總是能迎難而上，便是因為他那從不服輸的性子。

沈傲想了想，隨即叫來一個校尉，道：「去告訴配軍的那些契丹人，讓他們自己好好的想清楚，不要一失足成千古恨，告訴他們，本王能殺女真人，也能殺他們！」

校尉聽了沈傲的吩咐，一頭霧水起來，應命去傳達沈傲的意思了。

過了片刻，商賈們終於來了，

沈傲與他們敲定了售地的細節，又拿出一幅地圖出來，臨璜府的草場足有七百七十多萬畝，方圓千里之多。大定府，比臨璜府略小，只有三百九十餘萬畝，沈傲以十萬畝為一塊，總計下來，便是一百一十六塊地，商賈們見土地不少，又是相互競價，都是摩拳擦掌，一個個卯足了勁，就等競價了。

打發走了這些商賈，商賈們回到各自的商會，將輔政王的話複述一遍，一些小商賈就已經開始集結組團了。

到了第二日，就在行宮的一處殿堂裏，數百商賈聚集在這裏，久候多時，隨即，一幅地圖懸在牆上，每一塊區域，大致都做了標記，在萬眾矚目中，競拍便開始了。

第一塊地靠近遼東，離臨璜府較遠，可以算是草場的邊緣地帶，商賈們的競價並不高，只有幾個小商賈相持不下，最後被一個吳姓的商賈以五萬貫購得。

這種牧場其實真正的大商賈是瞧不上眼的，畢竟離臨璜太遠，又靠著草原的各部族，雖說現在各部族都老實了，可是畢竟仍有不安分的，馬賊也多，到時候還不知要雇傭多少護衛。

接下來租售出的牧場越來越多，也大多是一些邊緣的地段，最高也就七萬貫就能拿下，還有一塊，因爲實在太偏僻，結果只有三百多貫被人拿下。

可是當那些不起眼的牧場全部租售出去後，真正的大商賈開始摩拳擦掌起來，隨著牧場租售出去的越來越多，剩餘的牧場也越來越少，大商賈終於出現，一時間相持不下，價格也從數萬抬到了十萬二十萬。

尤其是臨璜府、大定府方圓百里的牧場，更是到了劍拔弩張的地步，四大海商終於出手，價值一下子便炒到了三十萬以上，那些中小商賈見了，立即沒了聲，只看這些大商賈相互競價。而大商賈本就是一擲千金的角色，這時候豈肯相讓。

這競價持續了一天一夜，沈傲雖沒有出面，可是等到競價結束，立即叫競價的博士前來詢問，博士計算下來，總算給出了個總數：「殿下，一百一十六塊地全部租售完畢，總數是六千一百萬貫。」

沈傲吁了口氣，含笑道：「我就說，這些商賈都是人精，不會不知道這些土地的價值，好，好得很，六千一百萬貫裏，除了拿出一部分給西夏犒勞西夏軍士，再留一部分在水師造艦，其餘的，都留作犒賞撫恤吧。朝廷的撫恤和升賞實在太小氣了一些，國庫中撥出來的賞錢才五十萬貫，教大家怎麼肯用命？大家都不容易，這一趟很辛苦，你們擬定出一個章程出來，戰死的將士如何撫恤，功勳如何犒賞，這些都要有細目出來，大家跟著本王出生入死，本王沒有虧待他們的道理。」

大定府霎時之間熱鬧無比起來，土地賣了出去，自然是幾家歡喜幾家愁，沒拿到地的，黯然打道回府，可是拿到地的，就開始著手大肆招募人手了。

女真人長驅直入，不知產生了多少流民，這些人常年在北地，也頗有些養馬的技能，再加上北地的漢人多有些力氣，馬倌、護衛都是現成的，商賈們又肯拿出不小的價錢來招募，整個上京道和中京道鼓噪了好一陣子。

至此三四天，遼軍並沒有撤回祁津，仍然駐在城外，二十萬遼軍人聲馬嘶，倒也熱鬧非凡，城中的宋軍也沒有搭理他們，大家曲徑分明，各行其是，頗有幾分互不干擾的默契。

紛紛揚揚的大雪沒有停歇的跡象，耶律大石的大營裏，幾個炭盆散發著熱浪，帳中溫暖如春，以至於耶律大石不得不脫了襖子，只穿著一件單衣在帳中活動。

沈傲的曖昧態度讓耶律大石生出幾分希望，不管怎麼說，只要沒有當面拒絕，沈傲必定是還在猶豫，耶律大石不相信沈傲會罔顧自己的利益。

這幾日，耶律大石的心情明顯好了不少，一大清早便帶著一隊親衛去了十里外的湖畔圍獵，在這漫漫冬日，卻也是圍獵的好時候，尤其是在湖畔邊，許多平日藏匿不出的野物還是少不得要飲水，若是先合圍過去再快騎射殺，收穫也不少，因此這冬獵在契丹貴族之中頗爲流行。

正午的時候回來，耶律大石霜白的雙鬢上已滲出細密的汗珠，進了大帳除了斗篷，叫人拿了美酒喝了幾口，血液不禁隨之沸騰起來，他雙目有神地問帳中的侍者，道：「太子呢？太子去了哪裡？」

侍者道：「陛下，太子殿下在讀書。」

「哦。」耶律大石漫不經心地點點頭，不禁自嘲道：「讀書好，馬上不能治天下，一部經書就可以平天下了。」

耶律大石坐上虎皮椅，侍者期期艾艾地道：「陛下，方才南院大王求見，說是有要事要與陛下相商。」

「耶律楚正？」

耶律大石皺起眉，耶律楚正是他的嫡親兄弟，南院大王在契丹國中更有著了不起的地位，契丹分南院北院，全國五道，上京道與東京道由北院大王統轄，南京道與西京道由南院大王掌握，除了中京道屬於京畿重地，這兩大王室可以算是一人之下萬人之上了，更何況，現在契丹國只剩下南京道與西京道，北院大王雖然仍然設置，如今卻是個花架子，耶律楚正則不同，雖然大遼已經遷都，可是實權卻是不小。他急匆匆地來求見，還說有要事，想必真有刻不容緩的大事了。

耶律大石沉吟了一下，道：「快去請他來。」

片刻功夫，耶律楚正便披著狐裘進來，耶律楚正不過四旬上下，骨架子不小，看上去很是英武，再加上相貌堂堂，與他皇兄相比，更顯英挺。不過他的雙眉卻是瑣得死死的，一掀簾進來，便迫不及待地道：

「聽大定府的細作說，沈傲已經在大定府招攬商賈，兜售大定、臨璜附近的草場，說是要將這些草場租售出去，給商賈們籌辦牧場之用，皇兄不是要敕他做輔政王嗎？還說只要他接受了這爵位，遲早要將上京、中京吐出來，可是現在……」

耶律大石聞言大驚失色，道：「此事當真嗎？」

耶律楚正信誓旦旦地道：「豈能有假？這麼大的事，整個大定府都知道。現在那些商賈到處在招募牧民養馬，都要趕在明年開春的時候招募好人手，那樣明年就可以放馬了。」

耶律大石的眼中頓時噴出怒火，那姓沈的實在欺人太甚，他這麼做，擺明了是要讓漢人常駐在上京、中京，將契丹族的祖業收入囊中了。

耶律大石咬牙切齒地道：「可恨，實在可恨！來人，去叫太子。」

等耶律大石吩咐畢了，耶律楚正道：

「看來沈傲是鐵了心要鳩占鵲巢，皇兄，現在怎麼辦？那是咱們契丹族的故都和龍興之地，豈能輕易讓出來？這姓沈的既然不肯交出來，索性咱們派出使者去汴京，繞開這姓沈的直接去和大宋朝廷來談，宋人不是想要幽雲十六州嗎？咱們用幽雲換上京、中京，只要那大宋監國太子點了頭，沈傲能如何？」

耶律大石低頭沉吟，尚在猶豫，良久才道：「不成，若是要與大宋太子商談，不知何年何月才能敲定出來，沈傲在大宋權勢不小，就算是說動了宋廷，也未必能讓他們作出讓步。」

耶律楚正露出絕望之色，道：「難道我們就安心地永遠在南京、西京，處在宋人的夾縫中苟延殘喘？若是如此，如何對得起列祖列宗？皇兄，我說句不該說的話，皇兄的大統得來不正，國族之中早有不滿，現在若是索要不回故地，只怕人心要思亂了。」

耶律大石是篡位做的皇帝，耶律楚正的這些話擊中了耶律大石的軟肋，耶律大石不禁面色更緊，咬咬牙道：「那麼索性就拼一拼。」

正說著，太子耶律陰德入帳來。耶律大石見了他，這些時日的不滿都迸發出來，劈頭蓋臉地怒罵道：「你這無用的蠢材，還說什麼姓沈的心動，心動什麼？如今誤了朕的大事了。」

耶律陰德嚇得面如土色，慌忙躬身道：「父皇息怒，只是不知出了什麼事？」

耶律楚正將大定城中的事複述一遍，耶律陰德也感到了事態嚴重，慌忙道：「我對他以誠相待，想不到他竟如此欺我。」

耶律大石陰冷著臉道：「現在說這個已經遲了，當務之急，是把我大遼故地奪回來！」

耶律陰德和耶律楚正都是大驚失色，耶律楚正道：「皇兄不可，宋軍的厲害，皇兄難道不曾見過？現在與他們反目，只怕契丹再無容身之地了。」

耶律陰德這時不敢說什麼，生怕再觸了耶律大石的逆鱗。

耶律大石卻是冷笑道：「宋軍的厲害，朕當然知道，可是宋軍也並非不可戰勝，不要忘了，大定城中的配軍中有我契丹的族人可是不少，若是能籠絡住他們，許以家國大義，在宋軍中來個裏應外合，宋人便是再厲害，也插翅難逃了。」

耶律楚正眼中驚疑不定，隨即道：「這倒是個辦法，不過還是要從長計議的好，城中的契丹人未必肯效忠我們。」

耶律陰德想起當日自己打馬入城的遭遇，想起那些契丹人看他的漠然眼眸，心中不禁打鼓，道：「皇叔說的是，望父皇三思而後行。」

耶律大石拂袖道：「三思什麼？事到如今，朕還有路可走嗎？不豪賭這一場，你我哪裡還有容身之地？現在內憂外患，也只能如此了。」

耶律除德只能默然。

話說到這份上，其實耶律大石的心中也是舉棋不下，憂心更甚，可是又實在尋不到更好的辦法，只能鋌而走險。

耶律大石沉吟片刻，臉色漸漸緩和下來，道：「這件事當然不能急著來，且先看看再說吧，哎……這女真老虎剛剛被趕走，現在又來了宋人這群狼，咱們契丹何曾被人欺到這個份上？現在是非常之時，還是謹慎些的好。」

耶律除德鬆了口氣，道：「是，是，謹慎才好。父皇，不如讓我再去大定試探一下，看看那姓沈的怎麼說？」

耶律大石語氣緩和下來，道：「試試看吧，旁敲側擊即可。」

三人各自在帳中落座，叫人拿了溫酒來心不在焉地喝著，都是各懷心思，尤其是耶律大石，心情最是沉重，圍獵回來的好心情一掃而空，一直繃著個臉。

不知過了多少時候，卻聽到帳外有個親衛進來，道：「陛下，從大定府方向，有一隊宋軍過來……」

耶律大石坐在椅上，不禁道：「宋軍？他們來做什麼？再探！」

這突如其來的消息，讓帳中身分最顯貴的三個契丹人都不禁面面相覷。

要知道，自從女真覆亡之後，雖然遼軍駐在城外，可是宋遼之間並沒什麼來往，宋人既沒有請遼軍入城，就是犒勞的酒食也從不曾送來，除了耶律陰德去過大定府兩次，便是那宋軍斥候經過遼軍大營時也是繞道而行，現在，卻有一隊宋軍過來，這些人來意到底如何，實在讓人摸不清頭腦。

耶律楚正道：「要不要我去看看？」

耶律大石搖頭道：「且先看看再說，急著過去，反倒弱了我們的威風。」

耶律楚正覺得有理，又沉默下去。

耶律陰德道：「會不會是宋軍察覺出我們的意圖，要先下手爲強？」

耶律大石冷笑道：「要動手，也絕不是這個時候，光天化日的，真以爲我們大遼沒有提防？」

足足等了半盞茶功夫，那親衛去而復返，跪在帳下道：

「陛下，是大宋輔政王沈傲帶著三千親衛來了，說是要面見陛下，現在人馬已經在三里開外，至多一炷香功夫便可抵達轅門。」

耶律大石霍然而起，又驚又奇地道：「他來做什麼？」

耶律楚正笑起來，道：「他只帶著三千人過來，多半沒有惡意，或許是向皇兄釋放善意也是未必。」

耶律大石深以爲然，總算露出了幾許笑容，捋鬚道：「看來應當是如此了，陰德，你出去迎他，朕和楚正就在帳中候他來，來人，召集眾將，讓他們一齊來見見宋國輔政王，要做到不卑不亢才好。」

耶律陰德連忙起身作揖，道：「兒臣這便去。」

耶律陰德急急從大帳中出來，帶著幾個親衛趕到轅門，放眼眺望，那雪原上果然出現了迤邐而來的馬隊，耶律陰德不敢怠慢，吩咐人大開轅門，教人牽了馬，翻身上馬之後，呼喝一隊遼軍打馬朝沈傲那邊疾馳過去。

沈傲尨服正冠，臉上含笑，如閒庭散步一般打馬慢悠悠的在雪中漫步，一邊抬眼看正前方連綿的遼軍大營，不禁向身邊打馬並行的周恆道：「周恆，你來看看，這遼軍的大營佈置的如何？」

周恆目測了片刻，隨即不屑的笑起來，道：「太鬆垮了，也不知是遼人全無戒備，還是遼軍大不如前，和金人比起來，實在是一個天上一個地下。」

沈傲頷首表示贊同，又看到遼軍轅門大開，有一隊遼人策馬迎過來，不禁笑道：「你看，遼人來了。」

沈傲不禁加快了馬速，雪白的駿馬在雪地上留下一行馬蹄印，身後的護衛見狀，也都如影隨形的跟上去。

前方的遼人越來越近，已經依稀看到對方的五官，耶律陰德打馬走在最前，希律律的拉住了馬繩，駐馬而立，遙遙向沈傲作揖，高聲道：

「輔政王殿下近來可好？」

沈傲打馬走了幾步，距離耶律陰德只有數丈的距離也拉住了馬，道：「除了睡的時間太長，醒來時有些頭暈腦脹，還有吃的太撐，總有點兒腸胃不適之外，大致都還好。」

沈傲是胡說八道慣了的，所以在這種場合冒出這麼一句沒頭沒腦的話，倒也不令人驚奇，那身後的護衛們甚至在想，方才殿下一臉正經，還當他在生什麼悶氣，現在好了，看來殿下的興致不錯。

耶律陰德的臉上浮現出一絲尷尬，隨即乾笑道：「殿下探訪鄙營，我父皇很是歡喜，特意讓我來迎接殿下。」

沈傲笑嘻嘻的道：「好極了，正要和耶律兄話別。」

「話別……」耶律陰德心裏想，莫非是他要回汴京去？

沈傲見耶律陰德一頭霧水，便正色道：「再過七八日，本王也該回師覆命了，這裏雖好，卻是不能久留，所以在臨行時，想來你們遼軍大營走一走，見一見你的父皇，如此才算是功德圓滿。」

耶律陰德心中感慨，這人走了倒好，留在這裏，反而令人忌憚，就算父皇想鋌而走險，少了這沈傲，計畫也容易了許多。心裏雖是歡喜，可是臉上卻作出依依不捨的樣子，道：「殿下如何走得這麼匆忙，怎麼不等開了春再走？」

沈傲笑而不答，撇開話題道：「遼軍的大營看來頗爲規整，你父皇倒是頗有幾分本事。」

緊緊跟在沈傲身後的周恆心裏大是鄙夷，方才還認同自己，說遼軍鬆散，現在又是見人說人話見鬼說鬼話，真是狡猾透頂。

耶律陰德不懂治軍，對他父皇很是盲從，聽沈傲這般說，便笑道：「讓殿下見笑了。」

沈傲走馬觀花的走著，又道：「其實說句實在話，本王今日前來，不止是要與耶律兄話別，還有一件事，還需給耶律兄一個交代。」

耶律陰德訝然道：「不知殿下還有什麼話要說。」

沈傲含笑，深望著耶律陰德，淡淡道：「耶律兄莫非是忘了前幾日的那份聖旨嗎？」

耶律陰德心中暗惱，若不是沈傲說是考慮，卻又私自去招募商賈兜售土地，自己豈會被父皇罵得狗血淋頭，現在那些土地都給這廝賣了出去，居然還好意思提聖旨的事。心裏固然是怫然不悅，腹誹不已，可是當著沈傲的面，耶律陰德還不至於有勃然大怒的勇氣，只好和沈傲繼續寒暄，乾笑道：

「怎麼？殿下已經有了主意嗎？」

沈傲似乎用手掌去拍了拍身上的積雪，似乎覺得這天氣有些冷，又緊了緊衣衫才道：「是，本王左思右想，爲了這件事，已經是幾天幾夜沒有睡好了。」

耶律陰德提起心肝來，豎著耳朵道：「那麼殿下打算接我父皇的旨意嗎？」

沈傲笑了笑，賣了個關子道：「待見了你父皇，自然會有答案，耶律兄，咱們還是快走吧，總不能教你父皇久等。」

第一九二章 跳梁小丑

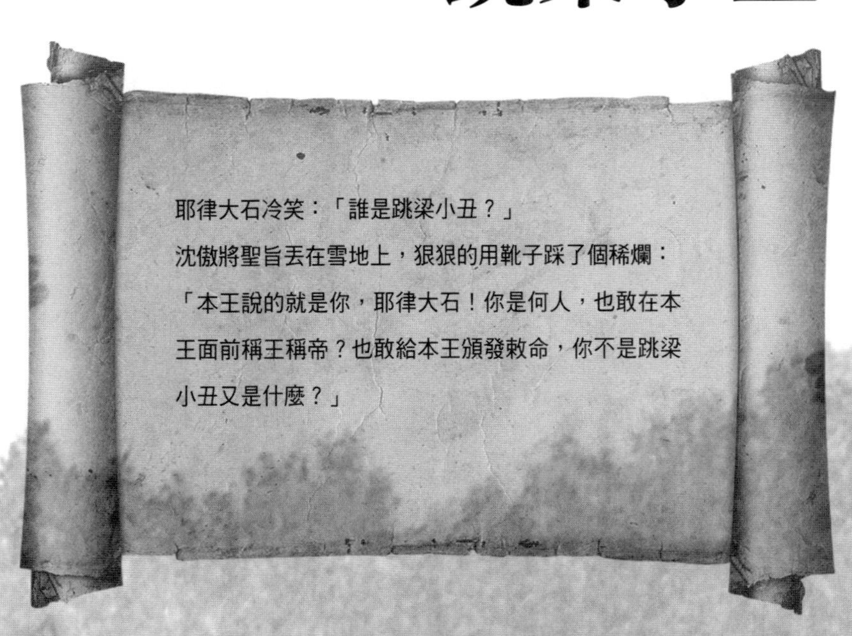

耶律大石冷笑：「誰是跳梁小丑？」

沈傲將聖旨丟在雪地上，狠狠的用靴子踩了個稀爛：「本王說的就是你，耶律大石！你是何人，也敢在本王面前稱王稱帝？也敢給本王頒發敕命，你不是跳梁小丑又是什麼？」

遼軍的大帳距離轅門足有數百米，花費了半炷香才到了大帳外頭，帳外是幾十個披著重甲的契丹武士，一個個身材魁梧面無表情。

沈傲身後的護衛，呼啦啦的追隨沈傲過來，契丹武士們見了，豈肯放他們進去，用手一擋，要將周恆攔住，周恆立即現出怒容，道：「契丹人就是這樣待客的？」

前頭已經抵到帳簾外頭的沈傲和耶律陰德一齊回頭，耶律陰德臉上有些不自然，只好對契丹武士呵斥道：「不得無禮，這是我們契丹的貴客。」隨即又對沈傲道：「殿下的護衛如此盡責，讓人佩服。不過大帳擁擠，不如這樣，就放二十人隨殿下進去，其餘人就在帳外等候如何？」

沈傲頷首道：「好極了。」

那些契丹武士退了開去，周恆則點了十九個護衛隨沈傲一起入帳，其餘的護衛也不再硬闖，側立在大帳外頭佇立不動。

沈傲進了帳，才發現大帳之中來人不少，足足三十多個，都是遼軍的大將，坐在上首的，不是耶律大石是誰?!這耶律大石從前就與沈傲見過面，不過那是四五年前的事。

沈傲認出了耶律大石，含笑著道：「陛下別來無恙。」

這說話的口氣，頗有幾分老友重逢的感覺，可是帳中之人卻都露出幾分不自然的神色。按理說，沈傲只是個親王，耶律大石卻是皇帝，用這種口氣與耶律大石說話，很有篡越之嫌。

耶律大石卻沒有露出尷尬的意思，笑容可掬的道：「好得很，來，給輔政王賜坐。」

有人搬來一個高腳椅子，沈傲放肆的坐下，便開始與耶律大石寒暄起來，耶律大石摸不透沈傲的意圖，又不能去問，只好耐著性子與他東拉西扯。

沈傲似乎起了談興，興致勃勃的大發了一陣感慨，更是讓帳中所有人一頭霧水，不知這傢伙巴巴的跑過來，到底所為何事。

話題不知什麼時候突然轉到了詩詞上，沈傲興致勃勃，居然親自做了一首詩來，耶律大石勃然大怒，心說，這傢伙莫非是來消遣朕的嗎？卻壓著火氣，哈哈大笑：

「輔政王果然是天下第一才子，詩詞經義洋洋精通，又是戰功彪炳，令人稱羨。」

耶律大石頓了一下，眼眸飽有深意的看了沈傲一眼，笑道：

「只可惜我大遼卻沒有這般的才子，每念及此，朕便夙夜難昧、寢食難安；朕時常在想，若是有朝一日，上天垂憐，我大遼的朝中有輔政王這樣的賢才，朕就不必凡事親歷親為，操勞國事了。」

一番話中意喻明顯，就是希望沈傲領了這遼國的爵位，並且隱隱暗示，若是沈傲肯點這個頭，他願意分出一些權力，與沈傲共用。

這樣的讓步對耶律大石這般野心勃勃的人來說，代價不可謂不大，只不過耶律大石也是聰明人，捨不得孩子套不住狼，契丹人若是丟了上京、中京，那才是真正的噩夢。

耶律大石自以爲這番話頗爲得體，心中也生出得意非凡之心，可是一雙眼睛卻是直勾勾的盯著沈傲，滿目期盼。

沈傲被耶律大石的眼睛看得心裏發毛，心想，這耶律大石莫非還有斷袖之癖，本王近來人格得以昇華，臉皮已經不厚了，也開始講三從四……啊，不，是開始講四書五經了，這般被他盯著看會不好意思的。

他哈哈一笑，道：「陛下說笑了，遼國賢才諸多，早晚會有管仲、孔明那樣的賢才被陛下發掘的。」

耶律大石眼中閃出失望之色，心裏惡狠狠的道：到了這時候，他還在與朕推諉，看來當真是戲弄朕無疑了。耶律大石的心裏突然生出一絲渴望，恨不得趁著這個機會，索性讓沈傲有來無回！

只不過，這想法只是在轉瞬之間就被他否決，雖然這個想法很吸引人，可是耶律大石也不是蠢物，且不說沈傲帶來的侍衛不少，都是宋軍的精銳，自己也沒有埋伏好刀斧手，真要動手，各營根本來不及召集，要殺死沈傲，只怕要費一番功夫。

再加上就算除掉沈傲，遼軍大營十里之外還有數十萬宋夏聯軍，一旦沈傲死在遼營，宋夏聯軍必然瘋狂報復，以契丹現在的實力，哪裡招惹得起這樣的對手。要除沈傲，也必須先剪除了他的羽翼才成，現在動手，實屬不智。

耶律大石的腦中許多念頭稍閃即逝，打定了主意，便哈哈笑道：「但願如此，只是不知輔政王殿下此來有什麼見教？」

沈傲雙手按在膝上，聳聳肩，搖頭道：「見教倒是沒有，只是來看看陛下而已。」他隨即問身邊的周恆：「現在是什麼時辰了？」

周恆道：「快到申時了。」

沈傲故作驚訝的道：「時間竟過的這樣快，這天色就要黑了？」隨即對耶律大石道：「時候不早，也該到話別的時候了，陛下保重。」

起身離座要走，耶律大石更加猜不透沈傲的意圖，可是這時候，卻不得不站起來：「朕送你一程。」

倒是那耶律陰德心中奇怪，方才沈傲明明對他說要在父皇面前給出答覆，現在卻是顧左右而言他，說了這麼多閒話，卻絕口不提聖旨的事，這姓沈的到底在玩弄什麼心機？

以沈傲的身分要走，耶律大石爲盡地主之誼非要相送不可，耶律大石雖然不知道沈傲此行的目的，卻也忍著不去詢問，與沈傲並肩而行出了大帳。

「這雪只怕要到開春時才能下到盡頭，關外的天氣一向惡劣，只是不知殿下在這裏住得慣嗎？」耶律大石故意發出感慨，隱喻宋人受不了這草原的天氣，想要將草原收入囊中，只怕到時候又要萌生退意。

沈傲淡淡一笑，突然駐足伸出手來，雪花飄落在他修長的手掌上，被溫暖的手掌一握立即融化開來，一團雪水從他指縫中滴答落下。

沈傲道：「萬乘之國有高山險峻，也該有萬里海疆，既是如此，有春光明媚的富庶江南，難道就不該有風吹草低的廣袤原野嗎？」

耶律大石被沈傲的話噎了一下，眼中掠過一絲惱怒，爭鋒相對的道：

「這卻是不然，南人善耕種，北人多牧馬，男人善舟楫，北人好騎射，在千里草原，歷來都是各部族角逐之地，南人要想在這裏占住腳跟……」耶律大石嘴角勾出一絲冷笑：「只怕並不容易。」

沈傲笑起來，反問一句：「本王早就聽說北人好騎射，所以帶水師騎兵來此會獵，只是可惜至今未逢對手。」

這番話霸氣之極，直接將耶律大石對南人的評價戳破。耶律大石臉上又青又白，支吾不語，只好悶不作聲。

沈傲繼續道：「所以說，南人並非不善騎射，只不過沒有養馬之地而已，如今本王圈地養馬，操練騎軍，十年之後，練出二十萬騎軍，試問天下誰可匹敵？」

耶律楚正聞言大怒，不服氣的道：「這也未必，草原向來英雄輩出，殿下是否言過其實了些。」

沈傲回望他一眼，冷冷一笑：「那麼當今的草原英雄是誰？」

這一句反詰，倒是把耶律楚正問倒了，當今的草原英雄捨沈傲無出其右，連不可一世的完顏阿骨打都落在沈傲手裏，英雄二字，捨他其誰？

說話間，眾人已經到了轅門，沈傲停住腳步，旋過身來，用一副冷冽的口吻道：「我們大宋有一句古話，叫識時務者爲俊傑，大丈夫應當認清時局，不要做大車下的螳螂，否則被碾壓的粉身碎骨就後悔不及了。」

耶律大石聽出了沈傲的言外之意，怒氣沖沖的看著沈傲：「殿下這是什麼意思？」

轅門外是一片曠野，轅門內，卻是人影綽綽，沈傲和耶律大石佇立在轅門下對峙，就連那轅門內的宋軍侍衛和遼軍將軍、軍卒，也都隱隱有了幾分劍拔弩張之勢。絮雪飄飛，不少遼人看到這裏的異常，紛紛圍攏過來，轅門已是圍了裏三重外三重。

沈傲卻是身形筆直，眼中閃露出豪邁，下巴微微抬起，用驕傲的口吻道：「本王就是這個意思，普天之下莫非王土，率土之濱莫非王臣，歷朝歷代，偶爾會有跳梁小丑自以爲能，裂土分疆，可是百年之後，還不是宗社不保，宗族皆誅？」

耶律大石冷笑：「那麼誰是跳梁小丑？」

沈傲哈哈一笑，從袖中抽出一張黃帛出來，正是耶律大石送去的聖旨。

沈傲將聖旨丟在雪地上，狠狠的用靴子踩了個稀爛：「本王說的就是你，耶律大石！你是何人，也敢在本王面前稱王稱帝？也敢給本王頒發敕命，你不是跳梁小丑又是什麼？」

耶律大石一下子氣昏了頭，他陡然明白了沈傲此行的目的，堂堂大遼皇帝受此侮辱，哪裡受得了。耶律大石氣急反笑，道：「世人都說你如草原上最狡猾的狐狸，可是在朕看來，你實在太不聰明，你可知道，這裏是哪裡，你信不信朕一聲令下，叫你人頭落地！」

事到如今，耶律大石也沒有示弱的可能，話都說到這個份上，也只有翻臉了。

耶律楚正冷哼一聲，已經緊緊握住了腰間的長刀，手重重一拉，那鞘中的長刀嗡嗡作響，刀身抽出一半。遼軍將校們見狀，也紛紛將手按在刀柄上，連那些手中拿著長槍的遼軍也不禁緊張起來。

周恆冷笑，大叫道：「怎麼？還敢動手？」

三千校尉一聲號令，也紛紛按刀，肅殺之氣十足。

沈傲不屑的看了耶律大石一眼，目光落在那些遼軍身上，淡淡的道：「耶律大石要做完顏阿骨打，誰要效仿女真人？」

這句話飽含威脅，完顏阿骨打已經成了階下囚，而女真人幾乎已經被屠戮殆盡，大定城下，一個個女真人的屍首雖然已經收殮，可是沈傲雷霆萬鈞的手段至今還壓在遼軍的心頭。不少遼軍臉色蒼白，不禁後退了一步。

沈傲目光鎮定，淡淡的朝周恆道：「周恆，宣讀本王的詔令。」

周恆頷首點頭，從袖中抽出一張淡黃色的錦帛出來，站在眾人之中，挺胸道：「輔政王詔令，耶律大石與遼軍諸人接詔！」

之前耶律大石給沈傲一份聖旨，而現在沈傲直接當著耶律大石的面，宣布自己的詔令，遼人霎時呆了，一頭霧水。

耶律大石卻明白了沈傲的意圖，一個大宋親王就敢讓大遼皇帝聽詔，言外之意，豈不是說他這皇帝連宋人的親王都不如?!這口氣他如何咽得下，朝耶律楚正使了個眼色，耶律楚正會意，大呼一聲：「放肆，沈傲，你真欺我大遼無人嗎？」手中的長刀鏘的一聲抽出來。

遼人慌了，有的拔刀，有的後退，亂作一團。

宋軍的護衛一見耶律楚正要動手，也紛紛拔出刀來，沈傲大喊一聲：「放肆的是你，竟敢在本王面前拔刀，來人，拿下！」

血戰一觸即發，誰也不曾想到，方才還是握手言歡的人，一下子變成了仇敵，耶律大石也已經騎虎難下，雖然深知除掉沈傲的後果，可是這時候若是示弱已是萬不可能。

他雙目掠過冷意，負手哈哈大笑：「真是可笑，你真當我大遼可以任人宰割嗎？」

沈傲淡淡一笑：「是不是任人宰割，拭目以待就是。」

沈傲的話音剛落，天邊的盡頭傳出轟隆隆的馬蹄聲，這馬蹄聲越來越近，越來越多，宛若平地驚雷，從轅門向外眺望，只見在雪原上出現了一個個黑點，這些黑點從三面合圍而來，綿延十里有餘，無數的旌旗在黑點之中獵獵作響，牛角嗚嗚的在半空傳揚開來，那低沉的聲音伴隨著萬馬奔騰，讓所有人都大驚失色。

耶律大石的臉色已經變得蒼白，是騎軍，大規模的騎軍，人數至少在十萬以上。騎軍的來路，他當然知道，正是這些騎軍以勢如破竹之勢，大破金軍鐵騎。

耶律大石也終於明白，沈傲此行的目的並不是羞辱自己這麼簡單，他的真正意圖，是逼迫自己就範，只要自己拜倒，跪聽了大宋輔政王的詔令，那麼大遼的社稷也就此爲之終結，這支騎軍就是沈傲的砝碼，只是這砝碼實在太重，壓得耶律大石透不過氣來。

所有的遼軍目中都露出驚慌之色，那黑壓壓的騎軍宛若密佈的烏雲，緩緩移動過來，更添幾分恐怖。

遠遠的地平線上，繡著金絲的旌旗之下，三匹健馬佇立在旌旗之下，馬上的人遙望著遼軍大營，臉上都露出漠然之色。

李清的雙眉凝重，一雙眼眸時刻注視著遼軍轅門，不禁道：「殿下不會有什麼不測吧，要不要直接衝殺過去？」

烏達淡淡一笑，魁梧的身材宛若小山，雙肩微微一動，道：「不必，殿下身邊有護衛營，就算遼人要動手，護衛營至少可以抵擋一炷香時間，有這時間就足夠了，殿下傳令我們帶隊在此列陣，我們列陣就是。」

戴著鬼面的鬼智環聲音平淡的道：「烏達將軍說的有理，殿下之所以不強攻遼人，孤身帶著護衛入營，便是要不戰而屈人之兵；遼人若是不肯屈服，再引軍衝殺不遲，不可壞了殿下的大事。」

李清頷首點頭，哂然一笑道：「倒是我太莽撞了。」

烏達含笑：「不是李兄莽撞，只是關心則亂而已。」

他說話之間，不禁看了鬼智環一眼，心想，這個女人難道就不會關心則亂嗎？論起來，她應當才是最關心殿下的人吧，爲什麼至今還能如此冷靜。

烏達當然不知道，鬼智環並非不關心，只是對沈傲有著極大的信心。

轅門下，風雪瀰漫，可是所有人都緊繃起了神經，越來越多的契丹人圍攏上來。耶律大石的臉色越來越難看，此刻的他，心中早已翻江倒海，一雙眼眸中時而閃爍出殺機，時而現出畏色。

是魚死網破、玉石俱焚，還是退讓？這是一個很難抉擇的決定，下令動手，就算能殺了沈傲，那鐵蹄如山遍野地殺至，契丹人如何抵擋？到時連契丹的宗社都未必能夠保全。可要是退讓，就勢必要接這詔令，大宋輔政王詔令至，遼國皇帝跪迎接詔；接了，這大遼只怕連藩國都不如了。

耶律大石深吸一口氣，心中又怒又驚，眼睛落在沈傲身上。

沈傲臉上卻浮出值得玩味的笑容，掃視身後的護衛一眼，厲聲道：「怎麼還不動手……」

沈傲伸出手指向耶律楚正，一字一句地道：「此人敢衝撞本王，立即拿下，明正典刑，誰敢阻攔……」沈傲大喝道：「罪不容誅，完顏阿骨打就是他的榜樣。」

正在遲疑的功夫，宋軍護衛二話不說，已是毫不猶豫地衝上去，撞開耶律楚正身前的人，如狼似虎地撲向耶律楚正，耶律楚正大驚失色轉身要逃，可是已經遲了，在他的後頸，一柄明晃晃的儒刀已經高高揚起，在半空劃下半弧，狠狠地斬下……

嗤……鮮血四濺，堂堂南院大王，當著契丹皇帝和遼國三軍的面渾身抽搐，眼中的瞳孔渙散開，仆然倒在雪地之中。

這件事不過是在轉瞬之間發生，還未等有人反應過來，耶律楚正已經血濺五步，所有人都沒有想到，沈傲居然當真會喝令動手，而他的護衛居然會毫不猶豫地執行。

一個護衛狠狠地用腳踏在耶律楚正屍首的後背，用刀梟下耶律楚正的首級，飛快地提到沈傲面前單膝跪下，正色道：「殿下，賊人首級已經帶到，請殿下查驗。」

沈傲闔著眼，淡淡道：「退下。」

「遵命！」

耶律大石的眼中露出滔天的怒意，耶律楚正是他的嫡親兄弟，更是大遼南院大王，沈傲當著自己的面殺人，示威之心不言而喻，他狠狠地攥緊拳頭，咬牙切齒地道：「朕與你誓不兩立，來人……」

沈傲厲聲打斷他，大喝道：「不怕死的來試試看，周恆，宣讀詔令！」

這時，周恆大喊一聲：「輔政王詔令，遼國皇帝，遼軍諸將接詔！」

鏘……有人將長刀插回鞘中，手中執著長矛的軍卒也鬆開了武器，一柄柄長矛落在雪地，嘩啦啦的金屬甲片摩擦聲中，三三兩兩的人雙膝跪在雪地，朝沈傲重重磕頭：「小人接詔！」

接著跪下的人越來越多，整個軍營中，所有人都重重的壓下了頭，朝向沈傲的方向大氣不敢出一聲。仍舊站著的，只剩下了耶律大石和耶律陰德。

耶律大石臉若死灰，萬念俱焚，眼中露出絕望，他雙手顫抖著，不敢再去看沈傲的眼神。完了……

其實從一開始，耶律大石就已經輸了，契丹人打了五六年的仗，流離失所，一個個都疲憊到了極點。現在女真人徹底覆沒，對他的這些部眾來說，所有人都在渴望安居樂業，再不必去飽經戰火，更不必去擔驚受怕。

他們之所以還願意追隨耶律大石去對抗金軍，並不是他們具有無以匹敵的勇氣和享受這戰爭的快感，他們的願望很簡單，只不過希望繼續苟活、不願意向豬狗一般死在女真人的屠刀之下。現在，沈傲給了他們一個選擇，要嘛繼續打下去，他們將會面對更加強大的敵人，面對更加凶殘的對手。要嘛放下武器，俯首稱臣，從此之後享受太平。

懦弱的耶律陰德終於吁了口氣，雙膝落地，狠狠地給沈傲叩頭：「耶律陰德聽讀輔政王詔令！」

耶律大石孤零零地站著，這時候顯得無比的孤獨，眾叛親離，連太子都屈服了，而他腦子此時卻是嗡嗡作響，彷彿整個人蒼老了十歲。

耶律陰德就跪在耶律大石的腳邊，此時見耶律大石仍不肯屈服，不禁輕輕地用手去拽了拽他的褲腳，耶律大石眼神絕望地落在耶律陰德的身上，重重嘆了口氣，咬著牙雙膝跪下道：「大遼皇帝聆聽輔政王詔令。」

朔風拂過，沈傲帶劍迎風佇立，神聖而不可侵犯。一雙劍眉微微下壓，帶著一種攝人氣魄的氣勢，那一雙眼眸深邃妖異，彷彿有吞吐山河，令天下人競相折腰的氣魄。

周恆壓住激動，捧住詔令，朗聲宣讀：

「大宋攝政王、天策上將軍沈，詔曰：本王代大宋天子巡狩北地，以王道伐無道，以仁義驅殘暴，今北地大定，女真人盡沒其族，大功告成。又有契丹人耶律大石……」

詔令最後一段話，周恆刻意加大了音量，幾乎是嘶聲高吼地道：

「詔命耶律大石爲應命王，享親王爵；其子耶律陰德，素有德行，詔爲祁津郡王，其餘人等，盡有封賞，各司其職，不得有誤。」

堂堂大遼皇帝，如今一紙王詔，成了應命王，耶律大石這時候唯有苦笑以對。

詔命念畢，遼軍上下三呼千歲，沈傲對著黑壓壓的人道：「免禮！」眾人才零零落落地站起，再看沈傲的目光時，已是大不相同。

沈傲的目光掃視黑壓壓的人群一眼，道：

「從今日起，南京道爲南京路，上京道爲上京路，中京道爲中京路，東京道爲東京路，西京道爲西京路，重設府縣，派駐官員。契丹的貴族，仍然承襲原有爵位，由大宋宗令府頒發俸祿，原有的官員也可暫時任用，以觀後效，再做裁撤升任。至於其他百姓，重新編造戶籍，各安生業。」

遼軍呼啦啦地道：「遵命！」

沈傲走近耶律大石道：「過幾天，應命王就隨本王一道回京，好好享樂吧。」

耶律大石的眼眸中閃露出狐疑，心中冷哼，口裏卻不敢再說重話了。

沈傲漫不經心地道：「怎麼？你不相信本王的話？是認爲本王會斬草除根？」

耶律大石冷冷笑道：「難道不是嗎？」

沈傲吁了口氣，直言道：「本王要殺你，就像殺雞殺狗一樣容易，既然詔命你爲王爵，只要你安生享樂，本王殺你做什麼？」

沈傲的目光又落在耶律陰德的身上，道：「耶律兄也是一樣。」

耶律陰德一副唯唯諾諾的模樣，耶律大石此時倒也相信沈傲所言非虛，不禁鬆了口氣。

沈傲繼續道：「契丹的宗社皇陵就繼續保留吧，每年可以派官員前去弔唁，至於遼軍要重新編練，可以充入各地邊軍、禁軍、廂軍中去，本王該說的也只有這麼多，傳令下去，遼軍悉數入城，重新編練，派人用快馬去祁津府，接管南京路。」

遼軍的屈服，算是爲北國的安寧奠定了基石，大定府歡聲雷動，遼軍開始入城，暫時與配軍混編，遼將紛紛到行宮去見王駕，數十名將軍屏息等候，心中很是忐忑。

其實方才輔政王雖說仍然保留爵位、官職，可是這種許諾歷朝歷代都有，可是肯兌現的卻是不多，契丹人在漢人眼裏是外人，又是世仇，以那輔政王的性子，打擊報復的可能機率實在太高。

此外，還有一樣是讓這些契丹將軍們頗為不悅的，對契丹人來說，大宋在他們的印象中一向是軟弱可欺的代名詞，這數十百年來，談到宋人，契丹人心中多為鄙夷。其實這也是情有可原，正如宋人笑契丹人飲血茹毛一樣，在這兩國常年相互摩擦的情況之下，契丹人自然也瞧不起宋人的軟弱。

如此印象，要徹底改變卻不容易。對這些契丹將軍們來說，大宋仍是軟弱，而這輔政王只不過是個異類而已，現在要他們效忠宋廷，他們心中多是不以為然。

其實方才輔政王逼迫大家臣服的事現在回想起來，也當真是莫名其妙，不知是鬼使神差還是如何，那沈傲按劍佇立，露出不可侵犯之態，再聽輔政王詔令這些字眼，大家就不自覺的失去了抵抗之心，一心臣服，就像是做夢一樣。若是再來一次，讓他們重新選擇，他們未必會如此輕易屈服。

不過話說回來，對那輔政王，這些將軍當真是又敬又畏，這麼個殺人如麻之人，手中染的血只怕也不比那完顏阿骨打少，那言語之間從容不迫，萬軍之中淡然處之的氣度，很讓人折服。更何況，此人雖是殺人不眨眼，可是另一方面，卻很有節制，明明強大無匹的人，他偏偏就敢去殺，明明舉手就可以殺的人，他卻又偏偏輕拿輕放，這就是最讓人敬服的地方。

大家焦灼等待了一會兒，那周恆便先行進來，朝他們道：「殿下乏了，還要再歇一歇，諸位不必站著等，各自就坐吧，待會兒會叫人上茶來，諸位慢用。」

眾人見周恆和顏悅色，都鬆了口氣，各自欠身落座，學著漢人的口吻道：「有勞。」

接著茶盞上來，眾人都端起茶盞，這茶未必要喝，可是總要裝出個喝茶的樣子。這是輔政王叫你喝的，你若是連樣子都不做，說不準是要掉腦袋的。

等了良久，打著哈欠的沈傲總算來了，他換下了尨服，穿著件儒衫，頭上梁冠也除了，只帶了個綸巾，一副還沒睡醒的樣子，左右環顧一眼，抬腳進來問：「人都來了？」

契丹眾將都站了起來，一起抱拳道：「殿下……」

第一九三章 輸不起的沈傲

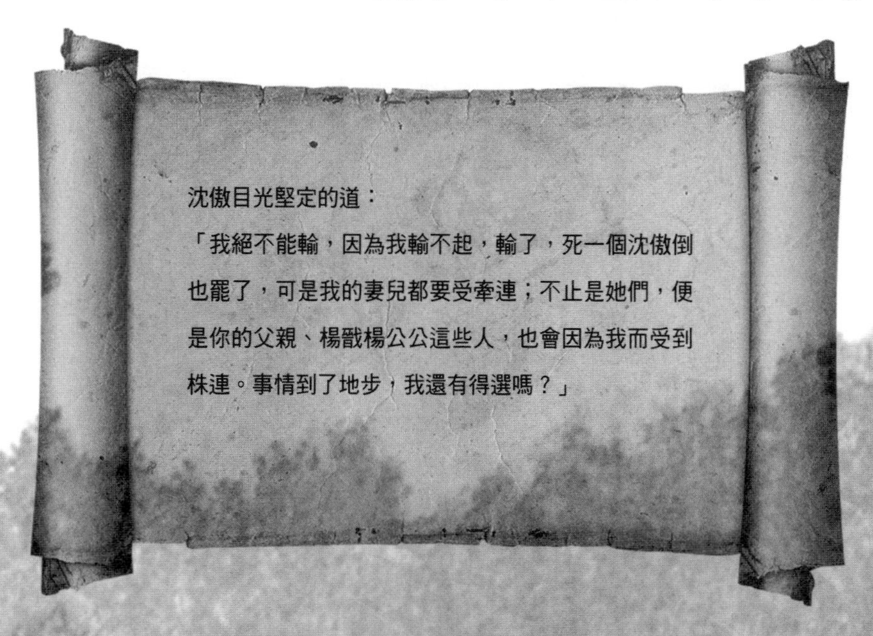

沈傲目光堅定的道：

「我絕不能輸，因為我輸不起，輸了，死一個沈傲倒也罷了，可是我的妻兒都要受牽連；不止是她們，便是你的父親、楊戩楊公公這些人，也會因為我而受到株連。事情到了地步，我還有得選嗎？」

沈傲負著手只稍稍點頭，氣派十足，雖然只穿著儒衫，可是從裏到外卻流露出幾分貴氣，這倒不是他刻意要倨傲，更不是故意要做給誰看，實在是這官兒做得久了，從來都是俯瞰著去看人，漸漸的也養成了一種高高在上的做派。

好在沈傲還有自知之明，雖然有時候高高在上，卻還沒有到目空一切的地步，坐下之後喝了口茶，含笑道：「你們是契丹人，本王是漢人，現在你們一定在想，契丹與大宋摩擦了上百年，本王若是說了話不認賬，這前程就一點也沒了是不是？」

沈傲的話直擊諸人的軟肋，眾人都是尷尬的乾笑，氣氛不禁活躍了一些。

一名將軍道：「殿下快言快語，今日索性卑下就把話點透，來和殿下交交心吧。殿下的赫赫武功，我等敬服的很。更何況殿下在北地大行德政，對我們契丹人一視同仁，卑下很是感激。不過話又說回來，殿下的承諾，我們卻有些遲疑，在漢人眼裏，我們是外人，殿下難道就當真放心我們掌軍？再有一個，卑下有句不該說的話，殿下的上頭還有大宋皇帝和監國太子，有些事殿下也未必能做得了主，就算殿下庇護我等，可若是大宋朝廷有人欲治我等的罪名……」

沈傲聽了他的話，尤其是聽到後頭那句不該說的話時，心裏就笑噴了，明知不該說你還說，真是吃飽了撐著。不過人家敢說這種話，一方面是顧慮重重使然，另一方面，估摸著也是性子耿直。

沈傲朝這契丹人道：「你叫什麼名字？在遼國居何職？」

這契丹人道：「卑下叫耶律德讓，在遼國時是恩州節度使。」

在大宋，節度使早已成了有名無實的虛職，但凡聽到這三個字，多半就知道此人在官場混得不太如意了。不過在遼國，節度使因為沿襲的是唐制，上馬掌軍，下馬管民，實權很重。

沈傲含笑道：「耶律德讓是嗎？你的話說得也有道理，本王今日就給你們一個準話好了。」

沈傲語氣平淡，繼續道：「本王信得過李清、烏達，卻獨獨信不過蔡京、王黼，李清是黨項人，烏達也是黨項人，本王卻對他們委以重托；蔡京是漢人，王黼也是漢人，本王卻視他們為草寇，這就是本王待人的態度，若是真肯忠心用命的，本王為什麼要排斥於外？可要是有人效仿蔡京、王黼這等奸惡之人，那麼也別怪本王不客氣。」

沈傲頓了一下，繼續道：「除此之外，這北地的事，本王說了算，皇上那兒，自然由本王去遊說，定保你們後顧無憂。至於監國太子……不必理會！」

眾人見沈傲這般說，都鬆了口氣，其實誰都知道這位輔政王在大宋的權威，當今大宋皇帝對他言聽計從，那監國太子與他至多也不過分庭抗禮罷了。他如今既然下了這個許諾，總算教人放下了心。

倒是那耶律德讓還不肯甘休，猶豫了一下，道：「殿下，還有一句話，卑下不知當講不當講？」

沈傲心裏好笑，這傢伙莫非拿當講不當講當作了口頭禪，便含笑道：「這裏沒有外人，有什麼話儘管說便是。」

耶律德讓精神一振，道：「殿下，我等其實並不願為大宋效力……」

沈傲的臉色有些不好看了，敢情自己又撞到了個愣頭青，還是特傻的這種，這種話你藏在心裏就是，當著這麼多人的面說出來，這不是逼著本王發飆嗎？

耶律德讓繼續道：「大宋之中，我等敬服者唯有殿下一人，在契丹人的心目中，殿下救我們於水火，契丹全族上下皆是感激不盡。因此，別人卑下不敢說，我耶律德讓卻只效忠殿下一人，願為殿下鞍前馬後。」

耶律德讓的話說中了不少人的心事，遼國的教育和上層社會的風氣一向是與大宋互相仇視，教他們當真心服口服的給大宋朝廷效忠，他們當然不肯。

可是沈傲就不同了，再者契丹人雖然日益腐化，卻還是敬慕強者，在他們心裏，這輔政王才是真正的強者，給他俯首貼耳不會有什麼心理障礙。因此眾人紛紛道：「德讓說的對，我等只效忠殿下一人。」

沈傲無言以對，沉吟良久：「這是你們的真心話？」

耶律德讓拍著胸脯道：「絕無虛言。」

沈傲爲難的道：「這就教本王爲難了，本王是大宋的臣子，你們這麼做，難道要叫本王不忠嗎？」

耶律德讓忙道：「殿下自是大宋的臣子，可是我等卻甘願做殿下的臣子。」

沈傲凝著眉，心中猶豫不定，其實要安排也不是不可以，畢竟他這輔政王還真有開府儀同三司的權力，把這些將軍置於自己的府中授予輔政王府武官還算名正言順，可是這麼做，難免讓人起疑。

沈傲沉思良久，最後不禁想：他娘的，西夏攝政王都做了，還扭扭捏捏做什麼，做人做事但求無愧於心，哪管得了別人怎麼想，趙佶那廝就算是有疑心就讓他疑心去。

「好！」沈傲二話不說，道：「這件事本王來安排，你們各自退下去，遼軍從即日起，重新開始編練，二十萬遼軍裁撤一半，剩餘的安插到武備校尉進行操練，諸位的官職暫時不予變動。大家好好做事，安分守己去吧。」

耶律德讓等人見沈傲首肯，心裏都是歡喜無限，紛紛告辭去了。

沈傲吁了口氣，坐在椅上沉思了片刻，周恆從耳室健步過來，道：「姐夫當真要任命他們做王府武官？」

如今沈傲的手裏，手握二十萬西夏精兵，二十萬大宋水師，若是再將這些遼人置於王府之中，等於又平添了十萬遼軍，一聲令下，便可調動五十萬軍馬，這還不算上武備學堂、馬軍司之類的附屬力量，算是真正到了隻手遮天、功高蓋主的地步。

也正是因爲如此，沈傲在那些遼人面前才現出疑慮之色，畢竟沈傲已是高入了雲端，若是再攬權，實在有不軌之嫌了。也幸好沈傲撞到的是趙佶這樣皇帝中的奇葩，否則遇到別的皇帝，只怕早已下了天牢，擇日問斬了。

可是趙佶不會生出疑心，趙恆呢？

其實在趙恆眼裏，不管是沈傲掌兵十萬還是五十萬都只是數字，只掌握軍事這一條就足夠沈傲必死無疑了，更何況沈傲和他之間早有心結，在趙恆心裏，沈傲已是非死不可之人。也正是因爲如此，沈傲才肯接納這些遼人，對他來說，自己手裏的底牌越多就越安全。趙恆就算是要和自己動手，也得掂量掂量，一個可以調動五十萬大軍，且只效命於自己的龐然大物，這個馬蜂窩，趙恆便是天皇老子也未必敢捅。

沈傲頷首點頭，對周恆道：「不錯，遼人肯效忠於我，我爲何不笑納？」

周恆皺皺眉道：「就怕宮中起疑。」

沈傲吁了口氣道：「起疑便起疑吧。周恆，你年歲也大了，有些話姐夫索性和你說了吧。你這姐夫的地位，一切都是當今陛下給的，在我的眼裏，陛下的大恩大德永遠難以報效。可是一朝天子一朝臣，陛下的身體你也應當知道……」

沈傲目中閃露出慘然，口氣低沉的道：「一旦新君登基，你這姐夫若是不能自保，就必然是階下囚，我這人隨性慣了的，雖然也好權財，心中卻更想回到從前那個逍遙自在的沈才子，可是就算我不願意去爭，別人又肯輕易罷手嗎？」

沈傲冷冷一笑，目光堅定的道：「我絕不能輸，因爲我輸不起，輸了，死一個沈傲倒也罷了，可是我的妻兒都要受牽連；不止是她們，便是你的父親、楊戩楊公公、衛郡公、唐嚴唐大人、吳文彩這些人，也會因爲我而受到株連。事情到了地步，我還有得選嗎？」

沈傲是第一次和周恆說些掏心的話，倒不是對他有什麼防備，只是在沈傲看來，周恆總是個長不大的孩子，有些事不必去和他說。今日說出這番話，周恆不禁動容起來，深望了沈傲一眼，心裏想，這時的姐夫心中一定很是焦慮，我居然還當他沒心沒肺，總是很瀟灑，原來都是裝出來的。

周恆道：「姐夫，我知道了，不過姐夫打算以後怎麼做？」

沈傲淡淡一笑，道：「高築牆、廣積糧、不稱王。囤積軍馬，分庭抗禮，將來就算太子登基，也要讓他有所忌憚，他若是與我相安便罷，可要是真要對我們動手……」沈傲的眼眸裏變得殺氣騰騰，冷笑道：「那就讓他滾蛋！」

周恆深吸口氣，這和造反也差不多了，他憂心忡忡地道：「姐夫不怕……」

沈傲從容笑道：「怕，當然怕，輸了就是千古罪人，就是輸掉身家性命。可是怕有什麼用？姐夫這些年來明白了一個道理，這世上，要想別人畏你懼你，就不要怕，有人敢欺負到頭上，就要有魚死網破的膽量。」

周恆道：「姐夫就是膽量太大，所以別人才叫沈楞……」

周恆突然意識到自己好像說錯了話，立即改口，笑道：「哈哈……今天天氣真好，連雪都停了，不過這行宮的枝頭上爲什麼會有烏鴉叫，待會兒我去叫人把牠們趕走。」

沈傲道：「也罷，我去睡了。」

到了午夜，沈傲已經和衣睡下，行宮外頭傳出急促的腳步，沈傲被周恆叫醒，道：「泉州有旨意。」

沈傲聽到泉州二字，飛快地披上衣衫，趿鞋下榻，道：「請進來。」

過了片刻，便有一個公公被請進來，見了沈傲，忙不迭地作揖行禮，沈傲扶起他，叫周恆掌了幾盞油燈，搖曳的燭火，照在沈傲淒然的面孔上。

沈傲凝重地道：「陛下安好嗎？」

公公道：「陛下大病在榻，油盡燈枯了。」

沈傲的目中閃出一絲不可思議之色，腦袋如被炸雷了一樣，嗡嗡作響，雙膝酸軟，有點站立不住，周恆見了，立即扶住他。

沈傲攙著周恆穩住身形，深吸一口氣，道：「你繼續說。」

「御醫現在無能爲力，雖沒有明言，可是看他們的神色，只怕駕崩就在一兩個月之間了。咱家過來，一是奉陛下的旨意，急召殿下回泉州，陛下駕崩之前，想見殿下一面；其二便是受了楊公公的囑咐，請殿下早做打算。」

沈傲面色慘白，道：「什麼打算？」

公公道：「陛下的病情，多半是術士的丹藥所致，這術士乃是太子舉薦，不過這件事並無證據，也無人敢說丹藥中有毒，可是太子弒君已是十之八九了。太子已到了喪心病狂的地步，登基之後，只怕殿下……」

沈傲鐵青著臉，道：「說這個沒有用，我只問你，既然是術士的丹藥所致，那術士呢？」

公公苦笑道：「逃了……」

沈傲沉默了。

沈傲這時已經忘了是憤怒還是悲慟，他雙眼閃了閃，淚眼已經模糊。

「查，要徹查！」沈傲在沉默良久之後咆哮一聲，收了淚，他的眼睛變得赤紅，趿著的鞋不翼而飛，赤著腳在這冰涼的地磚上來回走動，繼續道：

「周恆，快去收拾東西，點齊五百侍衛，今夜就動身，事不宜遲，直接去錦州坐炮艦回泉州！這件事暫時壓住，不要透露出去，就說本王歸心似箭，其餘的事全部交給周處去處置，至於契丹編入王府的事，由朱博士全權處置。還有……」

沈傲突然駐足，絲毫感覺不到腳下傳來的冰冷，繼續道：「傳信給陳濟，用我的名義告訴他，京城的事就拜託他了。」

周恆道：「夜半三更的時候走？」

沈傲苦笑道：「走！」

當日夜裏，周處接到命令，全權處置北地之事，烏達、李清、鬼智環等人，也都受命鎮守，暫時不必回西夏。一匹快馬飛快地前往汴京。沈傲則點齊五百侍衛，帶著周恆連夜出城。

足足走了四日，到了錦州時，沈傲病倒了，高燒不退，不得已，只能一面下令將物資運上炮艦，一面歇息養病。

歇息了一天，沈傲已經等不及了，雖是病體未癒，守在錦州的楊過屢屢勸阻，沈傲還是決心動身，由蓁兒攙扶著登上了炮艦，不敢在甲板上吹海風，直接進入船艙歇息。

巨大的炮艦在數艘姐妹艦的護衛下開始揚帆起航。

楊過帶著一干人在碼頭處目送，看到那炮艦越行越遠，心中不禁黯然，殿下這一去，天下又不知鬧出多大的動靜。

「風浪要來了……」楊過望著碧波汪洋，淡淡地道。

有人急匆匆地快步過來，朝楊過躬身行禮，道：「指揮使大人，錦衣衛送來一份書信，要請殿下過目。」

楊過回眸，道：「什麼書信？」

那人取出一份書信出來，書信上有錦衣衛的印記，封了封泥，封泥上有「絕密」的印痕，一般刻上絕密二字的書信，除了沈傲親自拆啓，其他人是不允許胡亂拆動的。

楊過臉色凝重起來，立即叫來一個中隊官艦長，吩咐道：「立即拿著這份書信，用快艦追上殿下的坐船，要親自將書信送到殿下手裏，不得有誤。」

連日下了足足一個月的雪，汴京逐漸放晴起來，梅花凋謝，天氣暖和了起來。

靠近城門的泥路邊沿，有一家小小的客店「悅朋店」，這家小店的後院有十幾間客屋，是專供秀才進京應試時候住的。眼下離開科尚早，生意甚是清淡。

當街三間門面擺著四張八仙桌；向北折是一間雅座，供客吃飯；門面以東一道長櫃檯兼賣酒肉和零星雜貨。夥計們都是鄉里人，回去過年了，店裏只有一位何掌櫃和幾個遠鄉的小徒工支撐。

小店外頭掛著一個酒旗，叫「十里香」，酒旗下頭，一個夥計抱著手懶洋洋的站著，雙目長闔，對泥路上川流不息的人視而不見。

正在這時，一個騎著馬、秀才模樣的人往這客店裏走，喂了一聲，夥計抬眼，立即堆起笑，扶著秀才下來，道：「客官是要住店還是用飯？」

秀才從馬上下來，戴正了頭頂的綸巾，笑道：「餵馬來的，你們這裏可有草料？」

夥計目光一緊，隨即怒道：「客店豈沒有草料？客官太小看人了。」

秀才便將馬牽給夥計，大喇喇地步入店中，留下一句話道：「好極了，給馬餵個七成飽。」

夥計牽了馬去後園的馬槽，秀才進了客店。

那夥計過了一會兒又來了，低聲道：「口令！」

秀才正色道：「今早吃過了嗎？」隨即又道：「下一句是什麼？」

夥計臉上露出少許尷尬：「你妹個吃貨。」

兩人說著古怪的暗語，隨即都露出一點尷尬，也放鬆了警惕。夥計抱起拳來，道：「鄙人京師百戶所坐探朱二，敢問兄台是哪條線上的？」

秀才正色道：「在下洪州府錦衣總旗所總旗官溫弼舟，有緊急公務，特來拜謁陳先生。」

那朱二頷首點頭，道：「你隨我來。」

朱二引著溫弼舟上了二樓的雅座，尋了個位置請溫弼舟坐下，便出去了。一會兒，有個掌櫃模樣的人進來，這掌櫃模樣的人直接自報家門：

「京師外城百戶所百戶劉康，怎麼，洪州那邊出了什麼事？」

溫弼舟謹慎地道：「劉百戶可有腰牌嗎？」

劉康從袖中掏出一個鐵質的腰牌出來，溫弼舟接過看了，隨即呵呵笑道：「這件事干係實在太大，難免要小心一些，大家操練時，教頭教的第一件事便是謹慎二字，若有得罪的地方，還請劉百戶海涵。」

劉康拉過一把梨木椅子坐下，擺手道：「無妨，若是不方便說也就算了，我這就叫朱二去知會陳先生。」

朱二報信去了，雅座裏只有溫弼舟和劉康二人，溫弼舟笑道：「既然驗明了身分，再說就無妨了。洪州那邊探出了點東西，與一個術士有關。」

溫弼舟點到即止，卻把劉康嚇了一跳，其實在錦衣衛內部，早就已經通了氣，一定要注意各地術士的行蹤，不止如此，那術士的畫像也都傳遍了天下，不止是福建路、蘇杭在四處尋人，錦衣衛更是緊鑼密鼓的布下探子四處在搜查。這件事干係實在太大，雖然沒有說這術士到底犯了什麼事，可是陳先生那邊，對這件事最是上心，每日都要過問的。

現在有了消息，算是大局已定了，劉康不禁問：「怎麼探聽到的？」

溫弼舟笑道：「說來慚愧，其實本來盯上的是幾個武士，洪州不算什麼大府，過往的貴人並不多，偏偏這幾個武士頗爲不凡，所以便叫人盯梢了一下。誰知後來這幾個武人到了一家客棧，與一人相會，隨即突然拔刀要動手，那人似乎早有防備，立即衝出來大叫殺人，咱們盯梢的人見了，便帶著他逃了。之後搜查此人一番，發現了不少道人的器具，還有一本經書。因此鄙人便留了心，拿了頒發下來的畫像出來，發覺此人雖然修了面容，卻與畫像有幾分相似，於是暫時將他拘押起來，藏在隱秘處，拷問之後，才知道此人……」

溫弼舟目光一閃，露出興奮之色：「正是踏破鐵鞋無覓處、得來全不費功夫。」

劉康也不禁動容，道：「陳先生正爲此事頭痛，現在既有了消息，那就再好不過了，溫總旗這一次立下了大功，陳先生定然另眼相看。」

溫弼舟含笑道：「哪裡的話。」

二人寒暄了一陣，相互交流了一些見聞，劉康是京師的地頭蛇，許多消息也知道一些，他壓低了聲調道：「那術士可拷問出了什麼？」

溫弼舟道：「洪州還在拷問，因為事情太大，所以確認了此人的身分，又怕飛鴿傳書不穩健，所以便立即上路來報信了。」

劉康道：「只怕這個術士和當朝太子有干係。」

溫弼舟動容道：「劉百戶難道在京師聽到了什麼風聲？」

劉康道：「這術士曾是太子舉薦，後來給陛下煉丹，泉州已經有了最新的消息，陛下現在重病在榻，多半……此事和丹藥有關。」

溫弼舟低聲道：「弒君？」

劉康板起臉：「慎言！」

溫弼舟立即正襟危坐，故意去喝茶。

劉康隨即淡淡笑道：「不管怎麼說，咱們食君之祿、忠君之事，若是沒有殿下和陳先生栽培，也沒有你我的今日。現在不管外頭什麼動靜，咱們盡心辦事就是。」

溫弼舟頷首道：「是這個道理。」

正說著，朱二過來急促促地道：「陳先生請溫兄速去謁見。」

溫弼舟立即站起來，與劉康告辭，出了悅朋客棧，外頭已有不少穿著布衣的武士簇擁著一駕馬車等候，可見陳濟對這件事很是看重。

溫弼舟鑽入車中，馬車七拐八彎，不知拐過多少街巷，連溫弼舟都有些繞暈了，才在一處偏僻的宅院停下。

溫弼舟穿過門房、儀門，在一處閣樓停下，通報之後，溫弼舟踏入閣樓之中，納頭便拜：「洪州總旗官溫弼舟見過先生。」

閣樓中青燈冉冉，陳濟顯得更加瘦弱了一些，一隻枯瘦的手還在翻閱什麼，朝身邊的一個緇衣人道：「太子這幾日都沒有動靜嗎？是不是察覺出了什麼？」

緇衣人道：「應當沒有，不過太子這幾日閉門不出倒是真的，就是那李邦彥也都抱病了。」

陳濟頷首點頭，一雙眼眸銳利無比地道：「陛下抱病的消息也就這兩三天可以送來，太子這幾日卻如此謹慎，多半是提前知道了消息。繼續盯著，小心一些，東宮裏的那幾個太監也都看住了，不要大意。」

緇衣人抱了拳出去。

陳濟才抬起頭，溫爾一笑，道：「溫弼舟？洪州那邊有了消息是不是？來，坐下說話。」

溫弼舟尋了個椅子欠身坐下，將洪州的事悉數說了。

陳濟聽了，眼角的皺紋舒緩開，不禁擊掌道：「好，這是大功一件，拿住了此人就好辦了。事不宜遲，我這就批幾十個護衛給你，隨你回洪州一趟，這術士暫時不要提到京師來，先送回泉州。」

溫弼舟頷首道：「卑下明白了。」

陳濟與溫弼舟寒暄了幾句，便將他送走，立即提筆在案上寫了一封書信，叫了個人來：「把這書信送去泉州，殿下這時候只怕也啓程了。」

那人道：「最新送來了消息，泉州的快報已經到了。」

趙佶病重的消息，雖然官方上的消息還沒有送來，可是錦衣衛早在三四天之前就已經接到了消息。那泉州方面的急報還在蘇杭，就已經叫人隨時盯梢，現在急報入了京城，必然會驚起驚濤駭浪，陳濟自然要早做準備。

陳濟淡淡一笑，從容道：「現在在哪裡？」

「過了神武門。」

「神武門……」陳濟喃喃的念了一句，隨即道：「太子那邊呢？」

「仍然沒有動靜。」

陳濟頷首點頭，道：「那就好生等著，等這消息傳開了，各方面都要盯住，尤其是東宮，是宮中，三省六部也要瞧瞧反應，京中的各位大人，哪個去了東宮的，哪個到了衛郡公府邸的，都記下來。」

陳濟沉思片刻，似乎又想起什麼：「各城門盯梢的人也不能閒著，看看什麼人進出城門。從今日起，所有人都不能閒下，稍有風吹草動，都要死死盯住了。」

「是。」

陳濟吁了口氣，整個人彷彿鬆垮下來，可是那一雙眼眸，仍然綻放著洞察一切的光澤，他坐在椅上，心裏想著：存亡就在此刻了，這麼多人的生死榮辱，也都維繫在今日，從今日開始，在往後的數個月的時間，就是見分曉的時候。

第一九四章 釜底抽薪

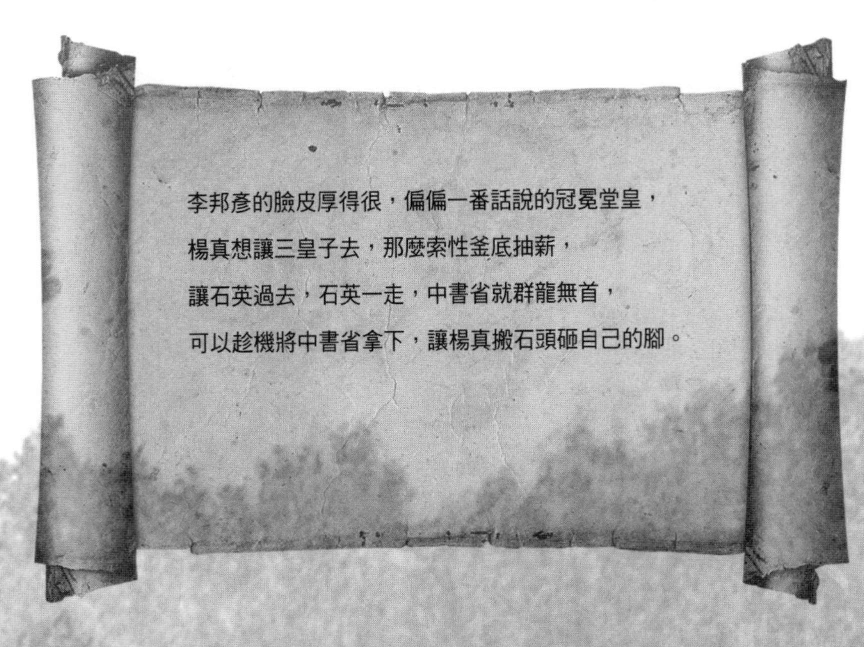

李邦彥的臉皮厚得很，偏偏一番話說的冠冕堂皇，
楊真想讓三皇子去，那麼索性釜底抽薪，
讓石英過去，石英一走，中書省就群龍無首，
可以趁機將中書省拿下，讓楊真搬石頭砸自己的腳。

「這個時候，他在哪裡？是否已經到了蘇杭，或者還在北國？」陳濟喃喃念了一句，振奮精神，又開始伏案查看滿案的小本子，每一個小本子裏，都記錄著從各地收來的情報。

半個時辰之後，又有人進來道：「急報已經送入了門下，門下已經慌了……」

陳濟似乎早有預料，只是抬起頭：「楊真楊大人是不是也在門下？」

「是，今日是他值堂。」

陳濟頷首：「看到楊大人出來嗎？」

「還沒有，不過已經有書令史知會各部了。」

陳濟點頭，道：「東宮那邊呢？」

「沒有動靜。」

「再探！」

「遵命！」

這時的陳濟，神情凝重，東宮肯定早先就得到了消息，否則不會如此從容，可見泉州方面，甚至是陛下的內侍之中，一定有太子的人，可以寫一封書信給楊戩，讓楊公公來查。現在最緊要的是各部堂的反應，楊真楊大人是輔政王的死黨，可是也不能排除他倒向太子的可能，楊真也要盯住。

陳濟心中想得差不多了，開始揮筆作書，叫人立即送去泉州，隨即叫人吩咐了幾句，繼續高坐在這案牘之後。

不消一個時辰，有人進來道：「三省六部都慌了，消息傳到東宮，東宮上下哀嚎陣陣，太子號啕大哭。刑部尚書、欽天監正卿，還有殿前司指揮使、步軍司指揮使、十三城門司掌軍使已經去了東宮撫慰太子。吏部尚書、禮部尚書、馬軍司指揮使等人去了衛郡公府。楊大人入了宮面見太后。」

陳濟道：「拿名冊來。」

一旁一個侍者忙不迭的拿出一個本子，本子裏密密麻麻的記載著各種名冊，從三省六部，到三司、樞密院，幾乎每一個大老的姓名都記載其中。

陳濟拿了朱筆，將前去東宮撫慰太子的大老名字紛紛勾了，隨即雙眉皺起，喃喃道：「想不到……想不到城門司也倒向了東宮。」

「還有什麼其他消息嗎？」

「回先生的話，東宮出來了些內侍，在城中四處打聽消息，有一個盯在衛郡公府邸那邊，卑下們見他只是盯梢，所以暫時沒有驚動。」

陳濟不由笑起來，道：「咱們在看誰與太子勾結，太子也在看誰與輔政王一條心，這倒是有趣了，不過靠幾個閹人又有什麼用？他要看，就索性給他看，仍然不必驚動，不過叫個人在後頭盯著，若是還有其他的事立即來報。東宮仍舊要盯著，現在最緊要的，是太后那兒，什麼時候楊真楊大人從宮中出來，立即回報吧。」

陳濟叫人換了茶，喝了一口之後，廳中只剩下他孓然一人，他開始細心的琢磨起來，將許多名字重新排列，再在這些人的後頭開始寫上各種注釋，每個人有什麼背景，是否能調動軍馬。

陳濟一邊沉吟，一邊提筆在白紙上書寫些什麼，隨即又拿了張紙重新抄錄了一次，慢慢的梳理起來。

相對於陳濟的平靜，整個汴京都已經炸開了鍋。楊真身爲門下首輔，連忙入宮，到了景泰宮還未進去，便跪在簷下伏地哭告：「臣楊真問太后安。」

太后在裏頭打著雀兒牌，聽說楊真來了，心下不喜，可是等楊真在外頭哭告，立即察覺出了事，連忙撤了牌桌，道：「進來說話。」

楊真進去，俱言相告，太后聽得頭暈目眩，一旁的敬德立即去攙扶，好不容易緩過來勁，太后才低泣道：「怎麼突然就病倒了，之前還說很健朗的，哀家還沒有先走，難道教哀家白髮人送黑髮人？」

楊真這時不哭了，開始勸慰：「太后不必悲慟，陛下或許只是染了傷寒也未必。」

太后道：「你不必安慰哀家，哀家知道，若只是真的染了微恙，一定不會送急報過來，他這是要準備後事了。」

楊真默然無語，猶豫道：「這麼大的事，一定要有個人來主持局面才好，否則汴京必亂。」

太后頷首點頭，淚眼朦朧道：「可惜輔政王不在京中，否則有他在，哪個宵小敢恣意胡爲，現在是太子監國，索性召太子來吧。」

楊真點頭。

太后又哭，楊真只好默然告退，忙不迭的出了宮，卻不親自去叫太子，只叫了個人去請。他這般做，自然是有考量，眼下這局面還是謹慎些好。

楊真直接回了門下省，這邊更是亂糟糟的，楊真聽得心煩，叫來個錄事，道：「把人都趕走，陛下還在呢，哭什麼喪。」

胥吏們只好請這些大人回去。

楊真回到門下省坐定，整個人沉著臉，一動不動，沉思良久，最後苦笑，向一名書令史問：「衛郡公在中書省嗎？」

「回大人的話，今日不是衛郡公值堂，應當不在。」

「那就拿了老夫的名刺去，請他來門下省敘話。」

足足過了半個時辰，石英才快步到了門下，臉色凝重地看了楊真一眼，也不像往常一樣寒暄，大喇喇的坐下，道：「楊大人，泉州那邊還有沒有消息？」

楊真搖頭，嘆道：「暫時還沒有。」

石英吁了口氣，道：「陛下的事楊大人怎麼看？」

石英這也算是開門見山了，楊真想了想，也不繞圈子，徑直道：「太子登基誰也不能阻止，眼下也只能走一步看一步。」

石英默然，他當然知道楊真的無奈，其實他何嘗不是力不從心，從前陛下康健的時候，依附的人如過江之鯽，現在陛下病重，已有不少人轉而投向了太子，比如那城門司的掌軍，往年與石英是一向交好的，可是今日卻直奔東宮，事情到了這個地步，許多人已經不可以相信了。可以想像，一旦新皇登基，這樣的人只會越來越多。

此時的局面，對輔政王，對石英、楊真大大的不利。可是不管如何，他也必須撐下去，輔政王沒有回京，汴京就只有靠楊真和石英二人來支撐了。

楊真喝了口茶，慢悠悠的道：「不管如何，事情到了這個地步，咱們也不能處處被動。」

楊真的眼中閃過一絲決然，最後道：「馬軍司那邊，是絕對效忠輔政王的。只要馬軍司還在，太子也不敢胡作非爲，所以就算太子登基，暫時也奈何不了你我，既然如此，那就好好等著，等著殿下回京。」

石英想了想，嘆道：「也只能如此了。」

楊真苦笑道：「只是三皇子只怕不保了。」

石英與三皇子有著姻親，聽楊真這般說，不禁露出冷色，道：「他敢？」

楊真道：「有何不敢？若是沒有輔政王，太子或許還能留著三皇子，可是現在輔政王在外，又掌握著軍馬，三皇子對太子來說，是萬萬不能留的。石大人，老夫說句不當說的話，不管三皇子如何，石大人定要沉住氣，若是跳出來，反而遂了太子的心願。」

石英臉色蒼白，腦子嗡嗡的響，也不知楊真的話聽進去了沒有。

天色到了傍晚，皇上病重的消息讓整個汴京開始不安起來，先是三省六部亂作一團，接著是各院寺，再之後是京兆府，最後波及到坊間、太學、國子監。

現在金遼之戰還未見分曉，輔政王統兵在外，消息還未傳到，陛下又遠在泉州一病不起，太子雖然監國，可是朝中卻有頗多的掣肘，幾乎所有人都在心驚膽跳，各種流言又不禁流傳起來。

爲了平息流言，太子入宮之後，在太后撫慰之下，出宮下達的第一道詔令，便是讓馬軍司上街執行宵禁，任何人夜間隨意出入的，殺無赦。

馬軍司接到了詔令之後，從都指揮使到各部營官也都紛紛議論，最後還是決心執行太子的詔令，當日夜裏，馬軍司傾巢而出，開始上街彈壓，整個汴京沉浸在惶恐不安之中。

到了正午時，汴京終於安寧下來，一個消息迅速傳播開，立時讓整個汴京又沸騰起來。

「大捷……輔政王大破女真，完顏阿骨打束手就擒，二十萬女真鐵騎灰飛湮滅，金國、遼國全境收復……契丹國主耶律大石請求內附……」

騎著馬的捷報騎士從神武門飛馬過去，一路聲嘶力竭的大吼，沿途所過，雙眉緊鎖的百姓一開始以爲聽錯了，等那騎士的聲音再度傳來，於是道旁立即發出一陣歡呼。

大宋立國百年，一直處在守勢，割地求和，納以歲幣。早期雖然對燕雲十六州尚有企圖，可便是太祖在位的時候，都不曾有用武力收復燕雲的氣魄，只希望用銀箔向遼人贖回。此後西夏人在隴西冒出頭來，雖然宋軍屢屢與之對戰，可是也多以議和收場，最後的女真人更是讓整個大宋心驚肉跳，惶恐不安。

現在西夏已經完全置於輔政王的掌控，如今又擒拿女真賊酋，吞滅女真鐵騎，那曾經不可一世的遼人也都卑躬屈膝，請求內附。如此一來，大宋北方之患，算是徹底地解除，這個捷報就彷彿做夢一般，讓所有人既覺得不可思議，又不由激動萬分。

喜報總算沖淡了皇上病重的陰霾，一時之間，全城沸騰，奔相走告，滿街都是千歲之聲。

捷報傳到三省，一直愁眉不展的楊真看了捷報，頓時大喜，誰也不曾料到，女真、契丹人的問題竟解決得如此輕易，二十萬水師北征，不過三四個月的功夫，如今已經大功告成。這場大捷猶如及時雨，恰好起到了穩定人心的作用。

隨即，景泰宮中也傳出消息，立即廷議，於是朝廷各部官員紛紛到講武殿集結，眾人交頭接耳。

一連兩天，先是陛下病重，隨即又是大捷，一喜一憂，隱隱之中，兩個突如其來的消息也在相互影響。比如那些從前想要投機取巧的大臣，眼見太子就要即位，心中已有了依附的念頭，可是大捷的消息傳來，又免不得踟躕了，輔政王赫赫戰功，統兵在外，本就已經立於不敗之地，而太子早晚要繼承大統，君臨天下，也是固若金湯。這二人的聲勢，其實都是如日中天，誰也壓不下誰的一頭，現在還是穩妥一些，再觀望觀望的好。

懷著這個心思的人不在少數，第一個消息對太子利多；第二個消息對輔政王較好，這大宋一龍一虎，都是炙手可熱，可謂難分高下，除了兩邊的死忠粉絲，大多數人還是選擇了緘默。

太子出現的時候，所有的大臣紛紛拜倒，道了一聲千歲。趙恆陰沉著臉，眼中顯得很是不悅，早在幾日之前，他便收到了消息，趙佶病重，因為這個，他閉門不出，心中卻是狂喜，做了這麼多年的太子，如今總算要揚眉吐氣了。

只是這勁頭還沒有過，又是沈傲的捷報，二十萬水師弭平金遼，大宋上百年的心腹大患徹底剪除，開疆擴土，足足為大宋增加了一倍的疆土。如此功績，可謂前無古人後無來者，這對他這個太子來說，不啻是晴天霹靂，可是偏偏他還不能生氣，還要作出一副深感欣慰的樣子，去論功行賞。

走上金殿，太子看了那鑾椅一眼，深吸口氣，隨即旋身坐在鑾椅邊的錦墩上，目視著殿下的眾臣，沉默著等待大臣們的發言。

最先出來的自然是楊真，楊真喜氣洋洋地道：「恭喜殿下，賀喜殿下，輔政王水師三軍出擊，金國覆滅，遼國束手，從此之後我大宋社稷得以安寧，再無虎狼之患，天下可以承平了。」

眾人紛紛出來道賀，只是有心人卻知道，這恭賀之詞在太子殿下看來，實在是莫大的諷刺。石英一雙虎目嘲諷地看了太子一眼，朗聲道：「前方的將士為我大宋立下不世之功，殿下聖明，豈可無賞？老臣懇請殿下論功行賞，以安將士之心。」

趙恆憋著臉，好不容易擠出一點笑容，笑吟吟地道：「愛卿說的是，禮部立即擬定賞賜出來，送交本宮批擬吧。」

眾人又是稱頌一番，趙恆已是覺得煩了，偏偏又不能拂袖而去，只得耐著性子聽那些溢美之辭。

下頭的李邦彥見太子如坐針氈，這時候施施然地從人群中站出來，朗聲道：「殿下，臣聽說陛下病重，我等身為人臣，豈可漠視？微臣竊以為，殿下應當親率百官前往太廟告天，為陛下祈福延壽。」

李邦彥一個東宮舍人，原本是沒有資格加入朝議的，不過如今是東宮監國，他也就順理成章地有了這個資格。只是在眾人眼來，他已是如小蝦米一樣的角色，偏偏以李邦彥的手段，卻總有四兩撥千斤的本事，只這一句話，就讓大家的熱情頓減，誰也不敢再提大捷的事了。

果然，滿朝的文武立即收斂了笑容，再沒了稱頌輔政王的興致，一個個努力地作出哭喪狀，若是這時再是一副興高采烈的樣子，被栽一個篡越的帽子，那才算是倒了楣。

趙恆這才少了幾分尷尬，帶了幾分感激地看了李邦彥一眼，一副憂心忡忡的樣子道：「李舍人說的不錯，父皇臥倒病榻，雖是洪福齊天，必能安然無恙，可是本宮身為人子，卻不能隨侍在病榻之前，實在憂心。本宮聽了哀訊，憂心如焚，回想養育之恩，舐犢之情，如遭雷擊，寢不安席、食不甘味，可是國事纏身，又不能親往泉州盡孝，既然如此，本宮是該祭告天地祖宗，為父皇祈福延壽才是。諸卿以為如何？」

眾人哪裡敢反對？紛紛道：「殿下純孝之心，動天感地，臣附議。」

趙恆滿意地站起來，道：「選定吉日的事，仍由禮部去辦，諸卿還有什麼話要說嗎？」

楊真沉默一下，道：「是不是派一使者，代東宮去泉州探視病情？」

趙恆淡淡地看了楊真一眼，道：「楊大人的主意不錯，只是不知楊大人以爲誰去較爲合適？」

楊真看了石英一眼，淡淡道：「三皇子殿下與太子殿下乃是兄弟，讓三皇子代兄探視再好不過。」

石英聽了，也不禁激動起來，若是讓三皇子代兄探病，那麼就可以堂而皇之地出了京師，只要能去泉州，這性命就算保住了。別看楊真平日性子衝動，卻也是個老狐狸，趁著這個機會，恰好可以救三皇子一命。

趙恆的臉上卻浮出值得玩味的笑容，三皇子在百姓和士人之中頗有聲譽，再加上又是皇位的人選之一，若是放他去了泉州，待在父皇跟前，父皇萬一在臨死之前昏了頭，下一道傳位三皇子的遺詔出去，那三皇子再與擁兵的沈傲一拍即合，自己還能活嗎？這姓楊的老狐狸真當自己是呆子傻子，本宮會上了他的當？

只是這種事，眾目睽睽之下又沒有拒絕的理由，趙恆一時間六神無主，只好看向李邦彥，希望李邦彥替他解圍。
李邦彥沉吟片刻，隨即站出來，道：
「微臣以為切切不可，如今陛下告病，汴京不安，京城之中只剩下三皇子和太子殿下坐守，此時正是兄弟同心，共同安穩時局的當口，豈能讓三皇子去泉州？依微臣看，衛郡公石英乃是三朝老臣，又位居中書，與陛下篤厚，可以代殿下探視。」
李邦彥的臉皮厚得很，偏偏一番話說的冠冕堂皇，楊真想讓三皇子去，那麼索性釜底抽薪，讓石英過去，石英一走，中書省就群龍無首，可以趁機將中書省拿下，讓楊真搬石頭砸自己的腳。
楊真和石英二人的臉色驟變，他們自然知道李邦彥打的是什麼算盤，石英一走，舊黨就是群龍無首，可是代東宮探視病情，這理由也是冠冕堂皇，若是拒絕，難免就有不忠之嫌了。
趙恆聽罷，大喜過望，連忙道：「好，就讓衛郡公去，此事就這麼定了，本宮這便擬定詔令。」
李邦彥的眼中露出一抹笑容，不屑地看了衛郡公一眼，在朝中袞袞諸公，能讓李邦彥放在眼裏的也不過沈傲一人而已，沈傲不在朝，這些沈傲的門下走卒還不是隨意捏弄？

趙恆說罷，負手下殿，不容人商量。群臣們見狀，紛紛散去。

楊真與石英一道出了講武殿，楊真拉了拉石英的袖子，低聲道：「石大人若是去了泉州，太子只怕要更加肆無忌憚了。」

石英苦笑道：「詔令就要下了，老夫還有選擇嗎？」

楊真淡淡一笑道：「詔令下了，可以用懿旨去擋一擋，這件事除了請太后出馬，再沒有其他辦法了。」

「太后……」石英愣然，隨即道：「只是不知用什麼理由？」

楊真想了想，道：「就說身體有恙，不管如何，只要太后鬆了口，東宮那邊就是下了詔令也於事無補。石大人快去，切莫耽擱。」

石英頷首點頭，道：「老夫這便去。」說罷，急匆匆地朝後宮過去。

這時，趙恆和李邦彥恰好出來，看到楊真遠去的背影，趙恆朝李邦彥道：「李舍人果然是足智多謀，楊真這老狐狸竟想讓老三去泉州，真是如此，本宮就要放虎歸山了。現在讓石英那老東西去再好不過，過幾日，本宮便讓你進中書做個錄事，一個錄事品級不高，可是門下令遠在泉州，中書省就是本宮說了算。」

李邦彥微微一笑，道：「謝殿下提攜。」

在李邦彥眼裏，一個中書錄事實在是不值一提，可還是作出一副感激的樣子，讓趙恆心中生出滿足感，不由哈哈笑起來，道：「不必言謝，待本宮登基之時，也就是李舍人的飛黃騰達之日了。」

李邦彥卻是目光幽幽，慢吞吞地道：「殿下，只怕那石英未必肯去。」

「他不去也好，那本宮就治他抗命之罪，本宮正好讓天下人知道，監國太子的詔令也不是誰都可以違逆的。」

李邦彥搖頭苦笑道：「老夫的意思……是那石英會尋個由頭……」

不待李邦彥說完，趙恆又笑道：「能有什麼由頭？詔令這就下來，天大的理，他也得去。」

李邦彥道：「殿下可莫要忘了太后。」

聽到太后兩個字，趙恆不禁緊張起來，立即明白了李邦彥的意思，若是石英去尋太后，抗命未必不可能，現在他還是監國太子，太后權威仍在，若是石英趁機能討到一份懿旨，便是詔令下來也未必有用了。怕就怕太后不肯讓石英去，卻又明令三皇子成行，此事就更加棘手了。

皇三子趙楷在這個時間是絕不能去泉州的，此人頗有名望，又深得趙佶寵愛，也是名正言順的儲君人選之一，若是在這個節骨眼上出了差錯，那趙恆就算是陰溝裏翻船了。

趙恆不禁咬牙道：「老三留不得了！」

李邦彥偷看趙恆一眼，見趙恆滿是怒容，眼中閃出嫉恨之色。李邦彥沉默片刻，道：「要除皇三子還要等待時機，眼下當務之急，是太子速速入後宮，只怕石英已經在景泰殿了。」

這句話提醒了趙恆，趙恆連忙道：「李舍人說的有理，我這便入後宮給太后問安。」

說罷，趙恆忙不迭地朝景泰宮去。

李邦彥看著趙恆的背影，眼中閃出一絲輕蔑，低聲呢喃道：「豎子不足與謀！」瞬即臉色恢復了平淡，如一泓秋水。

「可惜，可嘆……」李邦彥嘆了口氣，負著手，慢悠悠地朝正德門而去。

景泰宮。

太后已是一夜未睡，這時候聽到衛郡公覲見，其實也沒多少興致，黑著眼圈叫了人進來，怏怏不樂地坐在帷幔之後的榻上，慢吞吞地道：「怎麼？衛郡公進宮來做什麼？」

石英拜服在地，道：「太后，老臣近來身體染了些風寒，是以許久沒有來探視，請太后娘娘恕罪。」

太后勉強露出一點笑，道：「哦，病了？病了就該將養身體，你是三朝老臣，名門之後，朝廷都變成了這個樣子，哀家還不是要靠你們撐著……近來病的人怎麼這麼多，哎……起來說話吧，來人，賜坐。」

石英先說了一句話，算是給太后做了個鋪墊，欠身坐下正要發言。外頭傳來敬德的聲音：「太后娘娘，殿下來問安了。」

聽到太子二字，石英又是心亂如麻，心裏想：莫非是太子早知我要來，因此刻意來阻攔的？

太后道：「請太子進來。」

敬德說了一聲是，趙恆已經闊步進來，恭恭敬敬地朝太后行了個禮，道：「孫臣見過太后娘娘。」

太后頷首點頭，擠出一點笑：「太子辛苦了，哀家聽說沈傲又打了勝仗，難爲太子還要主持朝議，朝議議論得如何？」

平素趙佶在的時候，太后從來不問政事，可是自從太子監國，太后便擔起了責任，偶爾也會垂詢一下。可是太后的舉動在趙恆看來卻是深痛惡絕，卻又不好發作，只是含笑道：

「孫臣命人擬定了封賞，待禮部那邊議定之後，再犒勞三軍將士。除此之外，現在父皇病重，孫臣不能隨侍病榻之下，心有如焚，打算選定好吉日，前往太廟祭天祈福。」

「難得你有這個孝心，好，好得很。」太后隨口誇了幾句，卻有點兒言不由衷。

趙恆才直起身來，故意瞥了石英一眼，含笑道：「哦？石大人也在？」

石英只好站起，給趙恆行禮道：「見過太子殿下，老臣許久沒有來探視太后，今日趁著放了廷議，特來給太后娘娘問個安。」

趙恆呵呵笑起來，和顏道：「衛郡公有這心思實在太好不過了，看來本宮並沒有挑錯人選，讓你去給父皇探病，正好盡盡我這做兒臣的孝心。」

太后就問趙恆探病的事，趙恆正色道：

「父皇遠在泉州，孫臣國事纏身，不能親臨照顧，因此特意選了石大人前去泉州代孫臣探視，以盡孝道。石大人與父皇做了二十年的臣子，正是不二的人選。」

趙恆深望了石英一眼，淡淡道：「本宮聽說石大人近來身體有恙對不對？這就好極了，正好趁著這一次去泉州的機會好好將養身體吧，本宮聽說泉州那邊氣候宜人，正是養病的好地方，既可以養病，又可以周全本宮的孝道，這是一舉兩得的事。」

趙恆向太后作揖，道：「太后以為呢。」

太后一時沒有看出趙恆的心思，聽得倒是有些道理，便含笑道：「對，石英，你這一趟非但要代太子去，也要代哀家去，見到了陛下，記得告訴他，哀家還等著他回京，好好養病。」

石英無奈，心知這時候再爭辯也不成了，只好道：「老臣記住了。」

太后又叫了宮人，將宮中的一些上好的藥材一起包裹，令石英帶過去，趙恆趁著這機會，道：「事不宜遲，還是立即上路的好。」

石英應了，心中卻是怒火滔天，偏偏又奈他趙恆不得，失魂落魄地從宮中出來。

在正德門外頭，卻有兩頂轎子不肯走，這兩頂轎子石英都認得，一頂是楊真的，另外一頂則是李邦彥的小轎。

石英快步朝楊真的轎子走過去，楊真也掀起了轎簾，先是看了不遠處的李邦彥轎子一眼，才對石英問道：「如何了？」

石英嘆道：「木已成舟，只能動身了。」

楊真吁了口氣，安慰道：「既然如此，那衛郡公但去無妨，汴京的事由老夫一力周全。」

石英道：「有勞了。」

楊真淡淡地用眼角的餘光又去觀察那李邦彥的小轎，這轎子遮得嚴嚴實實、密不透風，楊真淡淡地道：「太子沒有這個心機，只怕是李邦彥從中作梗，此人也是個翻江倒海的人物，不可大意啊。」

楊真嘆了口氣，顯得更是蒼老了幾分，放下了轎簾，在轎中道：「去門下。」

石英聽了楊真的感嘆，目送楊真的轎子越行越遠，也是吁了口氣，滿是惆悵地叫了在宮門外等著的家人僕從，讓他們牽來了馬車，絕塵而去。

第一九五章 太子栽贓

陳濟為難了，雖然已料到這種可能，
可是沒有準信，誰也不敢確定。
現在依太子的意思，應當是在登基前後，
以謀逆的罪名除掉三皇子。
謀逆……當然不可能，不過栽贓是肯定的，
太子打算用什麼來栽贓？

黃昏的霞光落在大紅的宮牆上，琉璃瓦散發出來的光暈炫得讓人的眼睛感到有些不適。停落在正德門外的轎子一動不動，外頭穿著短裝的腳夫也是一聲不吭，屏息著等候什麼。

眼看宮門就要落鑰了，趙恆才慢吞吞地從宮中出來，那轎子方才有了動靜，轎夫們抬了轎，飛快地走了。

趙恆也上了一輛守候多時的東宮車輦，更有一隊殿前衛在旁隨扈，車馬與那前頭的轎子向一個方向徐徐絕塵而去。

隨即，這一車一轎一齊到了東宮，有個小內侍腿快，飛快地跑到馬車邊掀開車簾，打躬作揖，道：「殿下回來了，太子妃娘娘還等著您用晚膳呢。」

趙恆繃著個臉道：「叫她先吃，本宮還有事要和李舍人商量，去，把書房收拾一下。」

小內侍連忙去了。

趙恆笑吟吟地到了停落的轎子前，道：「李舍人，咱們進裏頭說話。」

就在東宮的斜對面，也是一處大宅院，這大宅已經空置了兩年，據說從前是龍圖閣學士、刑部左侍郎的府邸，後來不知怎的這侍郎遭了罪，刺配去了交州，再之後又換了幾任主人，也大多流放的流放，貶官的貶官，如此一來，就沒有人再願意購置了。

就在這宅子院牆的地方，是一處閣樓，閣樓總共三層，第三層雖是黑黝黝的沒有點燈，卻有人坐在欄杆後頭，一雙眼眸幽幽地打量著東宮門口燈籠照亮的地方。

看到趙恆和李邦彥一道進了門房，這雙眼眸的主人隨即站起來，下了二樓，二樓已經有人在等待，這人對二樓的人直接道：「給王府裏的坐探放信號，告訴他，儘量打聽太子與李邦彥說了什麼。」

二樓的人二話不說，推開了窗，拿出一盞燈來懸掛在窗外，過了半盞茶功夫，又將燈撤下，換了一個套了紅布的燈籠又懸掛出去，這才道：「坐探只負責端茶倒水，未必能聽到什麼，要不要叫個人混進去試試？」

先前三樓觀看的人搖搖頭，道：「不必，太危險了，若是被他們察覺，反而讓他們生出警惕之心。」

二人便不再說話，焦灼地在閣樓中等待。

足足過了一個時辰，李邦彥的轎子才抬起來，消失在夜幕之中。

過了片刻，又有個家奴模樣的人嘻嘻哈哈地出現在門房，與門丁隨口閒扯，那門丁顯然收了他的好處，便放他出去，這人飛快地小跑著在長街上足足繞了半個時辰，才在大宅門口逗留了片刻，又回東宮去了。

閣樓裏的兩個人看得真切，飛快地下了閣樓，直接過了門房去打開大門，只見大門的臺階下多了一個小竹筒子，竹筒子很纖細，只有小指般大小。

其中一個人將竹筒撿起來，拿出隨身的一個小銅杵輕輕往筒子裏一插，一張捲成圓柱狀的紙條露出來，這人臉上顯得十分緊張，飛快地抽出紙條，展開來隻看了一眼，便道：「去見陳先生……」

陳濟的屋子裏亮著燈，搖曳的燈火發出淡淡的光線。

他也是剛剛被人叫醒，自從主掌了錦衣衛，陳濟的作息就從不曾正常過，有時徹夜不睡，早上歇下，到了正午才醒；有時傍晚打個盹，到了子夜時分又醒來，紊亂的生活讓他整個人更顯得消瘦，好在他的精神似乎不錯，那捷報送來的正是時候，將這撲朔迷離的汴京又攪了攪，不管怎麼說，至少挽回了泉州來的壞消息。

聽到又有了消息，立即披了衣衫趿鞋起來，從臥室直接到小廳。小廳裏站著一個馬臉的緇衣漢子，一見陳濟出來，立即畢恭畢敬地行禮道：「卑下內城百戶所小旗官盧章見過先生。」

陳濟頷首點頭，道：「不必多禮，怎麼，東宮有消息？」

盧章二話不說，拿出那紙條小心翼翼地放在陳濟的書案上，道：「請先生過目。」

陳濟撿起了紙條，略略掃過一眼，見這巴掌大的紙條裏只寫著寥寥幾字：

「除……三皇子……謀逆……登基……」

陳濟將紙條放下，這應當是聽來的隻言片語，不過只這些碎語，也大致能猜出太子與李邦彥商議的內容了。

「三皇子……」

陳濟爲難了，雖然已料到這種可能，可是沒有準信，誰也不敢確定。現在大致已經能夠梳理出頭緒了，依太子的意思，應當是在登基前後，以謀逆的罪名除掉三皇子。謀逆……當然不可能，不過栽贓是肯定的，太子打算用什麼來栽贓？

這些事，陳濟不願意多想，他現在要思考的是三皇子該不該救。

他闔著眼，似乎在思考什麼，隨即陳濟的臉上又是一副淡定從容之色，淡淡道：「不該管的事，錦衣衛不管，這條子不必存檔，直接銷毀吧。」

盧章聽了滿頭霧水，在汴京內城白虎所的消息大多靈通，他們效忠的自然是輔政王，可是輔政王不是扶立三皇子的嗎？三皇子殿下有難，先生爲何置之不理？不過不該問的，盧章當然不敢問。

這時，陳濟拿了字條放在青燈上任那字條燃燒起來，待只剩下一片餘角的時候，陳濟輕輕一撣，將這碎片彈開。才淡淡地問：「李邦彥是什麼時候走的？」

「回先生的話，是酉時三刻。」

陳濟想了想，道：「繼續盯著，還有一件事要吩咐一下，明日衛郡公要啟程去泉州，多派一些人暗中看護著。」

「是。」

「下去吧。」陳濟揮揮手，只是在青燈冉冉之下，他的臉色顯得有點詭異。

盧章退了出去。

陳濟重新落座，一雙眼眸閃爍不定，眼下的時局，似乎還差一點契機，陳濟深知沈傲的性子，對沈傲的脾氣算是瞭若指掌，沈傲這人……看上去似乎行事果決，可是一涉及到一些東西，反而猶豫了。

「他不動，老夫就逼著他動，三皇子……得罪了，你若是不死，輔政王未必能下定決心。」陳濟喃喃念了一句，又將頭埋入案牘，這一年多的歷練，居然讓這個耿直又城府深不可測的人變得陰暗起來。

杭州。

如今的杭州，比泉州不遑多讓，這裏本就是富庶之地，又是海政的重要幾個口岸之一，從各地流入這裏的商賈不計其數，無數的銀錢匯攏在一起，發生了巨大的力量，那港口處川流不息裝載貨物的腳夫，連綿不絕的貨棧，還有城中寬廣的泥路，都展現了這東南第一大膏腴之地的風韻。

皇上病重的消息也傳到了這裏，整個杭州城爲此擔驚受怕了一陣，原因無他，杭州的今日是海政帶來的，而支持海政的就是輔政王，輔政王的背後便是當今皇上。可是眼下皇上病重，整個朝廷必然會出現一個新的格局，新君若是登基，免不得要改弦更張，若是重新廢黜掉海政，只怕大家都沒有飯吃。

因此各家的商會都在打探消息，對他們來說，海政就是他們的命根子，是斷不能廢的；一些消息靈通的，也將不少輔政王與太子的關係透露出來；這些消息飛快的傳播，讓更多人不禁皺眉。若是新君當真即位，廢黜海政只怕也是穩打穩的了，只是不知輔政王肯不肯站出來替大家斡旋。

可是隨即一想，輔政王未必能起什麼效果，畢竟這二人的關係本就是僵著，將來的新君正是因爲與輔政王有仇隙，所以才會廢黜海政，輔政王就算站出來，又有什麼用？

有了這許多流言，杭州城霎時蕭條了幾分。可是隨即北地大捷的消息接踵而至，這消息又是大大的利好，輔政王這功勞實在太大，可謂是亙古未有，北地的三雄，如今吞滅的吞滅，依附的依附，這天下算是安定了。

依著現在輔政王的聲譽，就算新君登基，也未必不能分庭抗禮，看來這海政也並非是大家所想像中的那樣風雨飄搖。

正是大家驚疑不定、紛紛猜測的時候，不少商賈已經開始相互走動。

千萬不要小看這些人的能耐，如今這些商賈因爲海政的因素，早已結連成一股新興的力量，在朝廷裏，他們借助同鄉的關係，已經結交了一大批人，在蘇杭都是富可敵國。更不必說錢的能耐可以通天，只要能維護住手中的利益，便是驚起驚濤駭浪，也未必沒有可能。

幾十個大商會已經開始在暗中串聯，這些人很是小心翼翼，不過加入的人卻是越來越多，不止是杭州，連蘇州、泉州、番禺、通州的商賈也紛紛加入，互爲呼應，彼此的關係在一個共同利益之下已經開始連橫起來，就在杭州的通恆商會，陸續到會的人居然有五百餘人。

五百人中，有一擲千金的大商賈，有名望甚重的名士，也有不少江南本地的士族。他們因爲同一個目的走到一起，先是激烈的討論，隨即是義憤填膺地拍打桌案爭吵，最後，有人站出來，幾乎是赤目大呼道：

「事到如今，還怕殺頭嗎？咱們的身家富貴是怎麼來的？一旦廢黜了海政，大家的家業還能保全嗎？既然如此，不管朝廷如何，這海政一定要持續下去，也非持續下去不可，誰敢廢黜，便是殺父之仇、不共戴天。」

「不共戴天！」許多人紛紛呼應。

這些人，其實都是海政的既得利益者，他們的身家都維繫在這海政之上，一旦朝廷改弦更張，對他們就是晴天霹靂。

那先前大聲疾呼的人繼續道：「既然如此，輔政王就必須當國，輔政王若是完了，海政也就完了。」

這句話實在是悖逆到了極點，可是偏偏在場的人卻都是無動於衷，對這些商賈來說，牽動海政就是斷他們的財路，這麼多年的辛苦經營，豈能說付諸東流就付諸東流？由儉入奢易、由奢入儉難，讓他們回到過去，倒不如殺了他們。

況且能掙出這麼大家業的人，誰的膽子都不小，正是有常人沒有的膽魄，才能打造如此大的家業。爲了掙取一倍的利潤，他們就敢無視一切國法，更何況是眼下關係著存亡的事。

不止是蘇杭，幾乎各地的口岸，數十上百種的周刊隱隱之間都開始有了火藥味。自從邃雅周刊大火之後，隨著海政的拓展，各種周刊也開始興起，沿海口岸以及各地的路府郡治幾乎都有數份周刊同時刊發。

有邃雅周刊起頭，在大宋已經有爲數不少較有影響力的周刊，除了說故事，和讓讀書人寫一些花團錦簇的文章，一些周刊索性放大膽來，逐漸的開始抨擊一些時議，不過大家都是生意人，這些抨擊時議的文章，大多都是各地的清流名士代筆，朝廷就算是想禁止，多半下頭也抱之以多一事不如少一事的態度。

官僚這東西一向都是如此，只求做事穩妥，不留人把柄。教他們有魄力去得罪清流，那還不如殺了他們。

江南東路按察使衙門位於錢塘、仁和二縣的接壤處，按察使監督一路的政事，表面上算是一路的主官，這位按察使大人也是建中靖國年間的進士，叫吳宕，歷任縣尉、知府、戶部主事等職，臨到老了，原以爲前程無望，誰知卻調到了江南東路按察。

吳宕在這江南路，一邊有轉運使掣肘，畢竟江南路河運是頭等要事，江南一帶的糧秣賦稅，都是從這裏裝船，所以職權極大，足以與他這按察使分庭抗禮；除此之外，蘇杭還有個海政衙門，雖然品級不高，卻也是獨當一面的大員，江南三路的格局，已不是他吳宕說的算了，這位吳大人也有自知之明，心知自家沒什麼背景，索性做一個朝中的閒雲野鶴，只當來養老的。

吳大人推崇的是無爲而治，所以一上衙什麼都不做，先泡上一壺好茶，在後衙開始入定，如老僧一般一動不動，再出去打一套太祖傳下來的六路十段錦，才擦了汗，又回後衙裏安坐。

到了正午，用過了點心之後，便要準備小憩了，吳宕的作息極有規律，一絲不苟，可是還沒有起身，就有門子通報，說是提刑使金少文金大人來了。

這位金大人從前是蔡京的走卒，據說還得罪過輔政王，爲了這個事，江南路這兒還真沒幾個敢和他打交道的，偏偏這位金大人運氣也好，那輔政王整倒了蔡京父子，便沒有理會這位金大人。

聽到金少文來，吳宕皺起眉，淡淡道：「叫他進來說話。」

金少文比起從前的時候顯得衰老了許多，跨檻進來，見吳宕神色冷淡，倒也不以爲意，這些年來，自從蔡京倒臺，他受的閉門羹本就不少，四處遭人白眼，便是下頭一個知府，也敢與他橫眉冷對，金少文也只能苦笑以對。

「金大人怎麼來了？坐吧。」

既是同路爲官，吳宕該客氣的還是客氣了一下，吩咐道：「上茶。」

金少文坐下，隨即道：「吳大人近來養身養的如何？」

吳宕淡淡一笑：「談不上什麼養身，不過是學了幾下把式罷了，金大人無事不登三寶殿，有什麼事但說無妨吧。」

金少文也不再囉嗦，道：「這幾日在提刑使衙門，接到不少人舉報，說是現在的周刊越來越不像話了，原本周刊的事，金某是不願管的，從前罵李邦彥、罵當今的楊真楊大人時，朝廷都沒說什麼，我們還有什麼說的。可是……現在……」

金少文壓低了聲音，從袖中抽出一份裁剪下來的文章，遞過去交給吳宕道：

「吳大人且看看，這還像話嗎？連宮闈的秘事都敢胡說八道，牽涉到了監國太子，咱們還能袖手旁觀？若是這周刊傳到汴京，傳到太子殿下那兒，太子殿下會怎麼想？危言聳聽到這個地步，這些人難道就不怕王法嗎？」

吳宕聽了，眉宇沉重起來，看了這文章一眼，臉色陰晴不定，這種事說大也大，說小也小，往大裏說，這叫非議宮闈，是要殺頭的；可是往小裏說，這就是讀書人放浪形骸，胡說八道，警告幾句也就是了。

「這是哪份周刊刊載的？」

金少文道：「叫江南周刊。」

吳宕頷首點頭：「這江南周刊好大的膽子，難道這周刊的人連審校的都沒有，這樣的東西也敢傳出來？」

金少文道：「老夫所慮的也是這個，不止是這些，幾乎各大驛站的邸報，都是如出一轍，全是抨擊太子言行的，甚至還有人胡亂說什麼『夷秋之有君，不如華夏之無也』，這是什麼話，孔聖人的言辭被這些人歪曲到這個地步，難道他們要迎契丹人、西夏人來我大宋做主嗎？」

吳宕臉色驟變，他倒不是被這些言辭嚇了一跳，而是金少文那一句「西夏」二字，吳宕雖然無為，卻不蠢，仔細一想，就知道這句「夷秋之有君不如華夏之無也」所暗藏的玄機了。

「西夏……西夏……莫非……」

金少文不理會吳宕，或許是他覺得事態實在是過於嚴重，繼續道：「除了這些，提刑司也偵知到就在不久之前，一群商賈、名士、世家甚至是僧侶道人在杭州聚會，他們說了些什麼老夫不知道，可是這麼多人，既有卸任的官員，又有商賈，既不是談詩詞，又不是說生意，難道是另有所圖？」

吳宕臉色陰晴不定，深望了金少文一眼：「金大人想怎麼樣？」

金少文道：「拿幾個首犯，該拿的拿，該治罪的治罪，讓宵小們看看。」

吳宕卻是笑了起來，淡淡的道：「士人放浪一些也是常有的事，爲了些許小事就懲治，只怕清議洶洶，提刑大人只當他們言笑就是，不要當真。」

吳宕沉吟了一會又道：「這件事，還是不必管，反正老夫是不支持的。」

金少文見狀，露出失望之色，只好起身告辭。

吳宕的臉上露出些許譏誚，朝著金少文的背影罵道：「真當老夫是蠢物嗎？給你做這替死鬼。來人……」

一個押司等候在門口，道：「在。」

「方才的話你都聽到了？」

「回大人的話，聽到了。」

「那你就去海政衙門一趟，把這些話都說給曾大人聽，一個字都不要漏了。」

「是。」

「還有……往後那姓金的再來，都給老夫擋回去，告訴他，就說老夫身體不適，以後還是不要來了。」

「是。」

吳宕吩咐完了，整個人輕鬆下來，又拿起那張裁剪下來的文章看了一會兒，不禁道：「這麼大的陣仗，看來這蘇杭也是多事之秋啊，不知什麼時候才能雨過天晴，我這把老骨頭哪裡吃得消這般折騰。」

說罷去小憩了一會兒，醒來的時候又有人通報，說是輔政王殿下的船已經接近蘇杭，明日清早就能抵達，海政衙門的曾大人來問迎接的事宜。

吳宕肅容道：「自然是一切請曾大人做主。」

四月十三，清明剛過，在細雨紛紛中，五艘炮艦突然出現在蘇杭的外海上，不過炮艦並沒有停靠在口岸，也沒有放下平底沙船，在撤下帆布之後，只放下一個雙人的小舟上岸通報。

碼頭上的官員以曾歲安為首，紛紛登艦去拜謁，先是曾歲安在沈傲的艙中停駐了片刻，接著就是江南東路按察使、轉運使等人，再之後還有不少商人。

其中一個商賈停駐得最久，在燈火搖曳的艙中，沈傲負著手，聽著這商賈喋喋不休地說著什麼，臉色凝重地在艙中踱步。

「殿下，人亡政息，歷朝歷代這樣的事還少了嗎？眼下皇上病危，我等行商之人個個自危，最怕的就是這個。海政是斷不可廢的，否則蘇杭、泉州非遍地哀鴻不可，受影響的豈止是我們這些商賈？那數百萬的青壯勞力，難道能打發他們回田間去？真要如此，只怕非要激起民變不可了。鄙人代表各家商會，今日便是希望殿下站出來，為我等做主，只要殿下還在，咱們才能衣食無憂，才能有口飯吃。」

那商賈說得情真意切，言語頗為煽情，明明是為了自己的利益，偏偏能把道理引申到家國上去。

不過他的話也並非沒有道理，海政轟轟烈烈地進行了這麼久，參與的人何止數百上千萬？那碼頭上的腳夫、船上的水手，工房裏的工匠，織布機邊的女工，這些人從田間到城市，早已習慣了這花團錦簇的生活，讓他們再回鄉間，誰肯？

可是一旦海政廢黜，整個大局必然受到影響，這些人就要失去工作，沒有了工作就意味著沒有飯吃，沒有飯吃的確是會造反的。

沈傲沉著臉，他當然也明白，現在自己已經被逼到了牆角，而這些商人的意思也明確，他們寧願魚死網破，也絕不肯結束海政。

沈傲在，海政才在，商人們推舉此人來遊說，便是要表達對沈傲的支持，商人的優勢在於金錢和輿論，輿論的效果已經顯現，現在除了汴京，幾乎全天下的周刊都在不斷地貶低太子，而各地的官員態度曖昧，居然都成了睜眼瞎子。至於金錢的力量，沈傲暫時還用不上，真要用的時候，就是大動干戈的時候了。

沈傲深吸一口氣，在艙中駐足，慢吞吞地道：「你的話，本王已經知道了，回去告訴大家，海政不會廢，但凡本王還有一口氣在，就絕不會荒廢海政。」

「殿下的意思是？」

沈傲淡淡地道：「沒什麼意思，你也不要胡亂猜測，就這樣吧。」

炮艦並沒有在蘇杭停留，而是以極快的速度，仍舊向泉州而去。

半月之後，炮艦終於抵達泉州，當炮艦穩穩停靠的時候，吳文彩早已等候多時，快步上了棧橋，等到沈傲下了船，立即迎上去，二人的眼神相對片刻，隨即沈傲道：「陛下如何了？」

「快不成了。」吳文彩憂心忡忡地道：「日夜盼著殿下回來。」

沈傲頷首點頭道：「還有什麼消息？」

子的安危。」

吳文彩道：「衛郡公也到了泉州，已經見過了陛下，瞧他的意思，似乎在擔心三皇

沈傲苦笑道：「這件事，我知道，太子不是蠢物，怎麼可能會放虎歸山？」

吳文彩繼續道：「除了這個，洪州倒是送來了個有意思的人。」

沈傲道：「是誰？」

吳文彩道：「煉丹術士。」

沈傲的臉色已經冷了下來，雙眸中閃過一絲殺機，道：「人在哪裡？」

「已經秘密拘押起來了。」

「先不入行宮，先帶本王去看看。」

吳文彩皺起眉，道：「只怕不妥吧，不如先去覲見了陛下之後再說。」

沈傲道：「不急這一時……」

幽暗的房子裏，幾個看守的錦衣衛也不禁心驚肉跳起來，眼前的場景實在有些恐怖，讓人有想嘔吐的衝動。

這術士渾身赤裸，幾乎是貼著牆，渾身流血，哀號連連，站在他身前的，是手中握著小匕首的沈傲，兩個校尉死死地將術士按住，沈傲漠然一笑，蹲下身去，匕首一翻，

從這術士的小臂上割下一塊肉來，術士已經痛得要昏厥過去，淒厲大吼一聲，看到鮮血淋漓的小臂發出駭然的驚叫。

「第幾刀了？」沈傲面無表情，憤恨得咬牙切齒。

「十一刀……」

沈傲站起來，大口喘著粗氣，在他的頭頂上，馬燈發出幽暗的光線，將這張平素和藹的臉照得很是恐怖。

沈傲露出一個猙獰的淡笑，將匕首放在掌間玩弄，淡淡道：「可以說了嗎？本王有的是時間，割十刀不說，就割一百刀，直到活剮了你。你放心，本王也不會輕易地殺了你，想死，哪有這般容易？」

術士哪裡聽得進沈傲的話，痛得幾乎暈過去，渾身上下每一寸肌膚都是淋漓的鮮血，如蚯蚓一般在地上扭動。

沈傲朝身邊的校尉努努嘴，校尉點了頭，提了一桶海水來，淋在術士的頭上，這海水中帶鹹，傷口一觸動，更是疼痛難忍，術士又發出一聲淒厲的哀嚎，兩腿亂蹬在磚石上，那小腿都已經磨出一層層的翻白皮肉。

術士被送到了泉州，也曾審訊了幾次，不過因爲怕失手把這術士弄死，所以不敢用刑，這術士的口風很緊，心知此事實在太大，當然不肯說。直到今日，沈傲親自來割他的肉，這最後的心底防線才被擊垮了。

「我……我說……」

沈傲招招手，有人給他搬來個椅子，他面無表情地坐下，旁邊一名錦衣衛頭目拿了紙筆出來開始記錄。

「小人其實並不是什麼術士，從前只在鄉間給人算命，後來汴京來了個劉公公，因爲和小人是同鄉……」

「你的籍貫在哪裡？」

「河間府。」

「那個劉公公全名叫什麼？」

「劉鄗。」

「查！」沈傲乾脆俐落地道。

身邊的錦衣衛飛快地去了，過了足足兩炷香才跑回來，道：「宮裏是有個叫劉鄗的公公也是河間人，想來是沒有錯了。」

「這劉鄗在宮中哪裡做事？」

錦衣衛低頭翻出一卷檔案，念道：「建中靖國元年入的宮，先是在教坊司裏做事，後來不知怎的直接入調到後宮，做了王皇后跟前的隨侍太監，此後王皇后病逝，因宮中無人提攜，又回了教坊司。」

「王皇后……」沈傲的眼眸中閃爍出一絲冷意，這王皇后便是太子趙恆的生母，只是在十年前就已經病逝了。

沈傲的目光又落回到那術士身上，道：「你繼續說。」

請續看《大畫情聖》第二輯 十四 歷史新局

大畫情聖II 十三 驚天巨變

作者：上山打老虎
發行人：陳曉林
出版所：風雲時代出版股份有限公司
地址：105台北市民生東路五段178號7樓之3
風雲書網：http://www.eastbooks.com.tw
官方部落格：http://eastbooks.pixnet.net/blog
Facebook：http://www.facebook.com/h7560949
信箱：h7560949@ms15.hinet.net
郵撥帳號：12043291
服務專線：(02)27560949
傳真專線：(02)27653799
執行主編：朱墨菲
美術編輯：吳宗潔

法律顧問：永然法律事務所 李永然律師
北辰著作權事務所 蕭雄淋律師

版權授權：蔡雷平
初版日期：2015年5月
初版二刷：2015年5月20日
ISBN ：978-986-146-858-7

總 經 銷：成信文化事業股份有限公司
地　　址：新北市新店區中正路四維巷二弄2號4樓
電　　話：(02)2219-2080

行政院新聞局局版台業字第3595號 營利事業統一編號22759935

定價 ：280元　　特惠價 ：199 元

國家圖書館出版品預行編目資料

大畫情聖II ／ 上山打老虎 著. -- 初版. -- 臺北市：
風雲時代，2014.04 -- 冊；公分

ISBN 978-986-146-858-7（第13冊；平裝）

857.7　　　　103003450